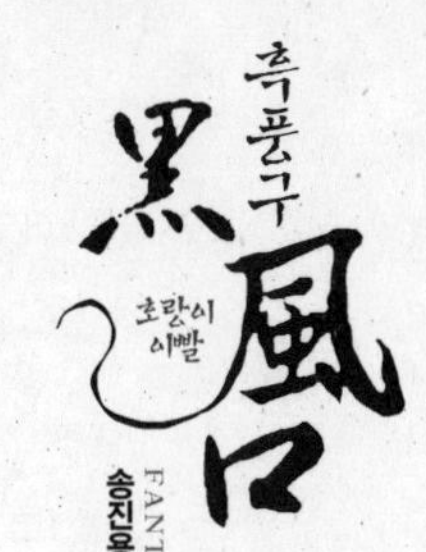

FANTASTIC ORIENTAL HEROES

송진용 新무협 판타지 소설

흑풍구 1

송진용 新무협 판타지 소설

초판 1쇄 찍은 날 § 2010년 11월 26일
초판 1쇄 펴낸 날 § 2010년 12월 3일

지은이 § 송진용
펴낸이 § 서경석

편집팀장 § 서지현
편집 § 박우진 · 어정원

펴낸곳 § 도서출판 청어람
등록번호 § 제1081-1-89호
등록일자 § 1999. 5. 31
어람번호 § 제2-2011호

주소 § 경기도 부천시 원미구 심곡2동 163-2 서경B/D 3F (우) 420-822
전화 § 032-656-4452 팩스 § 032-656-4453
http://www.chungeoram.com
E-mail § chungeoram@chungeoram.com

ISBN 978-89-251-2368-4 04810
ISBN 978-89-251-2367-7 (세트)

1

풍운(風雲)의 세월

호랑이 이빨

黑風
흑풍구

FANTASTIC ORIENTAL HEROES

송진용 新무협 판타지 소설

도서출판 청어람

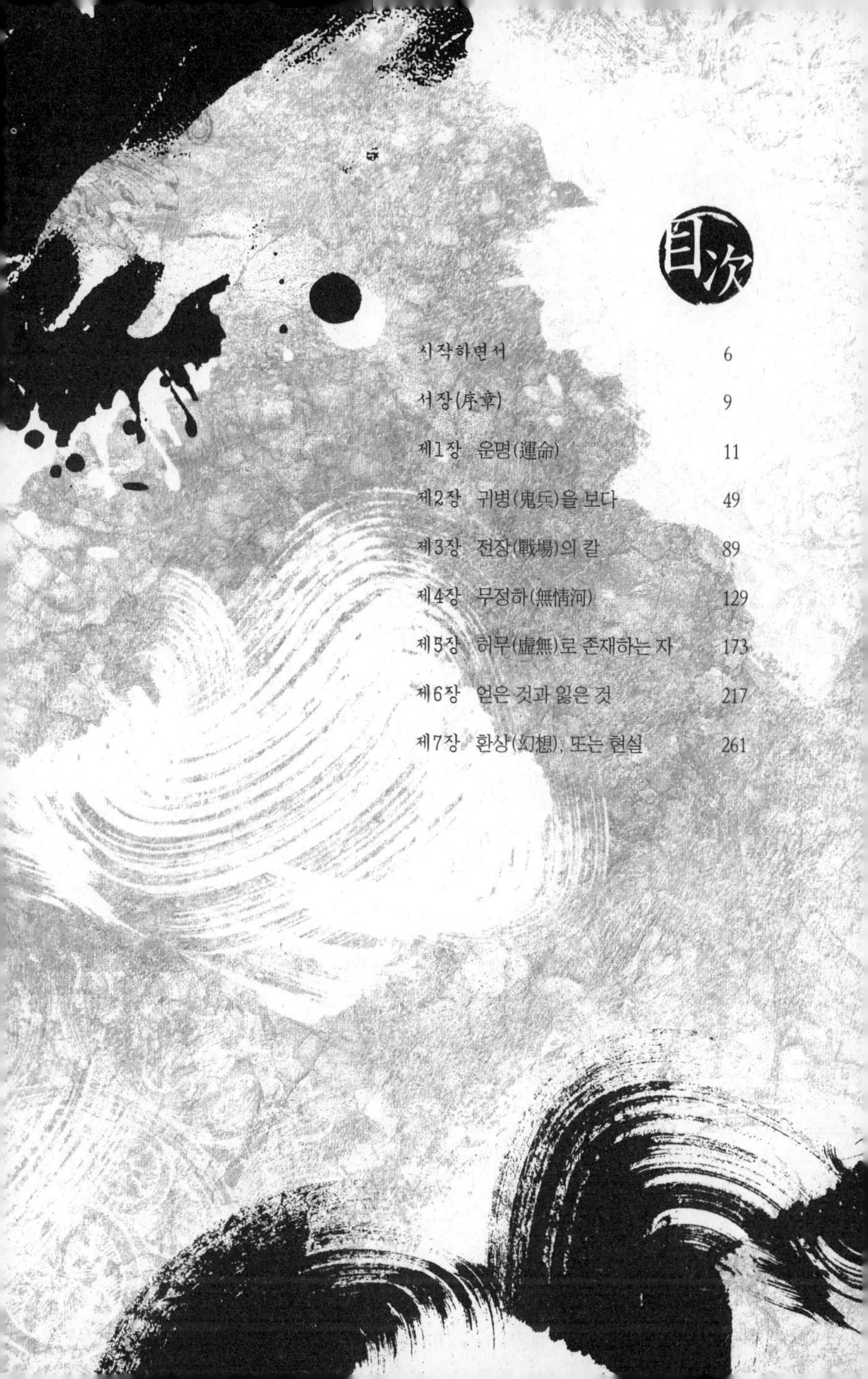

目次

시작하면서 6

서장(序章) 9

제1장 운명(運命) 11

제2장 귀병(鬼兵)을 보다 49

제3장 전장(戰場)의 칼 89

제4장 무정하(無情河) 129

제5장 허무(虛無)로 존재하는 자 173

제6장 얻은 것과 잃은 것 217

제7장 환상(幻想), 또는 현실 261

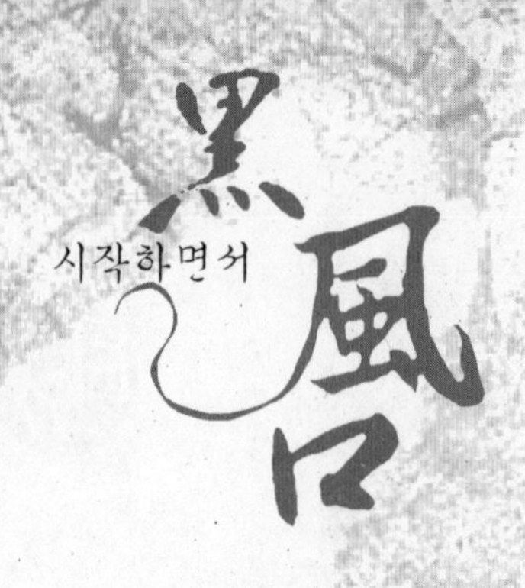

이 글은 여태까지의 무협과는 많이 색다르게 진행되는 글입니다.

구태의연한 〈꼴〉을 벗어버리고 싶은 저의 욕심이라고 해도 좋을 것입니다.

생뚱맞은 진행이라 더러는 황당하기도 하고, 더러는 의아하기도 할 줄 압니다. 하지만 천편일률적인 배경이나 진행과정을 과감하게 내버리기 위해서 택한 수단이니 너무 뭐라고 하지 말아주시기 바랍니다.

구파일방이니, 무슨 세가니, 내공이 어떻고, 현경이며 생사경이 어떻고 하는 따위의 개념은 모두 시원하게 빼버렸습니다.

마교니 무림맹이니 천마가 어떻고 지존이 어떻고 하는 따위에는 이제 쓰는 제 자신이 질려 버렸으니까요. 관심 끊었습니다.

그래서 사건이 벌어지는 세계를 아예 새로 만들었습니다. 중

국이라는 지겨운 틀에서 과감히 빠져나온 것입니다.

새로운 세계에서 새로운 형식으로 쓰는 이야기이지만 그렇다고 무협의 기본적인 틀과 정서를 모두 버리지는 않았습니다. 그렇게까지 한다면 그건 무협이 아닌 다른 게 되어버릴 테니까요.

어쨌거나 이러한 시도는 필요하다고 생각합니다. 그렇지 않고 이대로 지금의 상태를 답습하기만 한다면 작가에게도, 독자에게도, 출판사나 시장에도 미래는 없다고 단언할 수 있습니다.

그 결과 머지않아 지난 80년대 말처럼 한국무협이 완전히 붕괴되어 버리지 않을까, 하는 걱정을 심각하게 합니다.

그래서 작심하고 이와 같이, 속된 말로 '저질렀는데', 사실 은근히 걱정이 되기도 합니다.

현재의 무협시장에서,

"이게 뭐야? 왜 마교며 천마가 안 나와? 구파일방은? 남궁세가는? 뭐 이런 게 다 있어?"

이런 성토를 받고 외면당하지 않을까 가슴이 조마조마하기도 합니다.

하지만 결과가 어떻게 되든 끝까지 실망하지 않는 글이 되도록 고심하고 심혈을 기울여 쓰겠습니다.

그게 제가 여러분들께 해드릴 수 있는 유일한 약속입니다.

서장(序章)

대륙이 거대한 전란에 휩싸인 건 어제오늘의 일이 아니다.

수많은 영웅호걸들이 명멸해 간 그 시절을 후세의 사람들은 풍운의 세월이라고 했다.

혼세(混世)에 군자가 나고 전란(戰亂)에 영웅이 나는 건 하늘의 뜻이리라.

아니, 혼란한 세상이 군자를 만들어내고 전쟁의 혼돈이 영웅을 탄생시키는 것이라고 해야 할지 모른다.

훗날 무후제국(武侯帝國)이라는 말로 더 많이 불리게 된 〈대황국(大黃國)〉의 처음은 지극히 미약했다.

동쪽 초원의 한 부족으로 일어나 수백 개의 부족을 정벌하여 거대한 초원 연합체를 이루더니 질풍처럼 북쪽 사막을 휩쓸어 복속시켰다.

자신들의 터전보다 수백 배 더 크고 넓은 사막을 완전히 장악하는 데 불과 석 달이 걸렸을 뿐이다.

초원의 전사들은 두려움을 모르는 맹수들이었고, 그들의 장수는 하나같이 천계의 신장(神將)이었다.

일천의 보병으로 십만의 사막족을 무찌르는 데 사흘이면 족했고, 일만의 기병으로 백만의 연합군을 짓밟는 데 열흘이면 족했다.

그래서 사막의 질풍신(疾風神)으로 불리게 된 자들.

그 초원의 연합체를 맨 처음 결성하고 이끈 자를 세상은 무후(武侯)라고 불렀다.

그리고 이대무후 사량격발(師亮擊跋)의 대에 이르러 하나의 통일된 대왕국을 건설했다.

바로 대황국이다.

초원과 사막의 수많은 부족을 하나로 규합하여 세운 강력한 왕국은 비옥한 대륙의 남쪽 땅을 향해 군침을 흘렸다.

그러자 그들과 국경을 맞대고 있는 세 개의 나라가 두려움에 떨거나 혹은 전의를 불태우며 기다렸는데, 이 이야기는 그 무렵부터 시작된다.

第一章

운명(運命)

1. 전란(戰亂)

"용은 승천하지 못할 것입니다."

"어째서?"

"구름을 타는 순간 꼬리를 물리게 됩니다."

"무엇이 그렇게 할 수 있단 말인가?"

"용을 물어뜯을 수 있는 동물은 호랑이뿐이지요."

"호랑이라……."

"신의 불경을 부디 용서해 주소서."

와라락—

붉은 융단 위에 흩어져 있던 악어 이빨들을 쓸어낸 도사가 물러나 엎드렸다.

"호랑이라……."

"신은 다만 명하신 대로 점괘를 풀이해 드렸을 뿐입니다. 용서하소서."

"호랑이라……."

듣지 못한 것처럼 중얼거리는 붉은 얼굴의 노인은 체구가 장대했다.

흰 털로 뒤덮인 북국의 곰과 같다.

그래서 백모웅신(白毛熊神)이라고 불리는 사람.

이대무후이자 대황국의 황제인 사량격발이다.

구월 보름밤에 만조백관이 모인 가운데 신전에서 펼쳐지는 점복 행사였다.

천신과 지신에게 드리는 성대한 제사가 치러진 후 나라의 길흉과 황실의 화복을 점치는 복술이 시행된 것이다.

그 점괘가 대흉(大凶)이었다.

신관(神官)은 보통 그와 같은 점괘가 나오면 에둘러 말하거나 대충 얼버무려 황제의 심기를 거스르려 하지 않게 마련이다.

그러나 오늘의 제복사(祭卜事)를 맡은 신관은 그렇지 않았다. 점괘를 있는 그대로 풀이했으니 제 입으로 제 명을 끊은 것과 다름없다.

황제가 진노하면 천하가 피로 뒤덮인들 누가 막을 수 있을 것인가.

신전 뜰에 가득 모여 있는 만조백관의 얼굴색이 변했다. 그들은 고개를 숙이고 엎드린 채 오직 황제의 진노가 저희들에게까지 미치지 않기만을 빌었다.

한동안 무겁게 침묵하던 황제가 입을 열었다.

"좋은 점괘로군."

점괘를 풀이했던 신관은 부복한 채 움직이지 않았고, 고개를 처박고 있던 만조백관이 어리둥절해서 황제를 바라보았다.

"산이 있으니 골짜기가 있고 남자가 있으니 여자가 있어야 하는 게 세상의 이치 아니겠는가? 용이 있으니 또한 호랑이가 있어야 어울릴 터. 물어뜯고 싸울 상대가 없다면 천하를 얻을 흥이 어찌 일 것이며, 그렇게 해서 얻었다 한들 무엇이 자랑스러울 것인가?"

비로소 신관이 얼굴을 들고 조심스럽게 물었다.

"그 말씀은……."

"꼬리를 물어뜯기지 않도록 더욱 분발하겠다는 것이네. 그래야 자네의 점괘가 엉터리라는 걸 증명할 수 있게 되겠지. 아하하하!"

황제의 대범함과 호쾌함 앞에서 신관인 늙은 도사가 다시 머리를 조아렸다.

그는 성산(聖山)으로 불리는 초원의 서쪽 납천고량산(納天

高亮山)에서 내려온 도사였다.

청량관(清亮觀)에서 도를 닦았는데, 천하에 그보다 밝고 높은 사람이 없다는 말을 들은 사량격발이 불렀고, 도사는 기꺼이 황제의 명을 받들어 다섯 명의 제자를 데리고 산에서 나왔다.

나운선인(懶雲仙人).

그는 늘 고요했다. 잠에 취한 노인 같은 모습이었을 뿐, 어디에도 하늘의 도를 받았다는 진인(眞人)의 모습이 보이지 않았다.

납천고량산에서 도를 닦기 전에는 그도 평범한 사람이었을 것이다. 하지만 그가 어디에서 태어나고 자랐는지, 이름이 무엇인지 아는 사람이 없었고, 나이가 얼마인지를 아는 이 역시 없었다.

혹자는 그가 어미 뱃속에서 나온 게 아니라 하늘에서 뚝 떨어졌다고 했고, 또 다른 사람은 신선들이 산다는 저 먼 동해 밖의 금청도(金清島)에서 온 사람이라고도 했다.

팔십 살이 안 되었다고 하는 사람이 있는가 하면, 내가 예닐곱 살이었을 때에도 지금과 같은 모습이었고, 내 아버지와 할아버지 때에도 지금과 같은 모습이었다고 하는 사람도 있었다.

모든 것이 온통 신비할 뿐인 선인.

그는 늙은 황소 등에 거적 한 장을 덮고 그 위에 앉아 황성으로 들어왔다.

남루한 늙은이에 불과한 모습이었지만 그를 맞이하기 위하여 삼경(三卿)의 재상이 수많은 고관대작들을 거느리고 몸소 문밖에 나와 기다렸으며, 황제의 친위대인 흑룡탄(黑龍灘)의 기병 일만 명이 엄숙하게 도열해 있었다.

늙은 소 한 마리를 위하여 열 필의 말이 나란히 지나가도 남을 만큼 커다란 성문이 활짝 열린 일은 지금도 세상에 회자되고 있다.

그렇게 황성에 들어온 그는 곧장 황제 사량격발의 앞으로 나아가 황사(皇師)이자 대천관(大天官)이 되었다. 삼경의 재상들로부터 조석으로 문안을 받는 지고한 사람이 된 것이다.

비록 그 자리가 정사(政事)와는 아무 상관 없는 복임(卜任)이며 천문직(天文職)이었으나 누구도 그가 유일하게 황제를 움직일 수 있는 사람이라는 걸 부정하지 않았다.

황제가 있는 곳에는 그가 있었고, 그가 있는 곳에는 황제가 있었다.

그것은 마치 대황국의 법과도 같아서 나운선인이 황궁에 들어온 이후 한 번도 어긋난 적이 없었다.

황제가 만조백관을 거느리고 신전을 떠날 때까지 부복하고 있던 나운선인이 허리를 펴고 깊은 한숨을 쉬었다.

"황제의 그릇이 저와 같으니 천하는 하루도 편할 날이 없을 것이다. 하늘로부터 받은 그의 자질이 정말 아깝구나."

*　　*　　*

한 달 후, 대황국은 드디어 대륙 정복의 첫 발을 내디뎠다. 서쪽에서부터였다.

청오랑국(靑五狼國)의 국경을 짓밟기 시작한 것이다.

청오랑국은 서른다섯 개의 대성(大城)과 일백구십팔 개의 크고 작은 현을 가지고 있는 나라였다. 천하의 서쪽을 차지한 지 오백 년. 호적에 등재된 인구만 일천오백만 명인 대제국이기도 하다.

삼십만의 기병에 일백만의 잘 훈련된 보병이 있어서 주변의 소국(小國)들이 두려워할 만도 하건만 청오랑국은 지난 이십 년 동안 한 차례도 이웃 나라를 침범한 적이 없었다. 그건 현 황제인 신성대제(新聖大帝) 청하겸(靑河謙)이 덕치(德治)를 표방하고 지킨 탓이었다.

그는 역대의 어떤 황제보다 후덕하고 온유한 황제였다. 내실을 다지면서 군비를 정비하고 병사를 기르는 일 또한 소홀히 하지 않았으니 성군(聖君) 소리를 듣기에 부족함이 없는 황제인 것이다.

그 청오랑국이 가장 먼저 대황국의 표적이 된 건 그러한 신성대제의 성향이 야심가인 백모웅신 사량격발의 마음에 들지 않았기 때문인지도 몰랐다.

그렇다면 사량격발은 신성대제 청하겸의 인망과 세평(世評)을 질투하고 있었던 것이리라.

북쪽 첫 관문인 대운관(大雲關)이 무너지는 데 보름밖에 걸리지 않았다.

대황국의 기병 중에서도 용맹하기로 이름난 적운기(赤雲旗) 십만과 보군 이십만을 거느리고 대운관을 들이친 자는 모아합(毛牙合)이었다.

그는 표범의 얼굴에 곰의 몸을 가진 자였다. 맹장이면서 불같은 흉포함으로 초원과 사막에 오래전부터 이름을 떨친 대황국의 상장군 중 한 명이다.

그를 맞이해서 대운관의 삼만 장졸은 목숨을 내던지고 분투했지만 보름 동안을 버텼을 뿐 결국 높은 성벽이 허물어지고 망루는 불에 타버리고 말았다.

대모성(大母城)에 모여 전열을 갖추고 출발한 청오랑국의 원병이 아직 삼백 리 밖에 있을 때였다.

항복의 권유를 받아들이지 않았다는 이유로 모아합은 사로잡은 일만여 명의 수비병을 무너진 성벽 아래의 황토 벌판으로 끌어내 모조리 참수했다.

그 광경은 참혹하기 이루 말할 수 없었다.

모아합은 포로들을 묶어 한 줄에 일천 명씩 열 줄로 꿇어앉히고 각 줄마다 열 명씩, 일백 명의 기병이 중병(重兵)인 언월도(偃月刀)를 들고 대기하게 했다.

그날, 하늘과 땅이 누런 모래바람으로 뒤덮이고, 빛을 잃은 태양이 허공에 둥실 떠 있던 그날은 지옥의 날이었다.

천지가 어두컴컴한 중에 종일 사나운 바람이 동서남북에서 몰아쳐 와 무너진 성벽을 마구 때리며 호곡성(號哭聲) 같은 울음을 터뜨렸다.

모아합은 높은 대 위의 표범 가죽 의자에 거만하게 버티고 앉았다.

그의 좌우에는 번쩍이는 장검을 뽑아 든 두 명의 흑의위사가 지켜 섰으며, 대 아래에는 붉은색 단갑과 투구로 몸을 가린 호위기병 일천 기가 붉은 깃발을 매단 장창을 숲처럼 세우고 늘어섰다.

둥—

모아합의 손짓에 고수(鼓手)가 철고(鐵鼓)를 힘차게 두드렸다. 그러자 포로들의 각 줄 끝에서 대기하고 있던 기병 일백 명이 일제히 투구의 가리개를 내렸다. 그 소리가 철그덕 하고 요란하게 울려 퍼졌다.

둥—

다시 북이 울리고, 기병들이 고삐를 틀어쥐었다. 사나운 전마(戰馬)들이 머리를 흔들며 거친 콧김을 내뿜었다. 마른 땅을 긁어대는 발굽 소리가 북소리처럼 벌판 멀리 퍼져 나갔다.

둥—

세 번째 북소리가 울린 순간 그토록 사납게 몰아치던 모래바람이 거짓말처럼 뚝 멎었다. 그리고 일백 명의 기병이 언월도를 치켜든 채 일제히 말 배를 박찼다.

우두두두—

전마들이 황토 먼지를 구름처럼 피워 올리며 포로들에게로 달려나갔다.

언월도가 하늘에 번쩍이는 빛을 뿌렸다.

그때마다 목 하나가 떨어져 뒹굴었고, 붉은 피가 솟구쳐 하늘을 적셨다.

선두의 기병이 무거운 언월도를 쉴 새 없이 휘둘러 일백 명의 목을 치며 달려나갔는데, 언월도를 부지깽이 다루듯이 쉬지 않고 휘둘러대는 그 무서운 힘과 신속하며 정확한 솜씨는 어디에서도 볼 수 없는 것이었다.

그렇게 일백 명을 참수한 자가 쉬기 위해 빠지면 그 뒤를 따르던 두 번째 기병이 언월도를 휘둘러 다시 일백 명을 참수하며 달려나갔다. 그가 뒤로 빠지면 세 번째 기병이 그와 같이 한다.

열 개의 줄을 따라 달리는 열 무리의 기병들은 어떤 조가 먼저 끝에 도달하는지 경쟁하고 있었다.

가장 먼저 도달한 조는 모아합이 내리는 상을 받을 것이고, 가장 나중에 도달한 조는 모조리 죽임을 당하고 마는 끔찍한 피의 시합이면서 향연인 것이다.

그러므로 한 조 열 명의 기병은 모두 쉬지 않고 언월도를 휘둘러 포로들의 목을 쳐야 했다. 지치거나 힘이 달려 멈칫거리게 되면 그 순간 조 전체의 질주가 방해를 받게 되므로 누구도 머뭇거릴 수가 없었다.

둥—

스무 번째의 북소리가 긴 여운을 끌며 잦아들 때 도살이 끝났다.

누런 황토 벌판이 일만 개의 수급으로 뒤덮였고, 죽은 자들이 흘린 피로 하늘마저 붉게 물들었다.

그 시합에서 승리한 건 칠조의 기병들이었다. 삼조가 가장 늦었다.

스무 번째의 북소리가 그치자 기다리고 있던 칠조의 기병 십 기가 일제히 돌아섰다.

삼조는 막 도살을 마치고 포로들의 주검 사이로 빠져나오고 있는 중이었다.

칠조의 기병들이 그들을 향해 무섭게 돌진하더니 조금 전까지도 자신들의 동료이며 친구였던 자들을 가차없이 도륙해 버렸다.

그렇게 함으로써 모아합이 마련한 피와 죽음의 향연이 모두 끝났다.

2 도유강(桃柔崗)

온 나라가 들끓었다.

변방에서 들려온 참혹한 학살 소식에 백성들은 물론 조정의 대소 관원들이 모두 놀라 허둥지둥했다. 그러나 대황국의 침입은 이미 예견된 것이었다. 언제가 될지 몰랐을 뿐이다.

서쪽의 패자 청오랑국의 황제인 신성대제는 곧 동맹을 맺고 있던 삼 개 국에 사자를 보내 연합할 것을 종용하는 한편, 전 군에 수성과 출진의 명을 내렸다. 또한 각 성의 창고를 열어 북쪽에서 밀려 내려오는 난민들을 구휼하고 과부와 고아, 자식 없는 노인들을 구제하여 피신시키도록 했다.

청오랑국 전체가 기어이 닥쳐 온 전운으로 인해 뒤숭숭해졌으나 황제의 의연함과 자비로움은 그러한 혼란을 빠르게 가라앉혔다.

그러자 황제의 덕을 칭송하는 자들이 사방에서 몰려들어 싸우기를 원했으므로 병영은 그 어느 때보다 많은 병사들로 넘쳐 났다. 사기 또한 드높아 막북의 패자인 대황국을 조금도 두려워하지 않았으니 이 전쟁은 청오랑국이 승리할 것으로 예정된 것처럼 보였다.

그렇게 황제의 덕을 칭송하고, 대황국에 대한 증오를 불태우는 청오랑국의 수많은 젊은이 중에 한 사람이 있었다. 남쪽 변방인 황번현(晃蕃縣)에서도 뚝 떨어져 외진 산골 마을 가화촌(歌華村)에서 자란 청년이다.

그곳은 이십여 호의 가난한 농민들이 모여 사는 궁벽한 마을이었다. 그러나 거기에는 늘 밝고 활기찬 기운이 넘쳐 났다. 촌장인 여든 살의 상노인 우문덕이 마을을 잘 이끌었기 때문이다.

촌민들의 존경을 받는 우문 노인은 부지런함과 온화함을 타고난 사람이었다. 젊어서도 그랬지만 나이가 들어갈수록 더욱 온화하고 헌신적인 사람으로 변해갔으므로 사람은 물론, 짐승들까지도 그런 우문 노인을 공경하고 따랐다.

사람들이 그의 덕을 칭송할 때면 우문 노인은 웃으며 겸손하게 말하곤 했다.

"다 황보 선생의 덕이라오. 그가 나는 물론 우리 부락을 변화시켰지. 그러니 공경을 받아야 할 사람은 내가 아니라 바로 그 황보 선생이라오."

우문 노인이 그처럼 떠받드는 사람. 그는 오십을 갓 넘긴 점잖은 선비였다.

황보숭(黃補崇).

그가 어디에서 왔는지 아무도 알지 못했다.

그는 서른이 채 되지 않은 젊은 나이에 젖먹이 사내아이 하나를 강보에 싸안고 홀로 가화촌으로 들어왔다. 벌써 이십오륙 년 전의 일이다.

황보숭은 마을 아낙들에게 젖동냥을 하여 아이의 배를 불리는 한편 햇빛 잘 들고 바람 시원한 언덕 위에 작은 집을 짓기 시작했다.

처음 마을 사람들은 이 궁벽한 곳까지 찾아와 정착하려는 그를 의아하게 여겼다. 한눈에 이런 궁촌에서 농사를 지으며 살 사람처럼 보이지 않았기 때문이다. 하지만 그는 언덕 위에 조악한 집을 짓고 눌러앉았다. 가화촌이 마음에 들었던지 떠날 생각을 하지 않았던 것이다.

그런 그에 대한 의혹과 경계의 눈길도 잠시, 마을 사람들은 곧 그의 온화함에서 나오는 친화력에 동화되어 갔다. 그렇게 일 년이 지나자 이제는 누구도 황보숭을 외지에서 불쑥 찾아든 사람이라고 여기지 않게 되었다.

그 무렵부터 황보숭은 오두막집에 마루 하나를 더 만들어야 했다. 그가 글 읽는 소리를 들은 마을 사람들이 글을 가르쳐 주라며 개구쟁이들의 손을 이끌고 한 명 두 명 찾아왔기 때문이다.

가화촌에 처음으로 글을 읽고 쓸 줄 아는 사람이 생긴 것이다.

농한기에는 청년은 물론, 노인들까지 황보숭의 오두막집에 찾아와 글을 배웠다. 처음에는 제 이름자를 쓸 줄 알게 된 것에 만족하더니 조금씩 글에 대한 욕심이 생겨 다투듯 열심히 배우자 몇 년 뒤에는 마을에 글을 모르는 자가 없게 되었다.

그것을 보고 이웃 마을 사람들은 말하기를, '가화촌에서는 개도 멍멍 짖지 않고 운율에 맞추어 노래를 읊조린다' 고 했다.

그 소문이 퍼지자 멀리 떨어진 마을에서까지 아이들을 보내 글을 배우도록 했다.

삼십여 명의 개구쟁이가 복닥거리기에는 집이 너무 좁고 누추했다. 그걸 본 마을 사람들이 일제히 달려들어 조악한 오두막을 헐어버리고 새 집을 지어주었다. 두 칸의 방에, 번듯한 대청과 낮은 돌담을 두른 아담하고 튼튼한 집이 뚝딱 세워진 것이다.

황보숭은 이제 네 살이 된 아들과 둘이 그 집에서 살았다. 하루 종일 거문고를 뜯거나 시를 읊조리고 글을 읽었으며, 때가 되면 찾아온 아이들을 가르칠 뿐 다른 일은 하지 않았다.

원래 농사일과는 거리가 먼 그였지만 사는 데 궁색하지 않을뿐더러, 해가 거듭될수록 오히려 넉넉해지는 건 아이를 맡긴 사람들이 월사금이라며 가져다주는 몇 푼의 돈과 몇 되의 곡물 때문이었다. 그는 한 번도 요구한 적이 없으나 사람들이 스스로 알아서 그렇게 했던 것이다.

그렇게 십여 년이 지나자 황보숭은 가화촌에서 제일 부유한 사람이 되었다. 그리고 젖동냥을 해 먹였던 황보강(黃補崗) 또한 개구쟁이의 티를 벗고 열다섯 살의 어엿한 소년으로 성장해 있었다.

그 황보강은 아버지를 닮아 영준했으며 온화하고 의연했다. 게다가 제 나이 또래의 소년들 중 누구보다 몸이 날쌔고 힘이 좋았다. 어쩌다 마을에 씨름판이 벌어지면 어지간한 장정들은 그에게 잡혀 내동댕이쳐지기 일쑤였는데, 그러면 마을 사람들은 가화촌에 장사가 났다며 좋아했다.

그렇게 다시 몇 해가 지나자 인근 마을은 물론 황번현 전체에서 가화촌의 황보 선생과 그의 아들 강을 모르는 사람이 없게 되었다.

그 무렵, 사람들은 황보숭의 집이 있는 언덕을 도유강(桃柔崗)이라고 불렀다. 그가 집을 짓고 나서 옮겨 심은 삼십여 그루의 복숭아나무가 보기 좋게 자라 봄이면 복사꽃을 하나 가득 피웠기 때문이다.

멀리서 그 언덕을 보면 분홍빛 구름 덩이가 내려와 머물러 있는 것 같아서 누구나 탄성을 터뜨렸다.

* * *

다시 십여 년의 세월이 지났다.

황보강은 어느덧 스물다섯 살의 늠름한 청년이 되었고, 그 위엄이 해와 같이 빛났다.

큰 지혜를 담은 맑은 눈은 아버지 황보숭으로부터 물려받은 것이 분명하고, 씩씩한 기상은 가화촌과 도유강을 품고 있는 아라얼산(牙羅乻山)의 구름 인 봉우리를 닮은 게 틀림없었다.

높고 크고 넓으며 험한 아라얼산의 정기가 온통 황보강에게로 내려온 것처럼 그는 장부의 기개와 용맹을 갖추었으며, 또한 도유강의 만발한 복사꽃 그늘과도 같이 아름답고 온화했다.

어느덧 청춘을 물처럼 흘려보내고 오십대 중반에 접어든 황보숭은 그런 아들을 볼 때마다 흐뭇한 미소를 짓곤 했는데, 아들이 아버지의 자부심이요 자랑이라는 말이 적어도 황보숭에게는 틀림없는 말이었다.

그해에 나라에 전란이 발발했다.

대황국의 모아합에 의해 대운관이 무너지고 일만 명의 포로가 모두 참수되었다는 소식은 도성에서 수천 리나 떨어진 가화촌에도 날아들었다.

그날 이후로 전황은 날로 나빠져만 갔고, 연합하기로 했던 나라들도 대황국의 위세에 눌려 눈치만 보고 있을 뿐 나서려고 하지 않았다.

청오랑국은 외로운 신세가 되었다.

겨울이 되자 전선이 잠잠해졌다. 다들 봄을 기다리는 것이다. 오래가지 못할 긴장 속의 고요였다.

신성대제가 수심에 잠겼다는 말을 들은 황보강이 아버지

앞에 엎드렸다.

겨울이 지나가고 다시 찾아온 봄이 무르익어 가는 무렵이었다.

"소자, 이제는 나라를 구하고 황제를 보필하며 도탄에 빠진 백성들을 위해 그동안 갈고닦은 재주를 쓸 때가 왔습니다."

황보숭이 타고 있던 거문고를 밀어놓았다.

"너는 공명을 얻으려느냐?"

"대장부의 길이 어디 공명에만 있겠습니까?"

"그러면 부귀영화를 얻으려느냐?"

"아버님의 가르침에 그러한 것은 없었습니다."

"그러면 대의를 펼쳐 보이겠다는 것이냐?"

"아버님께서는 대의라는 것도 필부의 허리띠에 매달려 있는 검과 같을 뿐이라고 하셨습니다. 소자는 그보다 더 큰 것을 바라보기 원합니다."

"말해보아라."

"어둠을 가르는 광명의 도를 세상에 밝히고자 합입니다."

"……."

황보숭이 입을 꾹 닫고 아들을 뚫어지게 바라보았다. 그의 눈이 여느 때와는 달리 뜨거운 정기를 가득 담고 이글거렸다.

"고난을 헤쳐 나아갈 자신이 있느냐? 네 목숨을 내주어야 할지도 모른다."

"오직 광명의 도를 세상에 밝힐 수만 있다면 열 번, 백 번이라도 그리할 수 있습니다."

"장하다."

황보숭이 다시 거문고를 끌어당겨 무릎에 올려놓았고, 황보강은 몸을 일으켜 초당을 나갔다.

3. 장한가(長恨歌)를 부르다

그로부터 닷새 후, 황보강은 스물다섯 명의 마을 장정과 함께 가화촌을 떠났다.

전마를 타고 갑주를 입었으며, 안장에는 방패와 갈래진 창을 걸었고, 허리에 검을 찼다. 스무 대의 화살이 들어 있는 전통을 지고 손에 활을 잡은 그 모습이 영롱하여 눈이 부실 지경이었다.

한 번도 가화촌 밖으로 나가본 적이 없는 그가 이제 처음으로 저 넓고 험한 세상으로 나가려는 것이다.

황보숭은 도화꽃 만발한 언덕 위 정자에 앉아 거문고를 뜯으며 노래를 읊조렸다.

세상이 어떻게 되든 상관없는 사람 같았고, 하나뿐인 아들이 전장으로 나가는 걸 전혀 알지 못하는 사람 같았다.

도유강에 올라온 황보강이 말에서 내려 정자를 마주 보고 섰다.

두 손을 모은 채 공손히 서서 아버지가 타고 있는 곡조가 다 끝날 때까지 기다리기만 할 뿐 한마디도 말하지 않았다. 아버지의 거문고 탄주를 듣는 게 이것이 마지막이 될지도 모른다고 생각하는 것 같다.

드디어 탄주가 멎었다. 거문고 줄이 잉잉거리는 울림을 도화림 가득 펼쳐 놓았다.

그제야 황보강이 갑주를 쩔그렁거리며 무릎을 꿇고 절을 올렸다.

"부디 옥체 보중하소서. 소자, 다녀오겠습니다."

띵—

황보숭은 말하지 않았다. 굵은 줄 한 가닥을 퉁겨 대답을 대신했다.

애정과 존경과 흠모의 염이 가득 담긴 눈으로 한참 동안 그런 아버지를 바라보던 황보강이 몸을 일으켜 말에 올랐다.

다시는 뒤돌아보지 않고 도유강을 내려간다.

바람이 불어와 만개한 복사꽃잎을 흔들어댔다. 그것이 붉은 눈처럼 천지간에 가득해졌고, 황보숭은 침묵 속에서 그 꽃잎들이 떨어져 사라락거리는 소리를 듣고 있었다.

띵—

그가 다시 거문고 줄을 퉁겼다. 그리고 학이 울듯이 맑고 청아한 노래를 부르기 시작했다. 그것이 꿈틀거리며 하늘로 올라갔다. 저 높은 아라얼산의 눈 덮인 봉우리 위로 퍼져 나간다.

북소리 둥둥 울리고 뿔피리 소리 가득할 때
삼십만 대군이 성을 나섰네.
넓고 거친 초원과 황토 벌판을 건너 긴 강가에 진을 쳤지.

하늘이 붉게 물든 그날
해도 달도 천공에 못 박혀 있던 그날
나 홀로 부러진 창에 의지해 핏빛 강을 건넜다네.

고향 가는 길을 찾아
승냥이 무리 어슬렁거리는 어둠 속을 이리저리 헤매었지.
남쪽으로 가고자 하나 구천에는 동서남북이 없다 하니
갈 곳을 몰라 그저 발길 닿는 대로 떠도네.

장한가(長恨歌)였다.

도유강을 왼쪽에 멀리 두고 떠나는 황보강은 말 위에서 아버지의 그 노래를 들었다. 비장한 음조가 높고 낮게 흘러 허공에 긴 한(恨)의 강물을 굽이굽이 펼쳐 놓는 것 같았다.

황보강은 그 강을 따라 터벅터벅 멀어져 갔고, 드디어 가화촌을 완전히 벗어나 보이지 않게 되었다.

*   *   *

반년이 지났다.

푸르던 산천이 갈색으로 물들어 서걱거리더니 아침이면 흰 서리가 내리는 날이 되었다.

어김없이 찾아오고 떠나가기를 멈추지 않는 계절의 무심함이다.

지난봄부터 다시 시작된 전쟁에 대한 소문이 쉬지 않고 들려왔건만 가화촌은 변함없이 평화로웠다.

황보강으로부터는 아무런 소식이 없었고, 황보숭은 그런 아들의 생사가 궁금하지도 않은지 여전히 유유자적했다.

마을에 큰 제사가 있는 날이었다.

해마다 봄이 올 때와 가을을 넘기는 때가 되면 온 마을 사람들이 동쪽 신당에 모여 사흘 동안 기원제를 드리는 게 가화촌의 오랜 전통이었다. 풍도제(風道祭)라고 한다.

마을 사람들은 풍신(風神)을 수호신으로 모셨다. 나로아함(羅露娥含)이라는 이름을 가진 여신이다. 풍도천(風道天)을 관장하는 삼십육 주신(主神) 중 하나이면서 풍요와 다산을 가져다주는 신으로 여겨진다.

그리고 오늘, 그 풍신 나로아함을 모시는 마을의 제사가 절정에 이르렀을 때 한 손님이 찾아왔다.

창검을 든 기마무사들의 호위를 받으며 찾아온 손님은 화려한 비단 조복에 관모를 쓴 고귀한 자였다.

커다란 수레를 다섯 대나 대동하고 있었는데, 그것을 따르며 지키는 자는 황번현의 현령과 그의 나졸들이었다.

현령을 하늘처럼 높은 나리로 알고 있었던 촌민들에게 그것은 놀라운 일이었다.

대체 얼마나 높은 사람이기에 현령을 종처럼 부릴 수 있단 말인가. 그런 사람이 왜 이 궁벽한 마을에 찾아왔단 말인가, 하는 생각에 모두 지레 두려워 벌벌 떨었다.

가화촌의 제사에는 관심도 두지 않고 그들이 곧장 향한 곳은 도유강이었다.

"황제 폐하의 사자요!"

앞선 자가 커다랗게 외쳤다.

황제인 신성대제 청하겸이 보낸 사자의 행렬이라는 데에 마을 사람들이 모두 기겁을 했다. 제사고 뭐고 팽개친 채 도유강으로 밀려들어 황제의 사자를 구경하느라고 정신이 없다.

초당에서 내려와 무릎을 꿇고 앉은 황보숭 앞에서 황제의 사자가 거만하게 두루마리를 펼쳤다.

"황보강이 전공을 세웠으므로 그의 집에 쌀 일백 석과 함께 황금 열 근, 비단 오십 필을 하사하노라."

낭독을 마친 사자가 황보숭을 부축해 일으켰다.

"아들을 그처럼 훌륭하게 키워 큰 공을 세우게 했으니 장하오. 그대는 한낱 재야의 선비이지만 이제부터는 아들과 함께 그대의 이름이 만천하에 알려질 것이오."

"그가 무슨 공을 세웠습니까?"

"석천강의 싸움에 일대의 대장으로 참전해 역천의 무리를 물리치는 데 혁혁한 무공을 세웠다오."

"얼마나 죽었습니까?"

"모아합의 적운기 일만 중 살아서 달아난 자가 고작 일이천에 지나지 않소. 수급을 벤 보군들이야 셀 수도 없지."

"그가 그 싸움에서 어떤 일을 했습니까?"

"선봉장인 상장군 이가욱이 적운기에게 에워싸여 위급한 상황에 처했는데 그대의 아들이 일대 일백 명의 용사를 이끌고 곧장 달려와 적운기를 물리치고 상장군을 구해냈다오. 상장군 이가욱이 황제 폐하의 외사촌이라는 건 세상이 다 아는 터. 그의 목숨을 구했고, 그 덕에 석천강의 전투에서 크게 승리할 수 있었으니 황제 폐하께서 어찌 기뻐하지 않으시겠소?"

적운기라면 모아합이 자랑하는 정예의 기병단이다. 용맹하기가 굶주린 표범 같고 날쌔기가 매와 같은데다가 흉포하기 짝이 없는 자들이다. 초원과 사막에서는 그들의 붉은 깃발이 곧 죽음으로 통한다.

그런 자들을 물리쳤다니 보지 않았어도 석천강의 싸움이

얼마나 치열했을지 짐작이 갔다. 적병이 그렇게 많이 죽었다면 이쪽의 병사들 또한 온전했을 것인가.

황보숭이 마지못한 듯 한숨을 쉬고 머리를 조아렸다.

"황제 폐하의 은덕에 감사하오."

사자가 고개를 갸웃거리며 돌아갔다.

아들이 전공을 세웠고, 황제 폐하의 하사품이 왔는데도 황보숭의 얼굴에 반가워하거나 고마워하는 기색이 없었기 때문이다. 담담하기가 마치 남의 일이라는 것 같았다.

그들이 돌아간 후 황보숭은 수레를 부수고 그 안의 것들을 하나도 남김없이 마을 사람들에게 나누어 주었다.

그것을 보고 촌장이 근심스런 얼굴로 물었다.

"적지 않은 재물이고 특히 황제께서 하사한 것들인데 이렇게 함부로 나누어 주어도 괜찮겠소? 더구나 황보 선생 당신을 위해서는 쌀 한 톨도 취하지 않으니 우리는 기쁘지가 않구려."

황보숭이 웃으며 손사래를 쳤다.

"다 필요없소이다. 내가 언제 재물을 탐하더이까? 언제 내 집 쌀독에서 바가지 긁는 소리가 납디까? 내 한 몸 먹고살기에 족한데 재물은 무엇에 쓴단 말입니까?"

말을 마치자 거문고를 안고 정자로 올라갔다.

도화림에서는 그날 밤늦도록 처량하고 슬픈 곡조가 들려왔다. 그 소리에 상심한 듯 밝은 달마저 운행을 멈추고 도유강 위에서 한참 동안이나 머물러 있었다.

전쟁의 소식은 점점 험악해졌다.

한 달 전에는 광안관(光安關)이 깨졌다는 말이 들리더니 보름 뒤에는 북방의 대성(大城) 중 하나인 아고명성(雅高鳴城)의 성벽이 무너지고 오만 명이 죽었다는 끔찍한 소식이 들려왔다.

북방의 세 개 성 중 하나가 무너졌으니 나머지도 언제 무너질지 모른다며 사람들이 모두 불안해했지만 황보숭은 여전했다. 그리고 첫눈이 내린 날 다시 황제의 사자 행렬이 가화촌의 도유강으로 찾아왔다.

"그대의 아들 황보 참장이 이번에도 큰 공을 세웠소. 황제 폐하께서 여간 기뻐하시는 게 아니라오. 병사들은 황보 참장을 귀호장군이라고 부르며 존경하지."

황보숭은 강이 벌써 참장이라는 직위에 올랐다는 걸 알았다.

참장(參將)이란 상장군이나 대장군을 보좌하는 높은 자리다. 비로소 장군이라는 호칭으로 불리기도 한다. 게다가 귀호장군(鬼虎將軍)이라는 별칭까지 얻었다니 대견하기도 하련만 황보숭의 표정은 변함이 없었다.

황제의 사자가 다시 말했다.

"나라의 모든 병사들이 황보 참장의 용맹에 고취되어 사기가 오르고 있으니 모아합의 대군을 무찌르는 것도 어렵지 않을 것이요. 모아합에게는 황보 참장이 눈엣가시나 다름없지. 그래서 그의 목에 황금 열 근의 상금까지 걸었다고 하는구려. 그러나 그대는 걱정할 것 없소. 황제 폐하의 병사들은 모두 한 마음이 되어 싸우고 있으니까."

황보숭이 두려워할까 봐 서둘러 위로의 말을 꺼냈지만 그는 그럴 필요가 없었다.

황보숭이 담담하게 말했다.

"이번에는 무슨 공을 세웠습니까?"

"어기장군 당호파가 유시에 맞아 전사하자 황보 참장이 동요하는 병사들을 독려하고 지휘하여 고작 삼만의 군세로 십만의 적병을 물리쳤다오. 탕무평의 일전이지. 그곳이 뚫리면 북방의 두 번째 대성인 반호성이 떨어질 상황인데 황보 참장이 용맹분전하여 그것을 지켜냈으니 황제 폐하께서 어찌 크게 기뻐하지 않을 수 있겠소?"

그러면서 사자는 수레에 가득 싣고 온 하사품을 내려놓았다.

"모아합이 황보 참장의 목에 황금 열 근의 상금을 걸었다는 소식을 들은 황제께서는 황금 일백 근을 하사하여 위로하심은 물론 그대에게 대부의 직함을 내리셨으니 온 천하가 황제 폐하의 높은 덕을 찬양해야 할 것이오."

그 말을 들은 가화촌의 촌민들이 모두 크게 놀라 입을 딱 벌렸지만 황보숭은 여전히 담담했을 뿐만 아니라 오히려 우울해 보이기도 하는 것이어서 사자가 고개를 갸웃거렸다.

"헐어라!"

사자가 동행했던 병사들에게 소리쳤다.

"공경대부의 집이 이렇게 초라해서야 웃음거리가 되지 않겠느냐? 헐고 새로 지어라!"

그 즉시 병사들이 달려들어 황보숭의 초라한 집을 헐어버리기 시작했다.

황보숭은 아무 말도 하지 않았다. 눈살을 찌푸리는 법도 없이 거문고를 안고 흰 눈에 덮여 있는 복숭아나무 숲으로 사박사박 걸어 들어갔을 뿐이다.

사자가 떠나고 병사들은 남아서 새집을 지었다.

두 달 뒤, 봄기운이 바람에 실려 찾아오기 시작한 무렵에 도유강에는 열 개의 방과 청당이 있는 번듯한 집 한 채가 올라섰다. 높은 대문을 세우고 돌담까지 두르자 현령의 저택 못지않게 아름답고 웅장했다.

집이 완성된 날 현령이 몸소 찾아왔다. 현의 유지라고 하는 사람들이 모두 예물을 들고 현령과 아문의 관인들을 따라왔으니 도유강이 사람의 물결로 뒤덮였다고 해도 과언이 아니었다.

넓은 청당에는 온갖 예물들이 쌓여 사람이 들어설 자리가 없을 지경이었다. 황보숭은 그곳에 앉아 하루 종일 축하를 받았다. 그저 담담한 미소로 하객들을 맞고 보냈을 뿐 여전히 고요하기만 했다. 즐거움을 모르는 사람 같았다.

앞 다투어 아부를 하며 시끄럽게 떠들어대던 사람들이 모두 돌아갔다.

그러자 황보숭은 청당의 문을 닫고 집 밖으로 나왔다. 대문마저 닫아걸고 봉인한 그는 다시는 그 집에 들어가지 않았다. 도화림의 정자 곁에 스스로 움집이나 다름없는 초막을 하나 세우더니 늦겨울과 이른 봄의 추위에도 아랑곳하지 않고 거기 거주했던 것이다.

"황보 선생, 대체 무슨 일이요? 집이 마음에 들지 않소? 그렇다면 우리가 다시 지어드리리다."

촌장 우문 노인의 말에 황보숭이 빙긋 웃었다.

"저 집은 내 집이 아닌데 마음에 들고 말고가 있겠습니까?"

그리고 달이 차고 기우는 것과 상관없이 정자에서 세월을 구경했다. 거문고를 뜯고 노래를 부르고 때가 되면 찾아오는 아이들에게 글을 가르치는 게 변함없었다.

출사하여 벼슬할 생각이 없는 건 물론, 집 안에 만금을 쌓아두고 있으면서도 그는 하루 세 끼 식지 않은 밥과 나물을 먹을 수 있는 데에 만족하는 사람이었다.

"황보 선생은 이제 보니 도인이었어."

"신선이 되려는 건지도 몰라."

"아니, 그는 이미 신선이야. 신선이면서 선계에 있지 않고 하계에 머물러 있는 거지."

"그렇군. 역시 처음부터 범상치 않아 보이더라니."

가화촌은 물론 황번현의 사람들은 모두 그렇게 말했다.

자신들이 선인과 함께 살고 있다는 데에 커다란 자부심을 느끼기도 했는데, 그건 곧 황보숭에 대한 공경으로 승화되었다. 그래서 그를 위해 향을 피우는 사람이 생겼을 무렵, 북쪽 전선에도 봄이 찾아오고 있었다.

그리고 청오랑국의 운명을 판가름할 커다란 싸움의 기운이 무르익었다.

4. 척망평(尺忘坪)의 전운

반년 전부터 황보강은 여기저기 전장을 찾아 떠돌던 유장(流將)의 신세에서 벗어나 어기장군(御旗將軍) 도울(都丂) 각하의 참장으로 안착해 있었다. 그동안 모신 상장군만 세 명이었고, 그들을 따라 참전했던 전장이 무려 이십여 곳에 달했으나 이제는 오직 도울 각하의 군기 아래에서 그의 군령만 받드는 심복 무장이 된 것이다.

북쪽 전선을 사수하던 세 개의 군단은 불굴의 기백과 용맹으로 모아합의 적운기에 맞서 싸웠지만 역부족이었다. 그동안 여섯 개의 대성 중 다섯 개가 떨어졌고, 세 개의 군단 중 이제는 도울의 군단 하나만 남았다.

전선이 무너지는 건 시간문제인 것처럼 보였다. 그러나 도울은 악착같이 버티며 적운기의 진격을 가로막고 있었다. 전력과 군비 모든 면에서 비교할 수 없는 열세임에도 불구하고 지난 보름 동안 세 차례나 싸워 모아합의 대군을 물리쳤던 것이다.

그가 지키고 있는 한 대모성으로 직통하는 천남로(天南路)를 지나갈 자는 아무도 없을 것 같았다.

대황국과의 전쟁이 발발한 지 어느덧 이 년하고도 반이 지나고 있었으니 그만하면 청오랑국으로서는 잘 버틴 셈이었다.

반대로 대황국의 사량격발로서는 단단히 화가 날 일이기도 했다. 그의 병사들이 언제 한 성, 한 나라를 무너뜨리는 데 몇 개월이라도 걸린 적이 있었던가. 그러므로 사량격발은 청오랑국의 어기장군 도울과 모아합의 이 싸움이 자신을 시험하는 하늘의 마지막 관문이라고 생각했다.

—천남로를 지나가지 않고서는 천하를 얻지 못할 것이다. 얻느냐 얻지 못하느냐가 오직 너에게 달려 있다.

황제이자 이대무후인 백모웅신 사량격발의 말을 전해 들

은 모아합은 의자와 탁자를 걷어차 버리고 군막 밖으로 뛰어나와 맨땅에 몸을 던졌다.

그리고 엉엉 울었다.

황제를 뵐 면목이 없어서이고, 황제에게서 그런 말까지 들어야 하는 자신의 처지가 너무나 분해서였다.

반나절을 그렇게 땅에 엎어져 있던 모아합이 벌떡 몸을 일으킨 건 뉘엿뉘엿 해가 기울어갈 무렵이었다.

그는 언제 몸부림치며 울었느냐는 듯 태연했다. 툭툭 옷의 흙을 털더니 머리를 단정히 하고 내던졌던 관을 주워 다시 썼다.

"소와 양을 잡아라! 아끼지 말고 술을 내와라! 오늘 밤은 마음껏 먹고 취한다! 자, 잔치다! 광대와 악대를 불러와라!"

그날, 모아합의 진영에서는 밤새도록 고기 굽는 냄새와 술 냄새가 진동했다.

왁자하니 떠들고 웃는 소리에 황량한 벌판이 소나기를 만난 것처럼 시끄러워졌다. 이십만의 대군이 먹고 마시고 유흥에 들떠 춤을 추어대기를 밤새 했던 것이다.

척후를 통해 보고를 받은 어기장군 도울 각하의 얼굴에 수심이 어렸다.

그는 대모성 앞 삼십 리 지점의 벌판에 주둔하고 있는 중이었다. 남쪽으로 곧게 나 있는 천남로를 등지고 보기(步騎) 오만의 군세로 낮은 구릉과 드문드문 서 있는 소나무 숲을 배경 삼아 넓게 포진하고 있었다.

대모성이 떨어지면 황도(皇都)까지는 빠른 말로 불과 사흘 거리였다. 도중에 가로막는 높은 산도 강도 없다.

오십 리 밖.

척망평(尺忘坪)이라고 불리는 이 드넓은 황무지 벌판 저쪽 끝에 대황국의 제일가는 맹장 모아합의 대군이 진을 치고 있다.

그들이 이 밤에 취하도록 먹고 마시며 춤을 추고 있다니 이해할 수 없었다. 척후의 보고대로라면 경계병들마저 모조리 걷었다지 않는가. 있을 수 없는 일이다.

이십만의 대군이 초병도 세우지 않은 채 마치 야유회라도 갖는 것처럼 시끄럽게 놀고 있으니 대체 무슨 속셈이란 말인가.

"모아합이 드디어 미친 것 아닌가?"

미간을 찌푸리고 있던 도울이 저도 모르게 불만 어린 소리를 불쑥 내뱉었다.

"찔러볼까요?"

뒤에 공손히 서 있던 한 무장이 조용한 음성으로 그렇게 물었다.

금빛으로 번쩍이는 황동의 갑주에 붉은 전포를 걸친 삼십대 초반의 젊은 무장이었다. 깨끗한 용모와 정기 가득한 두 눈이 인상적인 사내. 참장 아국충(芽國忠)이다.

그는 도울의 군진에 있는 열 명의 참장 중 가장 고참이기도 했다. 벌써 칠 년째 오직 도울을 모시고 있는 것이다.

조부가 청오랑국의 대신을 오래 지냈고, 부친도 국공으로 불리는 귀족 집안의 자제였다. 그런 그가 무관의 길을 택하여 군문에 들어온 건 이례적인 일이었다. 그리고 지난 몇 차례의 큰 싸움에서 충분히 무용을 떨치고 공을 세워 지금은 청오랑국에서 그의 이름을 듣지 못한 자가 없었다. 귀골로 생긴 그를 두고 샌님장군이라고 비웃던 자들도 이제는 모두 입을 다물었다.

이번 싸움에서 그는 청색 깃발에 매의 문양을 표기로 삼는 응신기(鷹神旗)를 이끌고 있었다. 오천의 기병단을 거느리고 도울의 우익(右翼)을 맡고 있는 우장군인 것이다.

좌익(左翼)을 맡고 있는 좌장군은 야두차(野頭嵯)라고 하는 사십대 중반의 거친 사내였다. 그는 곰처럼 생긴 용모에 타고난 힘이 장사여서 너끈히 황소의 목을 비틀었는데, 역시 오천 기병단을 거느리고 도울 진영의 왼쪽을 책임졌다.

잠깐 생각한 도울이 그 야두차를 바라보았다. 야두차의 털북숭이 뚱한 얼굴이 도울을 마주 본다.

"네 생각은?"

"소장의 머릿속에 생각 따위는 없습니다. 공격이냐, 후퇴냐가 있을 뿐이지요."

도울이 빙긋 웃었다.

전장에서는 용맹이 단연 뛰어나 믿음직스럽지만 군략을 세우는 일에는 답답한 위인이 바로 그였다. 그건 달리 말하면 그만큼 충성스럽다는 것이었으므로 도울은 그를 믿는 마음이 컸다.

다음으로 도울의 시선이 향한 곳은 뒤쪽, 군막의 기둥 곁이었다.

거기 한 젊은 무장이 그림인 듯 조용하게 서 있었다.

황보강이다.

"네 생각은 어떠냐?"

황보강이 머뭇거리지 않고 말했다.

"비겁한 일입니다."

"비겁?"

"승리한다고 해도 모아합은 승복하지 않을 것입니다."

"그것뿐이냐?"

"함정일 수도 있습니다."

"함정이라……."

도울이 선뜻 결정하지 못하는 이유도 거기에 있었다. 모아합이 진정 미치지 않았다면 적전(敵前)에서 저런 어이없는 짓을 벌일 이유가 없지 않은가.

"그래도 원하신다면 소장이 선봉을 맡겠습니다."

황보강은 도울 각하가 그런 어리석은 결정을 할 리 없다고 믿지만 만약 그렇게 한다면 가장 먼저 모아합을 치는 건 자기가 되어야 한다고 생각했다.

도울은 그 말에 대답하지 않았다. 대신 둘러선 참장들 모두에게 말했다.

"모아합은 우리를 비웃고 자극하려는 것이다. 평정심을 흔들어놓겠다는 생각이겠지."

과연 진영의 병사들은 그 믿지 못할 소식에 모두 동요하고 있었다.

도울이 빙긋 웃었다.

"모든 병사가 배불리 먹고 마시도록 밥을 짓고 고기를 삶아라. 군량을 아까워할 것 없다. 우리도 오늘 밤과 내일 하루 편히 쉰다. 다들 허리띠를 풀어도 좋다."

참장들이 총사령의 그 엉뚱한 명령에 당황하여 술렁거렸다. 아국충과 황보강만이 고개를 끄덕였을 뿐이다.

모아합은 병사들의 흥을 최고로 끌어올렸다. 그건 곧 사기가 된다. 그 상태로 내일 하루 푹 쉬게 하면 모두 몸이 근질거려 엉덩이를 들썩일 것이고, 말들도 짜증을 낼 것이다. 그때 갑자기 진격 명령을 내린다면 어찌 될 것인가.

"이틀 후에 마지막 싸움이 벌어질 것이다. 이기든 지든 결판이 나겠지."

흩어지는 참장들을 바라보던 도울이 우울하게 중얼거렸다.

"모두 죽게 될지도 몰라. 아니, 그렇게 될 게야."

우뚝 멈추어 선 황보강과 그의 눈이 마주쳤다. 도울이 고개를 한 번 끄덕이고 나서 말했다.

"너에게는 따로 맡길 일이 있다."

第二章

귀병(鬼兵)을 보다

1. 귀호대(鬼虎隊)

죽는다는 건 두렵다.

장군은 죽는 걸 두려워하지 말고 용감히 싸우라고 했다.

죽기로 싸우면 살 것이요, 살겠다고 두리번거리는 자는 반드시 죽을 것이라고도 했다.

하지만 지금, 벌판을 가득 메우고 있는 저 많은 적군의 엄정한 군기 앞에서 과연 죽음을 불사할 각오로 전의를 불태우고 있는 자가 몇이나 될 것인가.

초조함과 두려움으로 정신이 멍해지고, 긴장으로 손에 땀이 배었을 것이다.

상천하의 싸움 이후 계속된 몇 번의 큰 싸움을 치르면서 아직까지 죽지 않고 살아 있는 자들이었다. 이백 명이다. 운이 좋은 자들이라고 해야 하리라. 하지만 이번 싸움에서도 살아남을 것이라고 장담할 수는 없다.

도울 각하의 말처럼 모두 죽게 될 것이다.

아니, 어쩌면 몇 명은 살아서 고향으로 돌아가게 될지도 모른다. 하지만 그 운 좋은 자가 내가 될지, 다른 사람이 될지는 아무도 알 수 없다.

그게 운명이라는 것이다.

이미 정해져 있으련만 알 수 없는 것. 그것이 이끄는 대로 갈 수밖에 없는 삶이란 눈을 가리고 길을 가는 것과 같은 두려움이다.

멀쩡하게 지나다니던 길도 무섭고 불안해진다. 한 발 앞을 알 수 없기 때문이다.

운명은 언제나 그렇게 우리의 눈을 가리고 제가 정해놓은 길로 이끄는 폭군이다.

"대장, 부탁이 있소."

"응?"

우거진 풀을 살짝 젖히고 벌판을 노려보며 상념에 잠겨 있던 황보강이 곁을 돌아보았다.

곰 같은 덩치에 온통 숯을 칠한 듯 시커멓고 철사 같은 수염이 무성하게 뻗쳐 있는 자.

흔히 볼 수 없는 체구와 험상궂은 용모 때문에 누구나 그자를 한 번 보면 절대로 잊지 못했다. 다들 검은곰이라고 부를 뿐 이름도 없는 자였다.

황보강은 석 달 전에 그를 만났다. 도울 각하의 충의군으로 옮겨와서 정착한 뒤였다.

그는 생긴 것에서 알 수 있듯이 성정이 거칠기 짝이 없어서 병영 내의 골칫덩이였다.

동료들과의 화합은커녕 수틀리면 직속상관인 마병조장까지 두드려 패기 일쑤였으니, 누구도 그와 가까이하려 하지 않았다.

한 번은 제가 속한 기병단의 군령(軍令)인 참장 아국충에게 대든 적이 있었다. 군령의 호위대 열 명이 달려들어서야 겨우 뜯어말렸다고 하니 보지 않았어도 그 꼴이 눈에 선하다.

고작 마창수(馬槍手)에 불과한 놈이 주먹을 불끈 쥐고 제가 속한 부대의 장군에게 대들었다는 건 유례가 없는 일일뿐더러 결코 용서받을 수 없는 짓이었다.

그동안 아국충은 검은곰 때문에 끙끙 속을 앓아오고 있었다. 그를 내쫓지도 못하고, 잡아두고 있자니 언제나 마음이 조마조마했던 것이다.

하루도 군영을 시끄럽게 하지 않는 날이 없는 망나니. 그러나 싸움이 벌어지면 그보다 더 든든하고 믿을 만한 자가 없었다. 능히 열 명, 스무 명의 몫을 혼자서 해내는 자였던 것이다.

더구나 상천하의 대전(大戰)을 눈앞에 두고 있는 때가 아닌가.

붙여두고 있자니 골칫덩이요, 내쫓자니 아까운 자.

하지만 아국충은 그자가 겁도 없이 자신에게 대들어 주먹질을 하려고 하자 더 참지 못했다. 군기를 문란케 한 죄로 참수하려고 하는데, 그 사실을 안 총사령 도울 각하가 말렸다.

"그냥 죽이기에는 아까운 놈이다. 귀호대로 보내라."

귀호대(鬼虎隊).

굶주린 호랑이처럼 사납고 거친 부대로 명성이 자자한 독립된 조직이었다. 도울의 충의군(忠義軍)에 속해 있지만 별도의 명령 체계를 가지고 움직이는 특별한 집단인 것이다.

귀호장군으로 불리게 된 황보강의 별칭을 그대로 부대 이름으로 삼은 건 전장에서 보여준 그의 용맹과 과감성을 모두 존경하기 때문이었다.

그들은 오직 황보강의 명령만을 들었고, 황보강은 총사령 도울의 명령으로만 움직였다.

도울 각하의 군진으로 옮겨와 참장이 되자 황보강이 제일 먼저 한 일이 손수 십만 충의군 속에서 오백 명을 가려 뽑는 것이었다. 그것도 하나같이 통제할 수 없는 골칫덩이들로만 뽑았다.

처음 그가 그런 자들만으로 자신의 부대를 만들겠다고 했을 때 도울이 머리를 갸웃거렸고, 아국충은 크게 웃었다. 그 소식을 들은 진중의 모든 사람이 하나같이 비웃었지만 지금은 그렇지 않았다.

지난 반년 동안 황보강이 그들을 완전히 장악하여 자신만의 병사로 만들었을 뿐 아니라, 상천하의 전투를 시작으로 계속된 몇 차례의 격렬했던 싸움에서 그 진가를 십분 보여주었던 것이다.

그들은 언제나 전장의 최선봉에 서서 싸웠다. 그리고 한 번 싸울 때마다 열에 일곱은 죽었다.

살아 돌아온 자는 제 영광과 자부심에 취했을 뿐 죽은 자를 생각하지 않았다. 가치있는 건 죽은 자가 아니라는 걸 누구나 잘 아는 것이다. 그러므로 죽은 자를 동정하기보다 다음 싸움에서도 승리하겠다는 투지로 스스로를 더욱 강하게 할 뿐이었다.

그런 신념을 가진 자들의 집단이니 귀호대는 도울의 충의군 내에서 가장 강한 조직이 될 수밖에 없었다.

병영의 골칫덩이들을 끌어모아 그렇게 변화시킨 황보강의 능력에 대해서 다들 혀를 내둘렀다. 그리고 이제는 누구나 경이의 눈으로 그를 바라보았다. 그러자 귀호대의 일원이 되기를 원하는 자들 또한 늘어났다.

그곳에 들어가 황보강과 함께해야 용사 중의 용사로 불리게 된다는 의식이 모두에게 팽배해 있었던 것이다.

어떻게 보면 황보강은 악당 중에서도 으뜸가는 악당이라고 해야 할 자였다. 그렇기 때문에 오히려 점잖고 속이 깊으며 도량이 컸다. 그는 귀호대의 누구보다 더 큰 악당이면서 또한 악당들의 천적이기도 했던 것이다.

그걸 느꼈기에 악당들은 누구나 황보강 앞에서 온순한 강아지가 되었다. 그리고 검은곰 역시 황보강과 딱 마주친 순간 그것을 느꼈다.

군막 안에서 그들은 첫 대면을 했다.

황보강은 넓은 탁자 위에 상천하 주변의 지형도를 펼쳐 놓고 백인장(百人將) 두 명과 함께 그것을 들여다보는 중이었다.

"신입이라고?"

쳐다보지도 않고 툭 던지는 말이다.

비위가 상한 검은곰이 심드렁한 얼굴로 대꾸했다.

"네가 대장이라며?"

황보강은 무심했다. 여전히 쳐다보지 않았다.

"아국충에게 대들었다는 말을 들었다. 충분히 그럴 만한 자로군."

"말을 할 때는 사람의 얼굴을 보고 해야 할 것 아냐!"

웅신기에서의 일을 들먹이는데 화가 난 검은곰이 버럭 소리쳤다. 그러나 황보강은 여전히 지형도에서 눈을 떼지 않았다.

한참의 시간이 지났지만 황보강에게서 아무 반응이 없자 콧구멍을 후비며 이리저리 흘겨보고 훑어보던 검은곰이 기어이 성질을 부리고 말았다. 그로서는 여태까지 참아준 게 대단한 일이었다.

"네가 지금 이 코딱지 같은 귀호대의 대장이라는 걸 믿고 나를 무시하는 거냐?"

버럭 소리치더니 발을 들어 탁자를 걷어차 버렸다.

아국충의 응신기 오천 기병 중 용력과 담력으로는 저를 따를 자가 없지 않았던가. 그들 속에서 제멋대로 행동해 왔던 검은곰이니 오백에 불과한 귀호대를 마뜩찮게 여길 만했다.

꽝! 하는 소리가 났고, 부장들이 깜짝 놀라 몸을 일으켰지만 황보강은 여전히 지형도를 들여다볼 뿐이었다.

검은곰의 힘이라면 탁자가 통째로 밀려나 황보강을 저 구석에 처박아 버렸어야 한다. 그러나 그것은 요지부동이었고, 황보강은 여전했다.

"이놈이?"

영문을 몰라 어리둥절하던 검은곰이 다시 한 번 발을 들어 걷어찼다. 꽝! 하는 소리가 처음보다 더 크게 울렸으나 탁자는 여전히 제자리를 벗어나지 않았다.

손바닥으로 그것을 누르고 있던 황보강이 얼굴을 찌푸렸다.

"역시 귀찮은 놈이구나. 아국충같이 점잖은 사람이 화를

냈다더니 그럴 만해."

검은곰은 황보강의 팔 힘이 제가 걷어차는 힘을 능가한다는 걸 믿을 수 없었다.

"다시 버텨봐!"

세 번째로 다리를 번쩍 쳐들어 탁자를 걷어차려던 검은곰이 멈칫했다.

한 발을 들어 올린 어정쩡한 자세로 눈을 끔벅인다.

황보강이 비로소 얼굴을 들고 바라보았던 것이다.

그의 얼굴이 '이런 한심한 놈이라니' 하고 말하는 듯했다. 하지만 검은곰이 발길질을 하지 못한 건 황보강의 그 얼굴 때문이 아니었다.

눈이었다.

검은곰은 처음으로 저를 주춤거리게 하는 눈빛을 보았다. 겁을 먹지는 않았지만 꺼리는 마음이 들게 하는 그런 깊은 눈빛이었다.

'이건 예사 놈이 아닌데?' 하는 생각이 절로 든다.

무겁게 가라앉아 있으면서 흐르는 물에 담근 검은 돌처럼 번들거리는 그것 속에는 마주 보는 사람을 긴장하게 하는 묘한 기운이 숨겨져 있었다. 검은곰은 그것에서 커다란 어둠과 광명을 동시에 보았다. 그래서 그는 한 발을 번쩍 쳐든 어정쩡한 모습으로 어리둥절해 있었다.

'이놈은 미쳐도 아주 크게 미친놈이로군.'

검은곰은 황보강의 눈길을 받은 순간 그가 악당 중에서도 정말 큰 악당일 것이라고 믿어버렸다. 그러니 저와 동류(同類) 아닌가. 그런 생각이 들자 혈기가 한풀 꺾였다.

'이런 놈이라면 좀…… 곤란해.'

황보강이 들여다보던 지형도를 밀어놓고 무심하게 말했다.

"죽을 테냐, 살 테냐?"

"무슨 소리야?"

"그 발로 나를 걷어차면 살고, 그 발을 내려놓으면 죽는다."

"걷어차라고?"

황보강이 더 말하지 않겠다는 듯 입을 꾹 다물었다. 아직도 한 발을 쳐든 채 서 있는 검은곰을 바라볼 뿐이다.

발만 내뻗으면 걷어찰 수 있다. 하지만 검은곰은 끝내 그렇게 하지 못했다.

"제기랄!"

제 자신에게 버럭 화를 내더니 쿵! 하고 들어 올렸던 발로 땅을 굴렀다.

"너는 죽을 것이다."

황보강이 단정하듯 말했다. 검은곰은 그 말에 승복할 수 없었다.

"그렇더라도 네가 뒈지는 걸 보고 난 다음에 죽을 거다!"

곁에서 노려보던 부장들이 살기를 내비쳤으나 황보강은 개의치 않고 빙긋 웃었다.

더욱 비위가 상한 검은곰이 소리쳤다.

"자, 어떻게 할 거야? 이제 나를 죽일 건가? 너를 걷어차지 않았다고 말이야."

"그렇게 하겠다면?"

"쳇, 그럼 한바탕해 보는 거지 뭐. 나를 죽일 만큼 센 놈이라면 죽여도 돼. 그렇지 못하면 오히려 뒈지던가 무릎을 꿇는 거지."

검은곰이 씩씩거리며 군막 밖으로 달려나가더니 버티고 서서 옷소매를 둥둥 걷어 올렸다. 철사 같은 털이 무성하게 박혀 있는 울퉁불퉁한 팔뚝이 드러났다. 굵은 소나무 껍질 같다.

황보강의 군막 앞에는 이미 많은 악당들이 모여들어 있었다. 검은곰이 그들을 향해 눈을 부라리고 호통 쳤다.

"구경났어? 다들 꺼져 버리지 못해? 네놈들의 썩어버린 눈깔을 모두 뽑아버릴 테다!"

제 성질을 이기지 못해 포악을 떨지만 누구도 그런 검은곰을 만류하거나 욕하지 않았다. 두려워하는 자도 없었다. 재미있다는 듯 빙글빙글 웃으며 지켜볼 뿐이다.

그때 황보강이 군막 밖으로 천천히 걸어나오며 말했다.

"네가 힘을 써야 할 상대는 여기 있는 불쌍한 인생들이 아니야."

"역시 당신이란 말인가?"

"너와 함께 싸우지 않는 자들인 거다."

"뭐라고?"

"여기 있는 악당들은 전장에서 너와 함께 싸워줄 놈들이다. 이 넓은 세상에서 같이 도산검림(刀山劍林) 속을 달려가줄 자는 이놈들밖에 없어. 네 목숨을 이놈들이 지켜줄 것이다. 너 또한 그렇게 해야지. 그러니 골육보다 가까운 자들 아닌가? 하루라도 더 목숨이 붙어 있기를 원한다면 이놈들을 네 자신보다 아껴야 한다. 그렇게 하지 않으면 너도 죽고 이놈들도 죽고 나도 죽는다. 곧 있을 상천하의 싸움에서 모두 죽어버리고 마는 거야. 너는 그걸 원하는 것이냐?"

말을 듣는 동안 불같던 검은곰의 기세가 슬그머니 수그러들었다. 황보강을 흘겨보며 투덜거린다.

"쳇, 귀호대라고? 뭐가 귀호대고 뭐가 악당들이야? 내가 네 놈들에게 악당이 뭔지 똑똑히 가르쳐 줄 테다."

그날부터 검은곰은 더 이상 포악을 떨지 않았다. 여전히 얌전한 강아지는 아니었지만 그렇다고 난폭한 곰도 아니었던 것이다. 그리고 상천하의 싸움에서 그는 황보강과 함께 살아남았다.

그게 다섯 달 전이다. 그리고 오늘은 척망평에서 또 한 차례의 큰 싸움을 목전에 두고 있었다.

2. 죽음을 느끼는 자

"이번 싸움에서 살아나면 대장은 휴가를 받는다고 들었소."

"그래서?"

"그럼 이걸 좀 내 집에 전해주시오."

검은곰이 낡은 가죽 주머니를 불쑥 내밀었다. 두툼하고 묵직한 것이 누룩 한 덩이를 싼 것 같았다.

"이게 뭐냐?"

"돈이요. 제기랄."

"돈?"

"그동안 받은 내 목숨 값이라오."

"이걸 왜 나한테 주지?"

"나는 이번 싸움에서 뒈질 것 같거든."

"쯧쯧……."

황보강이 매섭게 흘겨보며 혀를 찼다. 큰 싸움을 목전에 두고 있는 이때에 재수없는 말이었기 때문이다.

"하지만 대장은 이번에도 살아날 거야."

"너는 죽는 게 두려우냐?"

검은곰이 무슨 소리냐는 듯 눈을 번뜩이며 빤히 바라보았다. 황보강이 그에게 찍어주듯이 말했다.

"죽는 건 두려운 게 아니다. 치욕을 당하며 사는 게 두려운 거야. 나는 언제나 깨끗이 죽기를 원한다.

"제기랄, 나도 그걸 원해."

"그럼 그렇게 해. 재수없는 말로 내 귀를 어지럽히지 마라."

"한 가지 궁금한 게 있수."

"……?"

"그날 말이요, 정말 내가 대장을 걷어찼으면 어떻게 되는 거였지?"

황보강이 피식 웃었다.

"그만큼 배짱이 두둑한 놈이라면 굳이 귀호대에 남아 있을 필요가 없지. 다른 곳에서 더 큰일을 하는 게 마땅할 것이다."

검은곰이 알겠다는 듯 머리를 끄덕였다. 귀호대에 있는 악당들 중 정말 황보강을 걷어찰 만큼 용기가 있는 놈은 아무도 없었던 것이다.

"그럼 걷어차지 못하면 죽는다는 건 그런 뜻이었군?"

"나와 함께 있어도 될 놈이라는 허락인 거지. 귀호대에 몸담은 이상 살아남을 길이 없다. 모두 죽게 돼."

검은곰이 머리를 흔들었다.

"다른 놈은 다 뒈져도 대장은 살 거라는 걸 난 알지."

"네가 어떻게?"

"여태까지 그래 왔잖수? 상천하에서부터 지난 몇 차례의 싸움을 치르는 동안 귀호대가 싹 바뀌었지. 대장과 함께했던 놈들 중 지금까지 살아 있는 건 나뿐이야. 그런데 나는 오늘 뒈질 것 같거든. 하지만 대장은 이번에도 살아날 거야."

황보강은 잠시 검은곰을 노려보았다. 이놈이 비꼬는 건지 아닌지 얼른 판단이 서지 않았던 것이다.

"그래서 말인데, 이번 싸움이 끝나고 휴가를 받으면 내 집에 찾아가 이 돈을 빌어먹을 여편네한테 전해주란 말이요. 내 집이 황경산 아래 숙현에 있으니 여기서 멀지도 않아."

"네가 살아서 돌아가라. 그래서 네 마누라 손에 직접 쥐어 줘."

"염병할. 나는 이번에 뒈진다니까 그러네."

"그걸 어떻게 안단 말이냐?"

"아직 몰랐수?"

검은곰이 놀랍다는 듯 눈을 둥그렇게 뜨고 황보강을 빤히 바라보다가 혀를 찼다.

"나같이 미련한 놈도 아는데, 대장 같은 사람이 그래 자신이 죽을지 살지 그걸 모른단 말이야?"

"너는 그 꼴에 설마 도통했단 말이냐?"

황보강이 비아냥거렸지만 검은곰은 어느덧 진지해져 있었다.

"죽을 때가 되면 누구나 다 도통하는 거야. 도가 별건가?

나가고 물러설 때, 죽고 살 때를 아는 게 도지. 뒈질 놈은 누가 뭐래도 제가 먼저 알아. 대장이 아무 느낌이 없는 건 아직 뒈질 때가 되지 않아서 그런 거라우."

"그러니까 너는 지금 그걸 안다는 거지?"

"물론이지. 나같이 무식하고 단순한 놈한테도 그런 느낌이 드는 걸 보면 틀림없어."

황보강이 뒤를 돌아보았다. 언덕 아래, 모아합의 시야에서 가려진 곳에는 부하들이 말고삐를 쥔 채 초조하게 기다리고 있었다.

이곳에서 세 차례 적운기와 싸우는 동안 삼백 명을 잃어 지금은 이백 명의 악당이 있을 뿐이다. 인원을 충원할 새가 없었으므로 오늘은 그들만으로 싸워야 한다.

'저놈들도 그걸 느끼고 있을까?'

황보강에게 문득 그런 궁금증이 일었다.

많이 죽을 것이다. 어쩌면 몰살당할 수도 있다. 그렇다면 모두 지금 검은곰이 말한 그런 죽음의 기운을 느끼고 있지 않겠는가.

황보강의 가슴이 무거워졌다.

"빌어먹을 놈들 같으니."

누구에게랄 것 없이 불쑥 내뱉은 그가 눈길을 돌려 벌판을 가득 뒤덮은 채 설진(設陣)하고 있는 적병들을 노려보았다.

기병 팔만에 보명 십이만, 총 이십만의 군세였다. 천하를 노리는 백모웅신 사량격발의 일백오십만 대군 중 최정예로 꼽히는 적운기인 것이다.

처음, 삼십만의 대군을 이끌고 호호탕탕하게 쳐들어온 모아합이었다. 그러나 이곳에서 도울의 군단과 부딪친 지난 세 차례의 싸움에서 보기(步騎) 십만을 잃어 지금은 이십만으로 줄어 있었다. 그런 일은 아마도 대황국이 생긴 이래 처음일 것이고, 모아합에게도 그럴 것이다. 그가 얼마나 화가 나 있을지는 보지 않아도 알 수 있다.

황보강은 남모르게 한숨을 쉬고 드넓은 척망평 끝에 여자의 젖가슴처럼 봉긋 솟아 있는 언덕을 바라보았다. 가물가물하게 보일 만큼 먼 곳이다.

그 언덕 위에 깃발이 무수하게 꽂혀 있고, 여러 채의 커다란 군막이 쳐져 있었다.

* * *

적운기의 총사령인 모아합은 호랑이 가죽을 덧씌운 높은 의자에 파묻히듯 앉아서 퉁방울 같은 눈을 부릅뜨고 있었다.

저 멀리 척망평 남쪽을 차지한 채 여기저기 흩어져 펄럭이고 있는 어기장군 도울의 깃발들이 한눈에 들어왔다.

"쳇."

모아합이 혀를 차고 뒤에 늘어서 있는 부장들을 돌아보았다.

"저것 좀 봐라. 황제의 친위군(親衛軍)이라는 것들이 고작 저 모양이다."

척후들이 가져온 보고에 의하면 많아야 오만을 넘지 못할 군세였다. 지난 몇 번의 싸움에서 자신의 적운기를 잘 막아내며 버텼지만 그 와중에 반을 잃은 것이다.

모아합은 도울을 비롯하여 저놈들 모두가 불쌍한 놈들이라고 생각했다. 오늘이 지나고 나면 한 놈도 살아 있지 못할 것이니 그렇다.

십만 충의군이라며 우쭐대던 것들이 지금은 기껏 기병 이만에 보병 삼만이 남았을 뿐인데, 그중 오천은 병참을 운송하고 지키는 치중부대(輜重部隊)이니 신경 쓸 것도 없었다. 주력 전투병은 사만 오천인 셈이다.

그에 비해 이쪽은 아직 기병 팔만에 보병 십이만 명이 남아 있었다. 치중부대는 포함시키지도 않았다.

삼십만의 대군을 이끌고 나와 그동안의 싸움에서 십만을 잃었으니 손해가 크지만 아직도 사기는 왕성했다. 그리고 무엇보다 머릿수에서 여전히 도울의 충의군을 압도하고 있다.

척망평을 양분하고 마주 보며 진을 벌린 위세만 보아도 당장 그 차이가 드러났다.

이쪽이 긴 뱀처럼 구불구불하게 진용을 벌려서 벌판 북쪽을 온통 휘감았다면, 황제의 친위군이라는 것들은 이쪽에 한 무더기, 저쪽에 한 무더기 뚝뚝 떨어져서 옹기종기 모여 있는 것이 옹색해 보이기만 했다.

저런 것들과 어떻게 세 차례나 싸우면서도 짓밟아 버리지 못했던 건지 의아해진다.

"도대체 저것들은 설진법(設陣法)도 모르는 멍청이들이란 말인가?"

모아합이 짜증난다는 듯 툴툴거렸다.

부장 사곤명기가 다가서서 그런 모아합의 귀에 듣기 좋은 말을 했다.

"저쪽의 총사령은 금성(禁城) 안에서 황제를 끼고돌던 자입니다. 제대로 된 싸움을 지휘해 보았을 리가 없지요. 여태까지는 운이 좋았을 뿐입니다."

"그렇지 않습니다!"

뒷줄에 묵묵히 서 있던 부장 서평이 카랑카랑하게 소리치고 나섰다.

"지난 보름 동안 그들은 세 번의 전투를 치르며 우리를 막아냈습니다. 비록 십만 정병이 오만 남짓으로 줄어 있다고 하나 백전불굴의 용사들만 남았다고 보아야 할 것입니다. 그러니 우리가 머릿수에서 우세하다고 방심해서는 안 됩니다."

"그럼 저 엉성한 포진(布陣)은 뭐냐? 네가 보기에는 저게 우스워 보이지 않는단 말이냐?"

모아합이 짜증을 냈으나 서평은 굴하지 않았다.

"이유가 있을 것입니다."

"무슨 이유?"

"그것은……."

병사를 이끌고 전장에 나설 때마다 혁혁한 공을 세워 장군의 반열에 오른 서평이지만 시원한 대답을 하지 못했다.

적은 수로 다수를 상대하려면 한 덩어리로 뭉쳐서 힘을 모아야 하는 게 정법이다. 가뜩이나 부족한 병사들을 저렇게 여기저기 흩어놓으면 각개격파당해 버리고 말 것이다.

충의군의 총사령인 도울이 그렇게 미련한 장수가 아니라고 믿고 있는 서평으로서는 곤혹스럽기 짝이 없었다.

"아마도 십방전(十方戰)을 꾀하는 모양입니다."

한쪽에서 가만히 듣고 있던 책사(策士) 우성(右城)이 조용히 말했다.

황제인 사량격발이 총애하는 자인데, 황제가 그를 특별히 적운기에 보낸 건 계책을 내서 모아합을 돕는 한편 감군(監軍)의 역할을 하라는 것이었다. 그런지라 모아합으로서도 우성을 함부로 대할 수가 없었다.

"십방전?"

"달리 십문종횡전(十門縱橫戰)이라고도 하는 것이온데, 옛적 석국(石國)의 오온(五溫)이 각기 천 명씩 열 무리의 병사를 거느리고 십방에서 적을 어지럽게 들이쳐 삼십만의 미평국(米平國) 병사들을 궤멸시켰던 전법이지요."

"그런 일이 있었어?"

모아합이 비대한 몸을 흔들며 머리를 갸웃거렸다.

"이쪽이 아직 기병 팔만에 보병 십이만이 남아 있어서 여전히 대군이라고 할 만하나 척망평을 모두 가릴 수는 없습니다. 넓게 퍼져서 에워싸려면 자연히 진이 엷어질 수밖에 없으니 저들은 죽을 각오로 그것에 부딪쳐 우리를 흩어놓고 그 틈새로 마음껏 드나들겠다는 것입니다. 도둑 하나를 잡기 위해서 열 포졸이 부족하듯이, 그렇게 되면 우리 병사들은 적의 무리를 잡기 위해 허둥댈 것이고, 피해는 저들보다 우리가 더 많이 입게 될 것입니다."

"쳇."

가만히 듣고 있던 모아합이 끌탕을 쳤다.

"내 생각은 그 반대야. 말하자면 우리는 그물을 지닌 어부고 저놈들은 물속을 오락가락하는 고기 떼 같다는 거지. 그물을 활짝 펴서 사방을 덮는데 고기 떼 몇 무리가 재빠르게 움직인들 달아날 수 있겠어?"

책사 우성이 조용히 웃었다.

"좋으신 생각입니다. 하지만 도울이 십방진을 치고 십문종횡전을 획책하고 있다면 이미 살겠다는 생각을 버린 것입니다. 죽기로 싸우려들 텐데, 그러면 저들을 죄다 죽인다 해도 우리는 반드시 그보다 많은 피해를 입게 될 것입니다. 그렇지 않으면……."

"오히려 우리가 사분오열되어서 패퇴할 것이고 저놈들이

승리하게 된다고?"

"설마 그럴 리야 있겠습니까?"

우성이 얼굴을 붉히고 겸연쩍게 웃었다.

3. 출병(出兵)

모아합의 머릿속에 불만이 가득했다.

'제기랄 놈의 서생 같으니. 저는 편한 곳에 앉아서 느긋이 구경이나 하고 있는 팔자니 장난치듯 말할 수 있겠지. 하지만 싸움이라는 게 어디 장기판의 졸을 움직이는 것 같은 줄 아느냐?'

우성의 콧대를 꺾어놓기 위해서라도 이번에는 반드시 저 놈들을 짓밟아 한 놈도 남김없이 죽여 버리고 말겠다는 살심이 솟구친다.

'도울을 붙잡아 이 서생 놈이 보는 앞에서 손수 목을 치고 말겠다.'

지그시 어금니를 악무는 모아합의 마음속에는 우성의 면전에서 저의 용병술과 적운기의 용맹을 자랑해 보이겠다는 치기 어린 감정도 있었다.

황제에게 제가 아직 건재하다는 걸 알리는 일도 될 것이다.

"뭘 더 기다리는 거냐? 날이 저물 때까지 이러고 있을 생각은 아니겠지?"

모아합의 짜증 섞인 음성에 군막 뒤에 늘어서 있던 부장들이 갑주를 쩔그렁거리며 부리나케 흩어졌다.

중얼거리듯 내뱉은 모아합의 그 몇 마디 말이 드넓은 척망평에 갑자기 칼끝 같은 긴장감을 몰아왔다.

불어오던 바람도 놀라 잠잠해지고, 누웠던 풀잎들이 올올이 곤두서 파르르 떨었다.

풀벌레들의 울음소리마저 뚝 끊어진 절대의 적막이 무겁게 내리덮인다.

* * *

쿵!

멀리서 뇌성처럼 무거운 포성이 들려왔다.

"시작한다!"

황보강이 먼지구름이 자욱이 일어나고 있는 벌판 저쪽을 가리켰다.

기치창검이 햇빛에 번쩍이고, 말 울음소리가 은은히 들려왔다.

두두두두

지축을 흔드는 말발굽 소리.

먼지구름 속에 검은 띠가 길게 드리워져 있는데, 그것이 드넓은 척망평을 쓸 듯이 하며 빠르게 다가오고 있었다. 파도가 밀려오는 것 같다.

모아합이 자랑하는 철기(鐵騎)가 모두 나온 것이다.

사람은 물론 말까지 검은 철갑으로 뒤덮은 무쇠 덩어리들이다.

"조금만 더!"

진문 안에서 먼지구름이 자욱하게 일어나고 있는 벌판을 노려보던 아국충이 이를 악물었다. 말고삐를 움켜쥔 손아귀에 땀이 밴다.

그의 뒤에 늘어서 있는 오천 기병이 술렁이기 시작했다. 아국충이 뒤를 돌아보고 버럭 소리쳤다.

"기다려! 기다린다!"

오천 기의 전마(戰馬) 중 무려 일천 기가 항아리처럼 커다란 검불 더미를 뒤에 매달고 있었는데, 말들도 긴장하여 앞발로 땅을 긁으며 투레질을 했다.

도울의 충의군은 오늘의 싸움을 화공(火攻)으로 시작하려 하고 있었다. 그 계책을 낸 사람은 바로 황보강이었다. 총사령의 군막에 모여 마지막 병략 회의를 할 때였다.

적을 상대할 방법을 묻자 여러 장군들이 제각각 큰 소리로 묘안을 꺼내놓느라고 시끌벅적해졌지만 도울은 묵묵히 듣기만 할 뿐 아무 말도, 아무 표정도 짓지 않았다.

총사령의 침묵에 군막 안이 다시 조용해졌다. 도울이 한쪽에 말없이 앉아 있는 황보강을 바라보았다.

'네 생각은?'

눈으로 묻는다.

황보강이 몸을 일으키지도 않은 채 낮은 음성으로 말했다.

"승산은 없습니다."

무정하리만큼 단호한 말이었다. 잔인하기까지 하다. 그래서 장군들은 물론, 도울마저 눈살을 찌푸렸으나 황보강은 개의치 않고 남의 말을 하듯 느릿느릿 말했다.

"하지만 충의군의 명예를 천하에 알릴 수는 있을 것입니다. 사량격발과 모아합은 척망평에서의 싸움을 결코 잊지 못하겠지요."

"어떻게?"

도울이 비로소 입을 열어 물었다.

"모아합의 기병 중 철기가 일만인데 그들은 세상을 두렵게 하는 무적의 철갑기병입니다. 지난 세 차례의 싸움과 마찬가지로 이번에도 모아합은 장기판에서 차(車)를 밀어내듯 그것들을 밀어내 선봉으로 삼을 것입니다."

모두가 예상하고 있는 일이다. 장군들이 어두워진 얼굴로 머리를 끄덕였다. 그들에게는 모아합의 철갑기병단을 상대할 수단이 없었던 것이다.

"우리가 그것들을 괴멸시킨다면 전혀 없던 승산이 생길 수도 있을 것입니다."

"황보 대장에게 비책이 있소?"

성급한 누군가가 소리쳐 물었다. 황보강이 허공을 향해 대답했다. 무심한 말투고 무심한 얼굴이었다.

"날은 건조하고 오화평에는 잡풀이 많습니다. 농부들이 늦은 가을에 들불을 놓는 것은 해충을 잡기 위해서입니다. 그것들이 너무 많아 일일이 손으로 잡아낼 수 없기 때문이지요."

도울은 말이 없고, 그의 장군들은 황보강의 말을 듣기 무섭게 버럭 화부터 냈다.

"화공이라니!"

"눈앞의 적만 해도 숨이 목구멍에서 막힐 만큼 벅찬데 불기둥까지 안고 싸우라는 거요? 차라리 놈들 앞에서 칼을 물고 자결하라고 하지 그러시오?"

"대체 황보 대장은 무슨 생각으로 그러는지 모르겠소. 이 싸움에서 우리가 아예 몰살당하기를 바라는 거요?"

장군들은 총사령 도울 각하의 군막 안이라는 것도 잊은 채 흥분하여 소리쳐댔다.

황보강이 그들을 둘러보더니 천천히 말했다.

"이번 싸움에서 살아날 자신이 있는 사람은 굳이 화공을 따를 필요가 없겠지. 그게 누구요?"

장군들은 대답하지 못했다. 이번 싸움이 마지막이 되리라는 걸 모두 예감하고 있는 것이다. 하지만 불길 속으로 뛰어들어야 한다니…….

그 말을 병사들에게 전하면 당장 사기가 꺾일 것이다. 최선을 다해 싸우면 너희들은 살아서 돌아갈 수 있다고 말해주어야 한다. 그래야 병사들은 새빨간 거짓말이라는 걸 알면서도 희망을 완전히 버리지 않을 것이다. 그게 중요하지 않은가.

그런데 불을 지고 나가 싸우라고 하면 다들 기막혀 할 게 뻔했다.

철기의 발굽에 짓밟혀 죽거나 내가 지고 있는 불에 타 죽으라는 말과 무엇이 다르단 말인가.

싸움이 시작되기도 전에 죄다 창칼을 내던지고 병영을 이탈해 달아나 버릴 것이다.

도울은 지그시 눈을 감은 채 깊은 침묵을 지키기만 했다.

그의 심중에 어떤 계획이 들어 있는지, 무엇을 생각하고 있는지 아무도 짐작할 수 없었다. 하지만 모두가 존경해 마지않는 이 노장군은 언제나 가장 중요한 때에 과감한 결단을 내렸다. 그리고 매번 싸움을 승리로 이끌었다.

장군들은 일제히 도울을 바라보았다. 이번 싸움도 그가 있는 한 완전히 절망적이지는 않을 것이라고 믿는다.

그때 한쪽에 묵묵히 앉아 있기만 하던 아국충이 탁자를 꽝! 내려치고 벌떡 일어났다.

"나는 황보 대장의 계획에 찬성하오! 모두 반대한다면 나 혼자서라도 불덩이를 지고 달려나갈 것이요!"

과격한 그의 말은 모두에게 뜻밖이었다. 아국충이 싸움에 임해서는 후퇴를 모르는 용장이지만 평소에는 온화하고 순종적인 사람이라는 걸 잘 알고 있기 때문이다.

그는 언제나 말없이 병략 회의에 임했고, 총사령 도울 각하의 결정이 내려지면 한 점의 의혹도 없이 복종했다. 그리고 매번 충의군의 승리에 지대한 공헌을 했다. 그런 아국충이었기에 누구보다 도울의 두터운 신임을 받고 있었다. 그런 그가 침묵을 깨고 황보강의 계책에 따르겠다고 나선 건 여태까지 없던 일이다. 아직 도울 각하가 결정을 내리기도 전 아닌가.

아국충의 낭랑한 음성이 모두의 가슴을 두드리며 울렸다.

"나는 이번 싸움이 마지막이 되리라는 걸 잘 알고 있소. 때문에 나를 믿어준 병사들에게 조금의 거짓말도 하고 싶지 않소. 원하지 않는 병사는 고향으로 돌려보내겠지만, 여전히 나를 따르겠다는 병사가 한 명이라도 있다면 나는 기꺼이 그와 함께 죽을 것이오."

단호함으로 시작했던 그의 웅변은 비장함으로 끝났다. 그리고 무거운 침묵이 흘렀다. 그것을 깬 사람은 도울이었다.

"황보강의 계책을 채택하겠다."

그 한마디로 모든 게 결정되었다. 도울 역시 척망평에 뼈를 묻겠다고 결심한 것이다.

"그대가 귀호대를 이끌고 모아합의 철기를 후방의 경기병들로부터 고립시켜라."

모아합의 경기병단은 무려 칠만이었다. 그들이 앞서 달려나온 철기를 지원해 준다면 어떠한 계책도 소용없다.

도울은 누가 그들을 붙잡아둘 수 있을 것인가를 고민했다.

화공을 펼친다고 해도 일만이나 되는 철갑기병들을 괴멸시키기 위해서는 이쪽의 보기(步騎) 오만 중 적어도 삼만은 그것들에게 집중시켜야 할 것이다.

남은 이만의 군사는 보병들을 상대하기도 벅찰 테니 모아합의 경기병단을 저지하기 위해 따로 병사를 빼낼 여유가 없다.

남은 건 황보강의 귀호대뿐이다.

고심 끝에 도울은 그들을 택했지만 그건 말도 안 되는 명령이었다.

고작 이백 명의 경기병 아닌가.

누구도 그 숫자로 모아합의 칠만 경기병단을 저지할 수 있으리라고는 믿지 않았다.

그건 도울도 잘 아는 사실이고, 황보강도 그렇다.

"잠시만 그들의 진군을 늦추면 된다."

도울이 안타까운 눈으로 황보강을 바라보며 변명하듯 그렇게 덧붙였다.

황보강은 아무 말도 하지 않았다. 아주 잠깐 차가운 미소를 지었을 뿐이다.

매번 가장 위험한 싸움에 그와 귀호대가 투입되었다. 그리고 죽어갔다. 도울은 그 대가로 언제나 승리했다.

그렇게 말해도 과언이 아니었다. 장군들도 그 사실을 잘 알고 있었다. 그래서 모두 눈길을 떨어뜨리고 침묵한다.

"명을 받듭니다."

황보강이 조용히 말하고 자리에서 일어났다.

도울의 군막을 나가는 그의 눈앞에 아직 살아남아 있는 자들의 얼굴이 하나하나 스쳐 갔다. 끈질긴 생명력을 가진 자들이다. 하지만 이번 싸움에서 그들은 모두 죽을 것이다.

'나 역시 그렇게 되겠지.'

두려움은 없었다. 죽으면 죽을 뿐이다. 후회도 없다.

4. 나를 따르라

"우리는 불을 지고 적진 속에 뛰어들어 가야 한다. 살 생각은 버려라."

응신기의 군진에 돌아온 아국충이 사실대로 말했다. 병사들은 놀라고 절망했다. 그리고 다음에는 가장 믿고 따르는 장군 아국충을 노려보듯 바라보았다.

"원치 않는 자는 떠나라. 누구도 비겁하다고 욕하지 않을 것이다. 하지만 나와 함께 죽겠다는 자는 남아라. 나 또한 기꺼이 그를 위해서 죽어줄 것이다."

아국충의 이글거리는 눈이 낯익은 병사들을 훑었다. 군진 안에 무거운 침묵이 흘렀고, 한참의 시간이 지나갔다.

자리를 이탈하는 자는 아무도 없었다.

오천 병사가 침묵으로 자신들의 결의를 알렸듯 아국충도

침묵으로 그들과 하나가 되었다. 그리고 지금 저기 저렇게 철벽처럼 밀려오고 있는 모아합의 철기들을 노려보고 있다.

아국충은 오늘이 지나면 더 이상 충의군은 이 땅에 존재하지 않으리라는 걸 알고 있었다.

마지막 싸움이라고 생각하면 아까울 게 없었다. 내 목숨도 그렇다. 모든 걸 다 쏟아붓고, 그래서 승리하든지 장렬하게 죽든지 할 뿐이다.

아국충은 아주 잠깐 금성에 두고 온 처자식을 생각했다. 승상부의 따님이었던 그의 부인은 얼마 전에 서른 살을 넘겼는데, 아직도 그 아름다움으로 금성의 꽃이라 불리고 있었다.

아국충은 그녀와의 사이에 딸 하나를 두고 있었다. 금년에 열두 살이 된 그 아이는 막 피어나기 시작한 모란꽃처럼 화사하다.

이제는 영영 사랑하는 그 두 사람을 만날 수 없으리라는 생각이 그를 비통하게 했다.

'승리한다는 건 불가능하다. 그렇다면 장렬히 죽으리라.'

아국충은 그런 다짐으로 자칫 어지러워질 뻔한 자신의 마음을 채찍질했다.

두두두두

대지를 뒤흔드는 무거운 말발굽 소리가 다가오고 있었다. 자욱이 일어난 먼지구름이 긴 띠를 이루고 쏟아져 들어오고 있다.

'조금만 더.'

아국충의 눈에 핏발이 섰다. 악문 이 사이로 거친 숨이 새나온다.

일만의 철기. 모아합의 자랑인 무적의 철갑기병. 그들이 밀려오고 있는 것이다.

이쪽은 고작 이만의 경기병들이 남았을 뿐이니 전력 면에서 비교할 수조차 없었다.

'하지만 저놈들을 모두 지옥으로 데려갈 테다.'

아국충이 부서지도록 어금니를 악물었다. 그리고 때가 되었다.

쐬아아아—

멀리서 소나기가 달려오는 것 같은 소리가 하늘을 가득 메웠다. 갑자기 밤이 된 것처럼 컴컴해진다.

뒤쪽에 위치하고 있던 다섯 개의 병진에서 이만 오천의 보군과 기병이 일제히 활을 쏜 것이다. 궁시(弓矢)가 하늘을 뒤덮어 태양마저 가렸다.

그것이 응신기의 머리 위를 지나 모아합의 철기들을 향해 검은 구름처럼 몰려가는 걸 본 아국충이 뇌성 같은 군령을 터뜨렸다.

"나를 따르라!"

우렁차게 울부짖은 그의 전마가 진문을 박차고 달려나갔고, 그 뒤를 따라 응신기 오천의 경기병이 하늘을 무너뜨릴 듯한 함성을 지르며 일제히 내달았다.

*　　*　　*

"대장, 저기!"

거친 숨을 씩씩거리던 검은곰이 남쪽을 가리켰다.

어기장군 도울의 충의군은 다섯 무더기로 나뉘어 서로 오리 간격을 두고 드문드문 포진하고 있었는데, 방패를 꽂아서 진을 삼았다. 그 진 안에서 수많은 화살이 일제히 날아오르고 있었다.

다섯 개의 군진에서 쏘아져 나가는 궁시가 새까맣게 하늘을 뒤덮었다.

쏴아아아

그것들이 웅장한 바람 소리를 내며 귀호대가 숨죽이고 있는 서쪽 언덕 앞을 지나갔다.

철기들은 그 화살의 소낙비 앞에서 조금도 머뭇거리지 않았다. 일만의 기마가 세 무리로 나뉜 채 삼면을 가로막고 구르듯 쏟아져 나올 뿐이다.

쨍강거리는 귀 따가운 소리가 벌판을 가로질러 들려왔다.

근접한 거리에서 날리는 강전이 아닌 다음에야 벌판을 건너 멀리 날아가 떨어지는 궁시쯤은 철기들에게 별 위협이 되지 못했다.

온통 검은빛의 철제 투구와 갑주로 몸을 감싸고 있는 그것들에게는 그저 시끄럽고 귀찮은 일일 뿐이다.

철기의 무서움이 바로 거기에 있었다. 그것들에게는 창검이 소용없고 화살도 무용지물인 것이다.

갑주 소리를 쩔그렁거리며 짓밟고 지나가는 곳에는 생령의 기운이 모두 끊어지고 만다.

그 철기가 무려 일만이었다. 나머지 칠만의 기병은 이쪽 충의군과 마찬가지로 가볍게 무장한 경기병들이었는데, 본진이 있는 북쪽 언덕 아래 길게 늘어서서 다음 돌격을 위해 대기하고 있었다.

철기가 적의 예봉을 짓밟아놓으면 비로소 경기병들이 밀물처럼 밀고 들어가는 것이다.

철기는 그 무장 때문에 말도 사람도 움직임이 느리고 빨리 지친다. 그게 유일한 단점이었다.

때문에 그들은 막강한 위력으로 초전에 적의 예봉을 꺾어놓은 뒤에 멈추어서 무거운 몸을 추스르며 잠시 숨을 돌려야 한다. 그러면 경기병들이 뛰어들어 바람처럼 내달리며 적을 휩쓰는 것이다. 그리고 보군이 뒤를 따라 쏟아져 들어와 기병을 지원하면서 전장을 완전히 장악한다.

그것이 철기를 앞세운 기병전의 일반적인 양상이었다.

모아합은 우세한 머릿수와 철기를 믿고 그런 기병전으로 국면을 이끌어가려 하고 있었다.

충의군에는 남아 있는 철기가 없었다. 이만의 경기병이 다인데, 그것으로는 철기의 상대가 될 수 없다.

"조금만 더."

황보강이 주먹을 움켜쥐고 긴장으로 뻣뻣해진 머리를 세우며 마른침을 삼켰다.

그들이 나가야 할 때가 점점 다가오고 있었다. 가슴 뛰는 소리가 큰 북을 두드리는 것처럼 귀에 들린다.

이쪽은 이백의 경기병이었다. 그것으로 칠만이나 되는 모아합의 기병단을 막아야 한다.

누가 들어도 어처구니없는 명령이었지만 오백 명에서 이백 명으로 줄어 있는 귀호대의 악당들은 한마디의 불평도 하지 않았다.

대장인 황보강이 그렇게 하라고 했으니 하는 것뿐이다. 그리고 그는 언제나 그랬듯이 가장 먼저 적의 기병 속으로 뛰어들 것이다.

그런 믿음으로 귀호대의 무리는 목전에 다가와 있는 죽음의 공포를 이겨냈다.

"열렸다!"

황보강 곁에서 거친 숨을 씩씩거리던 검은곰이 버럭 소리쳤다.

남쪽, 다섯 개로 나뉘어 있는 충의군의 진문이 활짝 열린 것이다.

"준비해!"

그것을 본 황보강이 소리쳤고, 언덕 아래에서 기다리고 있던 이백 명의 수하가 창검을 쥐고 말고삐를 틀어쥐었다.

마지막 명령이 떨어지면 일제히 몸을 숨기고 있던 언덕에서 뛰어나가 적진으로 돌격해 들어갈 것이다. 전마들도 흥분하여 투레질을 하며 땅을 긁어댔다.

"대장, 저것 봐! 웅신기다!"

검은곰이 열에 들떠서 소리쳤다. 저희들이 적군 가까이 숨어들어 와 몸을 감추고 있다는 것조차 잊은 것이다.

과연 왼쪽 진문을 무너뜨리고 뛰어나오는 것은 웅신기의 오천 기병이었다.

선두에서 장군 깃발을 펄럭이며 미친 듯 달려가고 있는 것이 군령인 우장군 아국충이라는 걸 멀리서도 알아볼 수 있었다.

그는 말 뒤에 커다란 공처럼 뭉쳐진 건초 더미를 매달고 있었는데, 그것에 불이 붙어서 활활 타오르고 있었다. 마치 꽁무니에 달라붙은 항아리만 한 불덩이에 쫓겨서 정신없이 달아나고 있는 것처럼 보였다.

그건 아국충뿐만이 아니었다. 오천 웅신기의 기마 중 무려 일천 기나 되는 기병이 모두 그와 같은 불덩이를 매단 채 모아합의 철기들을 마주 보며 곧장 달려나가고 있었다.

이번에는 천둥치듯 우르릉거리는 소리가 척망평을 뒤덮었

다. 중앙에 있던 총사령 도울의 군진이 활짝 열리더니 백여 대의 치중을 실은 마차가 쏟아져 나온 것이다.

마차마다 가득 쌓여 있는 곡식과 건초 더미에 불이 붙어서 무섭게 타오르고 있었다.

식량과 건초를 모두 태워 버렸으니 도울은 이번 싸움이 마지막이라고 여기는 게 분명했다.

죽든지 살든지 이 한 번의 싸움으로 결판을 내려고 마음먹지 않았다면 소중한 군량에 저렇게 불을 붙여 끌고 나가지 않을 것이다.

백여 대의 마차는 그대로 불마차가 되었다. 그것들이 앞서 뛰어나간 웅신기와 선두 다툼을 하듯 맹렬하게 철기의 거대한 파도를 향해 부딪쳐 갔다.

왼쪽과 오른쪽에 뚝뚝 떨어져 있던 다른 진문들도 일제히 열렸다. 좌장군 야두차가 이끄는 오천 흑룡기의 뒤를 따라 일만 오천의 보군이 구르듯 쏟아져 나왔다.

흑룡기의 기병들도 웅신기와 마찬가지로 말 뒤에 커다란 불덩이를 매달고 있었다.

놀란 말은 주인의 재촉이 없어도 제 스스로 죽을힘을 다해 앞만 바라보고 달려갔다.

먹구름처럼 무섭게 몰려오고 있는 일만 철기와의 거리가 빠르게 좁혀졌다. 그리고 거칠 것 없이 대지를 짓밟아오던 철기들이 주춤거렸다.

도울의 충의군이 화공으로 나올 줄 몰랐던 것이다.

척망평에는 마른 풀이 가득하다. 그것들에 옮겨 붙은 불이 바람을 타고 북으로 치달았다. 그러자 매캐한 연기가 벌판을 뒤덮었고, 넘실대는 불길이 빠르게 번졌다.

"지금이다! 가자!"

황보강이 가슴에 붙이고 있던 차가운 땅을 밀고 벌떡 뛰어 일어났다.

막 웅신기의 선두와 철기가 충돌하는 걸 본 직후였다.

언덕을 달려 내려간 그가 말 위에 뛰어올라 칼을 뽑아 들었다.

"죽는 게 두려우냐?"

"와아 !"

이제는 숨죽이고 있을 필요가 없게 된 귀호대의 악당들이 미친 듯한 고함으로 대답했다.

"지금은 죽이지 못하게 되는 걸 두려워해야 할 때다!"

"와아 !"

"잔꾀는 필요없다. 여태까지 해왔던 것처럼 우리는 똑바로 적진을 가르고 나가 모아합의 철기를 고립시킨다! 뒤돌아볼 필요 없다! 죽은 자는 버린다! 부상당한 자도 버린다! 나는 오직 살아서 따르는 자가 필요할 뿐이다! 그게 싫은 놈은 지금 빠져라!"

"와아 !"

악당들의 흥분이 최고조에 달했다. 병장기로 곁에 있는 자들의 투구와 갑주를 마구 두드리며 미친 듯 고함쳐 댄다.

황보강이 마지막 다짐을 해두었다.

"우리의 상대는 칠만의 기병단이다. 우리는? 이백 명에 지나지 않다. 두렵지 않으냐?"

"와아 !"

두려울 것이다. 그래서 저렇게 악을 쓰는 것이다.

황보강은 그들이 지나친 공포와 두려움 때문에 이성을 잃어버리기를 바랐다.

이런 때에, 이런 상황에서 광기보다 무서운 힘은 없다. 그것은 마약처럼 이성을 마비시키고 오직 한 가지 환상만을 갖게 해준다. 나는 살 것이라는 믿음이다. 그리고 그의 바람처럼 이백 명의 악당은 충분히 이성을 잃었다.

그때를 기다렸던 황보강이 목청껏 소리쳤다.

"가자!"

그의 말이 두 발을 높이 들고 으르렁거리며 울더니 튕겨진 것처럼 뛰어나갔다. 그리고 하늘을 찌를 듯한 악당들의 함성과 함께 이백 기의 말이 한 덩어리가 되어서 황보강의 뒤를 바짝 따랐다.

第三章

전장(戰場)의 칼

1. 광기(狂氣)

"저건 뭐냐?"

잔뜩 눈살을 찌푸리고 있던 모아합이 손가락으로 서쪽 언덕을 가리켰다.

거기에 이백 기의 경기병이 한 덩어리가 되어 쏟아져 나오고 있었는데, 펄럭이는 깃발도 없고 대오도 갖추어지지 않은 채였다.

무기도 제각각이어서 창과 칼, 철퇴와 낭아봉에 구겸(鉤鎌)을 쥔 자까지 있는데다가, 정규군에게서 보이는 엄정한 질서도 없었다. 그저 한 덩어리가 되어서 미친 듯이 철기의 배후를 타고 이쪽으로 달려올 뿐이다.

마치 산에서 봉물을 노리고 쏟아져 내려오는 산적들 같았다. 그 무질서함이 가소로웠지만 멀리서도 그들의 거침없는 기세와 투지는 충분히 느낄 수 있었다. 그게 의아하다.

눈썹을 모으고 바라보던 부장 서평이 놀라 소리쳤다.

"귀호대입니다!"

"귀호대?"

이곳에서 귀호대가 보여준 악과 용맹은 모아합에게도 충분히 인상적인 것이었다. 하지만 지난 세 번의 싸움을 통해서 모두 죽였다. 그렇게 믿고 있었는데 아직 남은 놈들이 있다니 의아해졌다.

"그놈이 아직 살아 있었나? 이름이……."

"황보강이라고 했습니다."

"그래, 그놈."

모아합이 잔뜩 눈살을 찌푸렸다.

"지겨운 놈이군. 악연이야."

이 전쟁을 시작한 이후 가장 속을 썩인 게 바로 그놈이라는 걸 다시 생각해 내자 울컥 화가 났다.

그가 석천강의 싸움에서 처음 나타났다는 걸 기억해 냈는데, 그때만 해도 범 무서운 줄 모르는 하룻강아지 정도로만 여겼다. 그러나 이후 싸움이 벌어질 때마다 끼어들어 다 된 밥에 재를 뿌린 게 어디 한두 번이던가.

화가 난 모아합은 황보강의 목에 황금 열 근을 걸었다. 하지만 아무도 그놈의 목을 들고 오는 자가 없었다. 그리고 그놈은 비웃기라도 하듯이 지난 세 차례의 싸움에서도 결정적일 때마다 나타나 훼방을 놓았다. 그러더니 오늘 또 나왔다.

그러나 이번에는 반드시 죽일 것이다. 눈앞의 상황이 그걸 확신케 해주고 있지 않은가.

모아합이 채찍을 들어 가리키며 코웃음을 쳤다.

"핫! 그런데 저 한 줌도 안 되는 것들이 뭘 하려고?"

철기들이 불을 지르며 달려든 충의군의 선봉과 부딪치고 있는 동안 이백 기의 귀호대 기마는 어느덧 철기와 경기병들 사이의 공간으로 쐐기처럼 박혀들고 있었다.

곁에서 눈썹을 모으고 가만히 지켜보던 책사 우성이 빠르게 말했다.

"좋은 전법입니다."

"뭐가?"

"어기장군 도울이 병법을 아는군요. 별동대를 보내 본진의 진로를 가로막고 철기를 고립시키려는 겁니다."

"핫! 별동대라고? 저것들이?"

모아합이 크게 코웃음을 쳤다.

본진에서 말고삐를 틀어쥔 채 대기하고 있는 이쪽의 경기병은 무려 칠만이나 되지 않는가. 그것을 고작 이백여 명으로 보이는 저것들로 막겠다는 게 우스울 뿐이었다.

황보강이라는 놈이 아무리 대단하다고 해도 그거야말로

계란으로 바위를 깨려는 어리석은 짓이 틀림없다.

"이천 기를 데려가라. 창검을 쓸 것도 없이 그냥 꾹꾹 밟아 버리고 와."

우성을 흘겨본 모아합이 귀찮다는 듯 서평에게 손짓을 했다.

"복명!"

그러잖아도 온몸이 근질거리던 서평이다. 그가 재빨리 명을 받고 군막 밖으로 뛰어나갔다.

부드득!

곁에서 끔찍하게 이 가는 소리가 들렸다. 힐끗 돌아본 곳에 언제 따라붙었는지 검은곰이 말 목을 안고 찰싹 엎드린 채 핏발 선 눈으로 앞을 노려보고 있었다.

황보강의 눈길을 받은 그가 활짝 웃었다. 붉은 입을 쩍 벌리고 누런 이빨을 다 드러내는 그 소리없는 웃음이 끔찍하게 느껴진다.

그는 백 근이나 나가는 커다란 낭아봉을 움켜쥐고 있었다. 손때가 묻어 반질거리는 거무튀튀한 쇠몽둥이인데, 손가락 굵기만 한 가시가 무수하게 박혀 있는 흉측한 것이었다. 한번 얻어맞으면 말과 사람이 함께 짓이겨지고 말 것이다.

혀를 찬 황보강이 칼자루를 움켜쥔 채 말 목을 감싸 안고 더욱 납작 엎드렸다.

그 뒤를 바짝 따르고 있는 자들도 모두 그와 같이 말 등에 찰싹 달라붙어서 미친 듯 달리고 있었다. 이제는 서로를 격려하고 용맹을 자랑하는 함성도 지르지 않았다. 씩씩거리는 거친 숨소리만 들려올 뿐이다.

남쪽에서 시작된 불길은 좌우로 긴 띠를 이루며 빠르게 번져 나가고 있었다. 그것 앞에서는 무적의 철기도 어쩔 수 없었던지 더 이상 나아가지 못하고 주춤거렸다.

우장군 아국충이 여전히 말 뒤에 불덩이를 매단 채 장창을 휘두르며 맨 처음 그 철기들 속으로 뛰어들었고, 그 뒤를 따라 오천의 기병이 바위틈을 파고드는 쐐기처럼 박혀들어 갔다.

함성과 창검 부딪치는 요란한 소리, 말 달리는 소리로 드넓은 척망평이 들끓기 시작했다.

남쪽에서 들려오는 그 싸움의 격렬한 소리를 음미하듯 듣고 있던 황보강이 벌떡 말 위에서 몸을 세우고 활을 뽑아 들었다. 강전 한 대를 시위에 걸며 재빨리 사방을 훑어본다.

다섯 방향에서 일제히 달려든 도울의 이만 기병이 모두 철기의 대열에 달라붙고 있는 게 보였다.

자욱한 연기와 불길 속에서 그들은 철기와 한 덩어리가 되어 미친 듯이 몸부림치고 있는 중이었다. 그 뒤를 삼만 보병이 받쳐 주고 있다.

아직 장군기는 살아서 펄럭이고 있었다.

함성과 비명 소리가 점점 가까워졌다. 철기들이 밀리기 시작한 것이다.

황보강은 철기를 구하기 위해 대오를 갖추고 급히 몰려 나오고 있는 적운기의 경기병들을 노려보았다. 본진의 칠만 중 삼만이 일파로 쏟아져 나오고 있는 중이었다.

그들은 이쪽을 무시한 채 오직 남으로 말 머리를 향하고 있었다. 그러므로 서쪽에서 불쑥 튀어나온 귀호대는 그들의 옆구리를 찌르는 형국이 되었다.

저것들이 불길에 갇힌 철기들과 합류하기 전에 갈라놓아야 한다. 일각이라도 발을 붙잡아두고 있어야 하는 것이다. 그 대가로 이쪽은 목숨을 주어야 한다. 그러나 아무도 그것을 두려워하지는 않았다.

"온다!"

황보강이 힘껏 활시위를 당기며 크게 소리쳤다.

저 앞에 모아합의 본진에서 떨어져 나온 이천 기가 방향을 틀더니 이쪽을 향해 달려오고 있었던 것이다.

이천 대 이백이다.

말은 미친 듯 내닫고 황보강의 활은 만월처럼 휘었다.

황보강도 검은 곰처럼 입을 활짝 벌리고 소리없이 웃었다.

칠만의 기병을 상대하기 위해 뛰어든 귀호대가 아닌가. 이천의 경기병이 성에 찰 리가 없다.

시잇!

팅, 하는 시위 소리와 함께 강전 한 대가 이백 보 앞까지 다가온 자를 향해 날아갔다. 선두에서 무어라고 괴성을 지르며 큰 칼을 휘두르고 있는 적장을 향해서였다.

"제법이다."

그자가 칼을 휘둘러 첫 번째 화살을 쳐내는 걸 보며 황보강이 다시 활짝 웃었다.

양쪽의 말들이 미친 듯 서로를 마주 보고 달리니 이백 보이던 거리가 순식간에 백오십 보로 줄었고, 다시 백 보로 줄었다.

시잇!

두 번째 화살이 시위를 떠났다.

황보강의 활 솜씨는 명궁이라고 해도 손색없는 것이었다. 백 보의 거리라면 빠르고 강하며 정확한 그의 활에서 벗어날 자가 없다.

그가 날린 두 번째 강전이 미처 쳐낼 새도 없이 선두의 적장에게 날아들었다.

"으앗!"

투구를 뚫고 박힌 강전이 서평의 뒤통수로 빠져나왔다.

칼을 쥐고 수많은 전장을 치달리며 용맹을 떨쳤던 장수 한 명이 황보강의 첫 제물이 된 것이다.

쏴아아아

그 비명을 신호로 삼은 듯 이백 대의 강전이 일제히 날았다. 백 보의 거리가 그사이 오십 보로 줄어들었으니 화살들은 허공을 꿰뚫고 직선으로 뻗어나간다.

직사(直射)가 곡사(曲射)보다 빠르고 강력하다는 건 말할 필요도 없다. 게다가 귀호대의 악당들이 지니고 있는 건 모두 강궁이었다. 오십 보의 거리쯤은 그냥 접는다.

선두에서 마구 소리치며 무섭게 달려들던 자들이 무더기로 말에서 굴러떨어졌다. 그리고 십 보 앞에서 다시 한 번 굴러 떨어지더니 드디어 으르렁거리는 말들의 숨결이 이마에 닿았다.

황보강은 활을 버리고 칼을 쥐었다.

"끼야아아!"

처음으로 그의 입에서 야수의 부르짖음 같은 외침이 터져 나왔고, 칼이 흰 빛을 뿌리며 큰 원을 그리고 떨어졌다.

깡—! 하는 쇳소리와 비명이 동시에 쏟아졌다. 황보강의 첫 칼을 막아낸 자가 부러진 창과 함께 이마를 찍히고 말에서 떨어진 것이다.

"우하하하하!"

그의 왼쪽에서 검은곰의 끔찍한 웃음소리가 커다랗게 들려왔다. 그리고 붕붕거리는 바람 소리가 귀청을 찢는다.

그의 무지막지한 낭아봉은 거치적거리는 모든 것을 으깨놓았다. 살이 뭉개지고 뼈가 박살 나 흩어진다. 말과 사람의 비명 소리가 쉴 새 없이 터져 나와 귀가 따가울 지경이었다.

그에 비해 황보강의 칼은 날카롭고 맹렬하며 깨끗했다. 지칠 줄을 모르고 머뭇거릴 줄도 모른다.

번쩍이는 그것이 신들린 것처럼 종횡으로 찍고 후려치는 곳에 남는 건 매끈하게 쪼개진 투구와 골육일 뿐이었다. 비명소리도 들려오지 않았다.

이백 명의 악당 모두 용맹과 투지에 있어서는 그와 같았다. 각자 제가 지니고 있는 모든 힘을 남김없이 끌어내 오직 이 한 번의 싸움에 쏟아부었는데, 이것이 저를 뽐내 보일 마지막 기회라는 걸 잘 알기 때문이었다.

그들은 오직 앞을 보고 달릴 뿐 내가 몇 놈을 죽였는지, 내 주위에 누가 남아 있는지 돌아볼 정신도 없었다. 저도 알아듣지 못할 괴성을 지르며 닥치는 대로 찍어 넘기고 달려갈 뿐인 것이다.

광기에 사로잡힌 몸부림 같은 처절함. 그리고 드디어 앞이 확 트였다.

"뚫었다!"

흠뻑 피를 뒤집어써서 혈인(血人)처럼 되어버린 황보강이 크게 소리치고 비로소 뒤를 돌아보았다.

여전히 미친 듯 앞으로만 질주하고 있는 그의 말이 뚫고 나온 적들로부터 그를 점점 멀리 떼어놓고 있었다.

"검은곰, 막충, 구정, 하길상, 장육……."

적들을 등지고 속속 빠져나오고 있는 부하들의 피투성이

가 된 모습을 보며 그는 웃었다.

남쪽에서 시작된 불길은 이제 벌판 전역으로 번져 나가고 있었다. 맹렬하게 타오르는 불꽃이 이글거리며 하늘로 치솟았고, 사람과 말들의 비명 소리, 아우성 소리가 땅을 뒤덮었다.

웅신기와 흑룡기의 기병들은 뒤에서 무섭게 쫓아오고 있는 불길 때문에 어쩔 수 없이 전력으로 달려 도망쳐 오고 있는 것처럼 보였다.

앞으로 나아가지 않으면 불에 타 죽을 수밖에 없으니 그렇기도 하지만, 그들은 모두 악에 치받쳐 있었다. 그 무시무시한 전의(戰意) 앞에서 모아합의 철기들이 멈칫거렸다. 빠르게 번져 오고 있는 불길보다 죽기를 각오하고 달려드는 적의 무모함이 더 무섭다.

"미친 것 아닌가!"

군막 안에서 모아합이 신경질적으로 소리쳤다.

어기장군 도울이 미쳤다고밖에 생각되지 않았다. 그렇지 않고서야 어찌 제 병사들마저 태워 죽이려 할 것인가.

"저놈들도 미친놈들이다!"

그가 자신의 철기들과 한 덩어리가 되어 이쪽으로 쏟아져 오고 있는 충의군의 기병과 보병들을 가리켰다.

장군이 불속으로 뛰어들라고 명령했다고 해도 그렇지, 그

명령을 고지식하게 따라서 제 몸을 불구덩이 속에 처넣는 놈들은 미쳤다고 생각할 수밖에 없다.

도울의 충의군 놈들은 그러므로 모두 미쳤다.

2. 모아합을 노리다

모아합은 짜증이 났다. 이십만 대군을 투입했으면서도 고작 오만의 적군을 뜻대로 짓밟지 못하고 있으니 그렇다.

더구나 그렇게 믿었던 철기가 이제는 대오를 잃고 우왕좌왕하고 있지 않은가.

빠르게 번져 오는 불길은 느린 철기의 발목을 핥고 있었다. 일부는 불속에서 허우적대다가 무너져 일어나지 못한다.

남은 철기들이 필사적으로 달아나고 있었는데, 그 뒤를 응신기와 흑룡기의 경기병들이 바짝 쫓고 있는 형국이었다.

이럴 때는 철갑으로 중무장한 철기의 느려 터진 모습이 답답하기만 했다.

도울의 이만 경기병은 얼른 보기에도 그 수가 반으로 줄어 있었다. 하지만 그들은 불을 등지고 있고, 그들 앞에 놓여 있는 철기는 불길과 연기를 안고 있다.

놀라고 겁먹은 말들은 주인의 명령을 듣지 않고 한사코 꽁무니를 빼거나 방향없이 날뛰기만 했다. 도저히 잘 훈련된 전마(戰馬)들이라고 믿을 수 없는 꼴사나운 모습이었다.

거기에 비해 등에 불을 지고 있는 충의군의 기마들은 살기 위해 무작정 앞으로만 치닫고 있으니 저절로 맹렬하게 철기들을 쫓아 쳐들어가는 상황이 되었다.

"저런, 저런!"

모아합이 다시 팔걸이를 두드리며 혀를 찼다.

기어이 철기의 대열이 물 맞은 모래성처럼 무너지기 시작했던 것이다.

적의 경기병들이 그것들을 뚫고 이리저리 내달았고, 뒤따라 달려온 보군들이 휘두르는 도끼와 쇠도리깨에 철기들은 머리와 다리가 으깨져서 주저앉았다.

말에서 떨어져 나뒹구는 철기병들은 이제 쓸모없는 고철덩이에 지나지 않았다. 몸을 지켜주던 무거운 철갑이 오히려 형구(刑具)가 되었던 것이다.

철갑의 무게 때문에 한번 쓰러지면 다시 일어서기가 굼뜨고 힘들었다. 보군들의 눈에는 그런 그들이 병든 멧돼지처럼 보일 뿐이다.

이쪽에서 삼만 경기병이 철기를 돕기 위해 일제히 달려가고 있었지만 아직도 십 리 밖이었다.

그 경기병들의 앞을 가로막으려는 듯 서쪽 언덕에서 내려온 한 무리의 귀호대가 미친 듯 질주해 오고 있다.

그것을 본 모아합이 다시 혀를 찼다.

"저놈들도 단단히 미쳤어. 도울의 진중에는 온통 미친놈들 뿐이다."

그 미친놈들이 서평의 이천 기병을 가볍게 뚫고 나오더니 처음의 기세를 그대로 유지한 채 벌판을 가로지르고 있었다.

처음 이백 기이던 것이 백오십 기로 줄어 있기는 했다. 그러니 더욱 기가 막혀서 말이 나오지 않았다. 이천 기를 뚫고 나오면서 고작 오십 기를 잃었을 뿐 아닌가.

"저놈들을 막아야 합니다. 아니면 기병의 진군이 늦어질 수 있습니다."

부장 사곤명의 소곤거림에 모아합이 더욱 눈살을 찌푸렸다.

자신만만하게 뛰어나갔던 서평이 죽는 걸 그도 똑똑히 보았다.

이천의 기병으로 그들을 가로막지 못했다는 게 심히 자존심 상하는 일이었다.

귀호대와 부딪쳤던 자들은 아직 일천여 기가 남아 있었는데, 그들이 말 머리를 돌려서 뒤를 추격하고 있는 중이었다. 하지만 좀체 따라잡지 못하고 거리가 점점 벌어지기만 했다.

이천 기로 안 된다면 더 많은 기병을 보내리라.

모아합이 소리쳤다.

"좌선봉에서 전위 오천을 빼라! 모조리 밟아 죽이라고 해!"

"복명!"

사곤명이 즉시 복창하고 군막 밖으로 뛰어나갔다. 이내 높은 뿔나팔 소리가 아비규환이 되어버린 척망평 멀리 울려 퍼지고 청색 깃발 한 개가 솟구쳐 올랐다가 서쪽을 가리키고 누웠다.

"오천을 빼서 서쪽으로 보내라는 신호입니다!"

일만 오천의 기병을 이끌고 있는 좌장군(左將軍) 귀아손 곁에서 부장 탕립이 소리쳤다.

귀아손도 총사령의 군령을 전하는 뿔나팔 소리를 듣고 깃발을 본 터다.

"대체 무슨 일이야?"

"서쪽에 강력한 적의 별동대라도 나타난 모양입니다."

"매복이 있었던 게로군."

귀아손이 잔뜩 얼굴을 찌푸렸다.

자신의 일만 오천 기병 중 오천을 빼서 서쪽으로 보내면 결국 선봉은 우장군(右將軍) 당고량에게 넘겨줄 수밖에 없다.

저 멀리 자욱한 흙먼지를 피워 올리며 질주해 가고 있는 우군을 돌아보았다.

"잘된 일인지도 모르지."

이쪽으로 불어오는 맹렬한 바람과 불길을 보며 귀아손은 그렇게 중얼거렸다.

지금 그들은 매운 연기를 무릅쓰고 불을 향해 달려가는 형세였다. 거기 철기들이 고립된 채 위기를 맞고 있었고, 적의 기병은 이쪽으로 쇄도해 오고 있기 때문이다.

웅신기의 오천 기병이 비록 삼천으로 줄어 있기는 하지만 철기대를 정면에서 뚫고 나오면서도 그만한 전력을 유지했다는 게 신기하게 여겨졌다.

거기에 흑룡기의 남은 기병이 있고, 도울의 본진에 속한 기병도 있다. 대략 일만 기가 아직 건재한 것이다. 도대체 믿을 수 없는 일이었다.

게다가 그들은 불을 등지고 있고 이쪽은 불길을 마주 보며 싸워야 한다. 꺼림칙한 일이 아닐 수 없었다. 그래서 귀아손은 선봉에 서지 않는 게 어쩌면 다행인지도 모른다는 생각마저 했다.

"호양걸에게 우익을 끌고 가라고 해라!"

귀아손이 소리쳐 명령하자 그를 따르던 전령이 즉시 말 머리를 돌려 우익으로 달려갔다.

잠시 후 좌군의 우익이 주춤거리며 진군을 멈추더니 일제히 서쪽을 향해 방향을 틀었다.

귀아손은 좌군 전체의 진군 속도를 늦추게 해서 경쟁 상대인 우군의 뒤로 처졌다.

"대장, 저기! 이번에는 많다!"

검은곰이 소리치지 않았어도 황보강 또한 한 무리의 기병이 대열을 떠나 이쪽으로 달려오는 걸 보고 있었다. 말발굽 소리가 천둥소리 같고, 땅이 은은히 흔들린다.

"제기랄, 오천 기는 충분히 되겠는걸?"

"겁이 나냐?"

"나를 어떻게 보고 그런 말을 하는 거요? 놀리면 대장이라고 해도 봐주지 않겠어!"

"그렇다면 네 용맹을 한번 보여봐라."

"좋아! 까짓, 나 혼자서 다 해치울 테다!"

달리는 말 위에서 황보강과 검은곰은 태연히 말을 주고받으며 애써 눈앞에 보이는 적을 무시했다. 두려웠기 때문이다. 그걸 잊기 위해서인 것이다.

이쪽은 이제 일백오십 기가 남았을 뿐 아닌가. 그것으로 오천 기는 무리다. 뒤에서는 그들이 뚫고 나온 기병들이 이를 갈며 맹렬하게 추격해 오고 있는 중이었다.

고작 이백 명의 귀호대 무리와 한 번 부딪쳐서 일천 기를 잃었으니 치욕스러웠으리라. 게다가 장군마저 죽지 않았는가.

그래서 그들은 노여움과 복수심으로 불타오르고 있었다.

황보강은 그런 자들과 다시 부딪쳐서는 안 된다는 걸 잘 알고 있었다.

철저히 무시해야 하는 것이다.

하지만 앞으로만 내달릴 수도 없는 것이, 새롭게 오천 기가 이쪽으로 달려오고 있기 때문이었다. 저놈들을 상대하느냐, 아니면 돌아서서 악에 받쳐 있는 저 일천 기를 다시 상대할 것이냐를 빨리 결정해야 한다.

어느 쪽이든 살아날 가망은 없는 결정이다.

'이게 마지막인가?'

황보강의 눈에 점점 뚜렷해지고 있는 적의 모습이 저승사자가 밀려오는 것처럼 보였다.

오 리 밖. 그 왼쪽이 모아합의 본진이 있는 언덕이었다.

적의 오천 기는 이제 얼굴을 알아볼 만큼 가까워져 있었다. 몇 번 숨을 쉬고 나면 부딪치리라.

잠깐 생각하던 황보강이 목청껏 소리쳤다.

"오 리만 더 전진한다! 그다음에는 모아합을 잡으러 간다!"

곁에서 달리던 검은곰이 눈을 크게 뜨고 돌아보았다.

"뭐라고?"

"저놈들을 뚫고 모아합의 본진을 치겠단 말이다!"

"제기랄! 우리만으로? 고작 백오십 기로? 미친 거 아냐?"

"미치지 않았다면 이런 싸움에 뛰어들었겠느냐?"

핀잔을 준 황보강이 말배를 박찼다. 그의 말이 크게 울고 앞으로 튕겨졌다.

"와아아아!"

남은 자들이 일제히 목이 터져라 함성을 질러 기세를 돋우며 뒤따랐다. 그리고 그들은 한 몸이 되어서 넓은 호수 속에 떨어지는 돌멩이처럼 우익장 호양걸이 이끄는 오천 기병 속으로 사라졌다.

말들이 서로 물어뜯고 칼과 창이 뒤엉켜 눈앞을 어지럽게 한다. 아우성과 비명 소리에 넋이 다 달아날 지경이었다.

몸에 튄 피가 땀과 섞여 흘러내리니 답답하고 역겨웠다.

황보강은 헛도는 투구를 벗어 던졌다. 하지만 몸을 죄고 있는 갑주의 딱딱함에 여전히 가슴은 터질 것처럼 답답했다.

헐떡이는 숨결에 단내가 물씬 묻어났다. 팔다리의 근육이 경련을 일으키기 시작하더니 감각이 점점 멀어져 갔다. 이제는 내가 칼을 쥐고 있는 건지 아닌지조차 알 수가 없다.

그러면서도 그는 눈앞에 닥쳐든 적병을 치고, 깊은 숲처럼 빽빽한 적의 복판으로 자꾸 달려들어 가고 있었다.

오 리를 전진해서 왼쪽으로 틀어야 한다.

황보강의 머릿속에는 오직 그 생각 하나뿐이었다. 다른 건 모두 잊었다. 내가 살아 있는지 죽었는지도 잊었고, 나를 따르는 자들이 있는지 없는지도 잊었다.

그는 미친 듯 소리치고 있었다. 제 소리를 제가 들을 수 없는 그런 것이다.

그의 칼이 종횡으로 떨어질 때마다 그것에 찍힌 적병의 갑주가, 투구가 쩍쩍 갈라져 나갔다.

쿵—!

등짝에 무거운 충격이 왔다. 몸이 앞으로 와락 밀렸다. 한 모금의 검은 피를 토해냈지만 느낌이 없었다.

갑주 위에 앞뒤로 호심경(護心鏡)을 댔는데, 그것이 없었다면 그는 죽었을 것이다.

황보강은 귀에 이명(耳鳴)이 가득하고 머릿속이 멍해진 채 본능적으로 몸을 기울이며 칼을 휘둘렀다.

철추 하나가 아슬아슬하게 그의 옆머리를 스쳐 지나갔고, 칼은 그놈의 목을 놓치지 않았다.

등 복판에서 시작된 찌르는 듯한 통증이 척추를 타고 달려와 흐릿해지던 정신을 일깨웠다.

왼쪽을 보았다. 거기 모아합의 군진이 높이 솟아 있었다. 언덕 위에 있는 그것이 마치 허공에 둥둥 떠 있는 것처럼 보인다.

울컥 또 한 모금의 피를 토해낸 황보강이 있는 힘껏 소리쳤다.

"지금이다! 모아합을 친다!"

그는 제가 정말 그렇게 외쳤는지, 아니면 다 틀렸으니 각자 알아서 달아나라고 외쳤는지 알 수 없었다. 하지만 그의 애마는 크게 울부짖으며 왼쪽으로 방향을 틀어 맹렬히 달려나갔다.

벌써 이 년. 전장에 나갈 때마다 한 몸이 되어서 생사의 고비를 수도 없이 넘긴 말이다. 이제는 영성(靈性)이 서로 통하여 주인의 말을 알아듣고, 뜻을 짐작할 수 있게 된 영물인 것이다.

그놈이 으르렁거리며 힘껏 땅을 박찼다. 그러자 그놈은 천마(天馬)가 되었다. 날개가 달린 듯 앞을 가로막는 적군의 말을 훌쩍 뛰어넘더니 어느새 그것들을 뚫고 벗어났다.

황보강은 오직 모아합만을 생각했다. 총사령인 도울 각하가 자신에게 내린 임무는 여기까지였다.

설마 이백 기의 귀호대가 칠만의 기병단을 막아줄 것을 기대했겠는가.

도울은 귀호대를 제물로 삼아서 모아합의 기병단이 진격해 오는 걸 잠시 늦추려 했을 뿐이다. 그리고 황보강과 그의 부하들은 그 일을 충분히 해냈다. 그들로 인해 모아합이 자랑하는 기병단 적운기의 선봉이 주춤거리고 있기 때문이다.

우익 오천 기를 떼어낸 좌군 일만 기가 거의 멈추다시피 했고, 그것을 본 우군 일만 오천 기도 상황을 파악하느라 전진 속도를 늦추고 있었다.

그들은 두어 각쯤 늦게 전장에 참여하게 될 것이다. 그러는 동안 도울의 기병들은 모아합의 철기를 궤멸시키고 대오를 정비할 수 있을 것이다.

문제는 십이만에 달하는 적의 보군이었다. 그들 중 일파로 오만이 움직이는 게 보였다.

일만 명씩 다섯 부대로 나뉘어 본진에서 떨어져 나온 보군들이 드넓게 포진하더니 일제히 활시위를 당겼다.

쐐아아

꽝! 하는 포성과 함께 궁시가 하늘을 덮었다.

갑자기 밤이 된 것처럼 사방이 어둑해졌다. 수만 개의 강전에 햇빛마저 가려진 것이다.

궁시들이 전방으로 달려나간 좌우군의 머리 위로 한참을 날아 충의군의 기병과 그 뒤를 따르고 있는 보군들에게 소나기처럼 쏟아졌다.

철기를 뚫고 용맹하게 달려오던 기병들이 무더기로 고꾸라지는 게 보였다. 보군들 또한 엎어져 벌판을 메운다.

이제는 죽든지 살든지 그들이 알아서 할 것이다.

황보강은 제가 그들을 위해서 할 일이 더 이상 없는 걸 알았다. 여기까지인 것이다.

그러므로 지금 전장을 빠져나가도 상관없었다. 아무도 욕하지 않을 것이다. 아니, 살아 돌아왔다는 걸 칭송할 것이다.

그러나 황보강은 전장을 등지지 않았다. 아직 제가 해야 할 일이 한 가지 남았다고 생각했기 때문이다. 그건 누구의 명령도 아닌 제 자신의 의지를 따르는 일이었다. 신념이기도 하다.

"모아합의 목을 친다!"

악을 쓰며 달리는 그의 뒤를 따르고 있는 건 고작 스물한 기에 지나지 않았다. 오천의 기병 속을 헤쳐 나오는 동안 다 죽은 것이다.

둥둥 떠 있는 모아합의 군진이 점점 크게 보였다. 황보강은 자꾸만 흐려지는 눈을 억지로 부릅떴다.

땀과 피를 훔쳐 내고 나니 비로소 우뚝 솟은 언덕 위에 수도 없이 꽂혀 펄럭이고 있는 깃발이 보였다.

그 아래 사방으로 차양을 내고 벽을 활짝 걷어버린 커다란 군막이 있었다. 거기 모아합이 있다.

적의 기병은 이상하게도 침묵했다. 황보강의 무리가 필사적으로 포위를 뚫고 본진으로 달려가건만 더 이상 추격할 생각을 하지 않고 도열해 서서 바라보기만 할 뿐이었다.

왜 그러는지 생각할 여유는 없다. 황보강은 이제 허허벌판으로 변해 버린 공간 속을 허우적이듯 나아가고 있었다.

자신과 모아합 사이에 아무것도 보이지 않았다. 텅 비어 고요한 허공. 그리고 아득한 거리가 사막처럼 놓여 있을 뿐이다.

3. 빛과 그림자

"재미있는 놈이군. 하하하!"

모아합이 즐겁다는 듯 입을 활짝 벌리고 웃었다.

피투성이가 되어서 구르듯 가까워지고 있는 저 아래의 황보강과 스물한 명의 악귀 같은 자가 기특하게 여겨지기도 했다.

"내가 저놈 목에 황금 열 근을 상금으로 걸었던가? 일백 근으로 올리겠다. 그만한 가치가 있는 놈이야. 자, 누가 저놈의 목을 나에게 가져다주겠느냐?"

팔걸이를 두드리며 웃은 모아합이 뒤를 돌아보았다. 그리고 눈살을 찌푸렸다. 부장들도, 책사 우성도 보이지 않았던 것이다.

갑자기 다른 곳, 다른 시간과 공간에 와 있는 것 같은 엉뚱한 느낌이 찾아왔다.

"제기랄."

모아합이 투덜거리며 눈살을 찌푸렸다. 이런 상황이 무얼 의미하는 건지 잘 아는 것이다.

그가 바라보는 곳에 언제 들어온 건지 검은 무장 한 명이 우뚝 서 있었다.

검은 갑주를 입고 검은 투구를 썼으며, 허리에 차고 있는 검과 피풍(披風)마저 검은색이라 어둠의 정령인 듯 보이는 자였다.

투구의 가리개를 내리고 넓은 턱 끈을 단단히 조여 맨 탓에 얼굴을 알아볼 수 없다.

그자가 번쩍이는 두 눈을 가늘게 뜨고 언덕 아래까지 달려와 있는 황보강을 뚫어지게 바라보고 있었다.

"또 왜 왔지?"

짜증이 묻어 있는 모아합의 말에 그자가 머리를 끄덕였다.

"각하를 도와드리기 위해서이지요."

"쳇, 너희들의 도움 따위 없어도 돼. 왜 왔는지 솔직히 말해봐라."

검은 무장이 어둠 속에서 흰 이를 보이고 소리없이 웃었다.

"데려가야 할 놈이 있어서 왔습니다."

모아합이 황보강을 턱으로 가리켰다.

"저놈?"

"한 놈이 더 있습니다."

"또 있다고? 그분은 욕심이 많구나. 그래, 그게 누구냐?"

"검은곰이라는 놈이지요."

"검은곰?"

모아합이 머리를 갸웃거렸다.

"데려가도 되겠습니까?"

그래도 예의를 지키려고 허락을 구하는 것이다. '그분'의 명령이라면 반대한다고 해도 소용없다는 걸 모아합은 잘 알고 있었다. 또 이 시커먼 놈을 막을 방법도 없다.

"마음대로 해. 대신 그분께 내가 이 빌어먹을 곳에서 얼마나 고생하고 있는지 잘 말씀드려."

"여부가 있겠습니까."

"그런데 그분은 안녕하시지?"

모아합이 멋쩍은 얼굴을 했다. 이제야 그걸 물어볼 생각을 한 제 자신이 한심하게 여겨졌던 것이다.

검은 무장이 다시 흰 이를 드러내고 소리없이 웃었다.

"물론입니다. 정정하시지요. 각하께 안부를 전하라 하셨습니다."

"빌어먹을 놈."

모아합이 눈살을 찌푸리고 검은 무장을 흘겨보았다. 그분이 저에게 그렇게 친절할 리가 없다.

'이놈은 그나마 사교적인 데가 조금은 있는 놈이군.'

입맛을 다신 모아합이 군막 밖을 바라보았다. 거기 스물한 명이 말고삐를 쥐고 서 있었다. 말도 검고 사람도 검은데 살아 있는 것 같지 않았다. 숨소리조차 들리지 않는 고요를 두르고 있을 뿐이다.

이 유령 같은 자들이 모두 '그분'이 부리고 있는 종이라는 걸 모아합은 알고 있었다. 오직 '그분'의 명령만을 들었고, 사람인지 진짜 유령들인지도 분명치 않은 존재들이다. 그런 자들이 스물두 명이나 왔다는 건 놀랄 만한 일이었다.

"그분께서 저놈을 너무 높게 보시는군."

모아합이 더 가까워져 있는 황보강을 바라보며 못마땅하다는 듯 투덜거렸다. 그렇지 않고서야 스물두 명이나 되는 종을 한꺼번에 보낼 리가 없었던 것이다. 이런 일은 여태까지 한 번도 없었다.

"그분께서는 이번 일을 매우 중요하게 여기십니다."

"제기랄."

괜히 질투가 났다. 이런 상황에서 그런 감정이란 어이없는 일이라는 걸 모아합도 잘 알고 있었다. 그러나 역시 질투가 나는 건 어쩔 수 없다.

"제기랄."

그가 팔걸이를 두드리며 다시 한 번 투덜거리고 황보강을 바라보았다.

이제 모아합의 눈에는 오직 저 아래에서 저렇게 미친 듯이 달려오고 있는 황보강과 그를 따르는 자들이 보일 뿐이었다. 이 넓은 척망평을 가득 메운 채 달려가고 있는 기병단도, 불타고 있는 벌판도, 검은 연기 속에 무너지고 있는 철기의 아우성도 보이지 않고 들리지 않았다.

모아합이 황제 말고 '그분' 이라고 부르는 사람은 딱 두 명이 있을 뿐이다. 감히 이름을 입에 올릴 수 없을 만큼 존경하고 두려워하는 존재들이다.

그중 한 명은 황사이자 대천관인 나운선인이고 다른 한 사람이 바로 모아합 곁에 서 있는 검은 무장의 주인이었다.

그는 이름이 없었다. 아니, 너무 많아서 어떤 게 진짜 이름인지 아는 자가 없다고 해야 옳은 말일 것이다.

모아합은 그의 이름 중 하나가 '흑선대공(黑仙大公)' 이라는 걸 알고 있었다. 그래서 평상시에는 그를 '대공' 이라고 불렀다.

대공은 어둠 속에서 황제를 보필하는 막강한 권력자였다. 드러나는 일이 없었으므로 아무도 그가 어떻게 생겼는지 제대로 알지 못했다. 그러므로 그는 이름뿐 아니라 얼굴도 없는 자라고 해도 과언이 아니었다. 아니, 존재 자체가 없다고 해도 될 것이다.

그러나 대공은 분명히 존재했다. 황제를 모시는 자들은 모두 안다. 그리고 그를 두려워한다.

나운선인은 언제나 자신을 드러내고 밝은 곳에서 황제를 보필했으므로 광명에 속했고, 흑선대공은 스스로를 감추고 그렇게 했으므로 어둠이라고 해야 할 것이다.

그러므로 황제 사량격발은 광명과 암흑을 모두 거느리고 있는 셈이었다. 처음과 끝, 생명과 죽음, 탄생과 소멸, 창조와 파괴를 모두 지닌 존재라면 절대적인 신이 있을 뿐이다.

그러나 지금 그 모든 건 대황국의 이대무후이자 황제인 사량격발의 손안에 있었다.

모아합은 언젠가 황제가 신의 반열에 오를 것이라고 굳게 믿는 사람 중 한 명이었다. 나운선인이 황성에 들어와 황제 앞에 엎드렸을 때 그렇게 확신했다.

모아합이 짜증난다는 듯 채찍으로 팔걸이를 두드리며 말했다.

"알아서 해. 가서 죽이든 잡아가든 마음대로 해라. 그런데 자신은 있는 거냐?"

검은 무장이 어둠 속에서 소리없이 웃었다. 갑주를 쩔그렁거리고 군례를 올린 후 검은 전포(戰袍) 자락을 펄럭이며 나갔다.

두두두두—

말발굽 소리가 들린다. 대지를 두드리는 그것이 가슴으로 옮겨와 몸이 떨렸다.

"응?"

불길한 느낌. 살아오면서 여태까지 한 번도 느껴보지 못했던 기이한 두려움, 그리고 눈앞이 아뜩해지는 어떤 기분.

황보강은 무엇인지 알 수 없고, 말할 수 없는 그와 같은 느낌 때문에 떨었다.

히히히힝—

그의 애마 흑풍도 같은 두려움을 느꼈던지 앞발을 높이 들고 울부짖을 뿐 더 나아가려 하지 않았다.

"뭐야? 왜 멈춘 거지?"

뒤따라온 검은곰이 핏발 선 눈을 부릅뜨고 커다랗게 소리쳤다. 황보강의 몽롱해진 의식 속으로 번쩍이는 그의 살기가 화살이 되어 박힌다.

다시 부르르 몸을 떤 그가 천천히, 아직까지 살아서 자신을 뒤쫓아온 스물한 명의 악당을 돌아보았다. 모두 허공에 둥둥 떠 보였다. 환영인 것 같다.

그들을 보고 있자니 자신이 지금 죽어 귀신이 되어 있는 건지, 살아 있는 건지조차 모호해져 갔다.

그런 황보강을 둘러싸고 악당들이 뭐라고 마구 소리쳤다.

'불길함…….'

황보강은 비로소 자신을 떨게 하고 있는 두려움을 표현할 말을 찾아냈다.

그가 핏대를 세워가며 악을 쓰고 있는 검은곰을 천천히 돌아보았다.

그는 한곳을 가리키며 포효하듯 부르짖고 있었는데 황보강의 귀에는 그저 윙윙 울리는 이명으로 들릴 뿐이었다.

검은곰이 가리키는 곳, 그리고 나머지 스무 명의 악당이 바라보는 그곳에 검은 무사들이 있었다.

'하나, 둘, 셋, 넷……'

황보강의 생각은 제 스스로 그렇게 그자들의 머릿수를 세었다.

모두 스물두 명이다.

거기까지 세자 생각이 멈추었다. 그리고 천천히 본래의 정신으로 돌아왔다.

"대장, 저것들은 뭐지? 고작 스물두 명인데? 어떻게 할 거야?"

검은곰의 악쓰는 소리가 비로소 뚜렷이 들렸다. 머릿속이 울릴 만큼 커다란 고함이다.

"결정을 해!"

"죽든지 살든지 우리는 하나다!"

"대장이 결정하면 그게 우리의 뜻이야!"

"뭘 망설이고 있는 거지? 설마 겁먹은 건 아니겠지?"

악당들의 악쓰는 소리도 똑똑히 들렸다.

그들은 모두 악귀의 형상을 하고 있었다.

황보강은 천천히 주위를 둘러보았다. 아무도, 아무것도 없었다. 언덕을 달려 내려오고 있는 스물두 필의 검은 말과 검은 무사들, 그리고 자신들이 있을 뿐이다.

언제부터였을까. 하늘이 온통 먹구름으로 뒤덮여 있었다.

짜자자작

꽈광—!

창백한 번개가 광란하더니 귀청을 찢을 듯한 뇌성이 터졌다.

그리고 폭우(暴雨).

콰아아아

갑작스런 일기의 변덕이고 갑작스런 폭우였다. 그것이 척망평을 온통 어두컴컴한 수막(水幕)으로 뒤덮었다.

드넓은 평원을 태우며 무섭게 타오르던 불길이 빠르게 죽어갔다.

밤중인 듯 깜깜해진 그 폭우 속을 내달리는 말발굽 소리와 비명 소리가 아득히 먼 곳에서 들려왔다.

'다 죽는다.'

황보강의 머릿속에 다시 그런 불길함이 떠올랐다.

도울의 충의군은 한 명도 살아나지 못할 것이다. 살아서 이곳을 떠나지 못할 것이다.

비록 초전에서 의외의 화공으로 적의 철기들을 물리쳤지만 모아합의 적운기 칠만 기병과 십이만이나 되는 보군을 어찌 당할 것인가.

게다가 화공이 정점에 이르렀을 때를 기다렸다는 듯 폭우가 쏟아지고 있다.

이처럼 공교로운 일은 없을 것이다.

운이 도울을 떠나 모아합에게 가 있다는 증거이리라.

모아합의 기병과 보군은 이제 불길의 두려움 없이 사방에서 달려들고, 굶주린 들개 떼가 사슴을 물어뜯듯 충의군을 도륙할 것이다.

순식간에 스쳐 가는 그런 생각들이 황보강에게 죽음의 칙칙하고 부패한 냄새를 맡게 했다. 구역질이 났다.

우르릉— 콰앙!

번쩍이는 번갯불이 머릿속을 하얗게 밝혔다.

그 찰나의 순간에 드러난 세상은 온통 적운기의 깃발과 기마들로 뒤덮여 있었다. 충의군의 비명이 폭우에 섞여 아득히 들려왔다.

황보강은 저 멀리 펄럭이던 장군기가 꺾이는 걸 보았다.

4. 무엇이 비겁인가

두두두두—

지척에서 들려오는 말발굽 소리가 아득해지려는 황보강의 정신을 다시 일깨웠다.

"저놈들!"

이글거리는 눈빛을 되찾은 황보강이 부드득 이를 갈았다.

이쪽이 스물두 명이니 자기들도 같은 수로 상대해 주겠다는 뜻이다.

모아합의 오만함과 검은빛 일색인 기마무사들의 오만함이 황보강의 가슴을 뜨겁게 달구었다.

"두려운가!"

이번에는 그가 부하들을 향해 소리쳤다.

"와아 !"

주춤거리던 그들이 일제히 함성을 질러서 자신들의 넘치는 투지를 내보였다.

"가자!"

칼을 움켜쥔 황보강이 말배를 박찼다. 그의 애마 흑풍도 이제는 두려움을 떨쳐 버린 듯 커다랗게 울부짖고 용맹하게 달려나갔다.

황보강의 좌우로 악당들이 길게 늘어서서 말 머리를 나란히 했다. 그들의 말발굽 소리가 대지를 두드린다.

병장기를 높이 휘두르며 한껏 고함을 질러대는 그들의 기세는 산이라도 그대로 밀어버릴 듯했다.

오백 명이었을 때보다 이백 명이었을 때가 더 용맹했고, 백오십 명이었을 때가 더욱 사나웠으며, 지금 스물두 명이 되어서는 다시 몇 배나 더 흉포해졌다.

살기를 포기한 자들에게 남아 있는 악의 모든 것, 그리고 난폭함의 모든 것을 지금 그들처럼 강렬하게 보여줄 수 있는 자는 없을 것이다.

마주 달려오고 있는 검은 무사들은 굳게 입을 다물고 있었다. 죽음의 사자들인 것처럼 조용하다. 그리고 음산하다.

일백 보 앞에서 그들이 좌우로 늘어서더니, 이쪽과 마찬가지로 한 줄의 대형을 이루고 질주해 왔다.

역시 한 명씩 맡아 일대일로 겨루어주겠다는 오만함이다.

황보강은 부딪칠 듯 달려오고 있는 눈앞의 검은 무사를 노려보았다.

얼굴을 알아볼 수 없는 시커먼 자. 투구 속에서 번쩍이는 싸늘한 눈길이 귀화(鬼火)처럼 푸르다.

"이야아아—!"

황보강이 벼락같은 고함을 터뜨렸다. 동시에 흑풍이 힘껏 땅을 박차고 튀어나갔다.

콰앙—!

그들의 머리 위에서 번갯불이 번쩍하더니 커다란 폭음이 뒤따랐다. 그리고 황보강의 칼이 맹렬하게 떨어졌다.

캉—!

쇠와 쇠가 부딪쳐서 내는 소리라고는 믿기 힘든 소리가 터져 나왔다.

"우욱!"

황보강이 부러져 버린 칼을 쥐고 고통스런 신음을 삼켰다.

'이건 사람이 아니다!'

불길한 느낌.

"끄아악!"

"아악!"

몇 번의 쨍강거리는 쇳소리가 귀 따갑게 들리더니 좌우에서 비명이 쏟아져 나왔다.

"두충! 곽삼! 전평!"

주춤주춤 물러서는 말고삐를 움켜쥔 황보강이 그들의 이름을 크게 불렀다.

그러나 목을 잃은 자들이 대답할 리 없다.

놀란 말들이 울부짖으며 사방으로 흩어져 달아나고 있었다.

"검은곰은?"

후딱 돌아본 왼쪽에 검은곰이 있었다. 그의 철퇴가 상대의 말머리를 으깨놓고 있는 순간이었다. 그리고 허공으로 훌쩍 뛰어오른 시커먼 자의 구겸창(鉤鎌槍)이 검은곰의 목에 걸리고 있었다.

"안 돼!"

황보강이 놀라 소리치며 급히 말머리를 틀었지만 예리한 낫에 걸린 검은곰의 목은 이미 허공을 날고 있었다.

"으하하하—"

음산하고 괴기스런 검은 무사들의 웃음소리가 검은 허공에 마구 흩어졌다. 난폭한 바람 같다.

다 죽었다.

이제 남은 건 황보강 혼자였다.

"끼야아아—!"

그가 울음 같은 괴성을 터뜨리며 자신을 가로막고 있는 검은 무사에게 돌진해 들어갔다.

"멍청한 짓을 하고 있잖아!"

문득 검은곰의 호통 소리가 하늘 가득 울려 퍼졌다.

힐끔 바라본 곳에 그의 머리통이 둥실 떠 있었는데, 부릅뜬 눈이 황보강을 노려보고 있었다. 악다문 입과 피.

찰나의 시간이 영원처럼 지루하게 느껴지는 그 순간에 검은곰의 머리가 하늘을 온통 뒤덮었고, 피를 물고 있는 그의 입에서 뇌성 같은 꾸짖음이 쏟아져 나왔다.

"안 된다는 걸 알았을 텐데? 복수를 해주지 않을 셈이야? 그건 대장답지 않아! 비겁한 짓이라구!"

'비겁…….'

"누구든 한 사람은 살아서 우리의 복수를 해야 할 거 아냐! 아직 목을 붙이고 있는 자는 대장밖에 없어!"

'무엇이 비겁한 일이고 무엇이 용기있는 일인가?'

황보강의 머릿속에 가득 들어찬 검은곰의 꾸짖음이 그를 혼란하게 했다.

시간이 지루하리만치 늦게 흘러가고 있었다. 공간이 부풀어 올라서 눈앞의 한 걸음이 십 리처럼 멀어진다.

그 저쪽에 검은 무사가 있고, 전마 흑풍은 춤을 추듯이 달려가고 있었다.

검은 시간의 동굴이라고 해야 할 그것은 통로이기도 했다. 황보강과 검은 무사를 이어주는 통로이면서 삶과 죽음의 순간을 이어주는 통로인 것이다.

흑풍은 지금 그 통로 저쪽으로 황보강을 옮겨주고 있었다. 한 발로 허공을 차고 다시 한 발을 내딛는 시간이 시나브로 늘어지기만 한다.

끝까지 살아남았던 스물한 명의 용맹한 부하가 모두 검은 무사들의 일격을 견디지 못하고 죽었다. 저놈들은 사람이 아니다.

황보강은 자신이 죽음을 향해 뛰어들고 있다는 걸 깨달았다.

이백 기를 이끌고 모아합의 전위 삼만 기병을 향해 돌진해 갈 때도, 오천 기병에게 에워싸여 물에 빠진 아이처럼 허우적일 때도 죽음에 대한 공포는 없었다.

그런데 지금 그는 엄습해 오는 공포를 느꼈다. 그건 자기 자신에 대한 두려움이기도 했다.

검은 무사는 검을 쥔 채 한없이 늘어진 시간 저 건너에서 기다리고 있었다.

투구 안에서 귀화처럼 일렁이는 새파란 눈빛이 엿가락처럼 늘어진 공간을 투과해 와 이마를 뜨겁게 했다.

하지만 황보강은 이제 그를 보지 않았다. 자기 안에 들어 있는 검은 무사를 볼 뿐이다. 그것은 두려움과 불길함, 그리고 죽음의 모습이었다.

그것을 의식한 순간 황보강의 정신이 악을 써댔다.

'저것은 허상이야! 허깨비다! 저것들을 깨부수어야 해!'

바로 지금이다. 내 손으로 해야만 할 일이다.

황보강이 시간의 통로 저쪽에 있는 검은 무사를 노려보며 부러진 칼을 들어 올렸을 때 흑풍은 급히 몸을 틀고 있었다. 여태까지 그런 일은 없었다. 주인의 명령을 거부하다니.

흑풍이 달리던 기세를 이기지 못하고 쓰러질 듯 휘청거렸다. 그러나 그놈은 다리의 근육이 경련을 일으킬 정도로 온 힘을 쏟아내 기어이 방향을 꺾었다. 그리고 오른쪽을 바라보고 날듯이 달려갔다.

위태롭게 한쪽으로 쏠렸던 황보강이 가까스로 말 배에 달라붙었다. 한 발은 등자를 밟고 한 발은 안장에 걸친 채 흑풍의 목을 안고 매달려 있는 것이다. 꼼짝할 수가 없었다.

흑풍은 그 어느 때보다 사납고 힘차게 뛰었다. 주인의 명령 따위 이제는 듣지 않기로 작정한 것 같았다.

황보강은 떨어지지 않기 위해 필사적으로 말의 목을 안고 매달려서 한 가지 생각만 하고 있었다.

무엇이 비겁한 일인가?

죽음을 향해 뛰어드는 무모함이 진정한 용기일까?

다음을 위해 등을 보이고 달아나는 게 참된 용기일까?

비겁은 무엇인가.

황보강은 제 생각의 답을 찾을 수 없었다.

그는 지금 이백 명이나 되는 부하들의 죽음을 버려두고 혼자서 이 참혹한 전장을 빠져나가려 하고 있었다.

피투성이가 된 부하들의 얼굴이 주마등처럼 빠르게 떠올랐다가 꺼졌다. 그리고 마지막은 허공에 둥둥 떠 있는 검은곰의 머리통이었다.

그가 붉은 입을 쩍 벌리고 껄껄 웃었다. 그리고 꾸짖듯 소리쳤다.

"더 빨리, 더 맹렬하게! 이 빌어먹을 운명에서 어서 벗어나! 대장은 할 수 있어!"

황보강의 악다문 입술에서 피가 났다. 자신의 입술을 짓씹고 있지만 고통은 없다.

"살아서 그다음에는 대장이 운명을 쫓는 자가 되는 거야. 다 때려 부숴 버려! 우리를 위해서, 그리고 대장 자신을 위해서! 와하하하—!"

"이야아아—!"

비명 같은 황보강의 부르짖음이 폭우를 뚫고 뇌성마저 움찔거리게 하며 검은 척망평의 하늘 높이 치솟았다.

第四章

무정하(無情河)

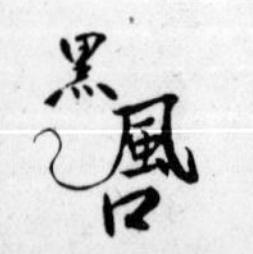

1. 검은 강

검은 강이다.

거기에 검은 하늘이 비치고 검은 세상이 비쳐서 위태롭게 흔들리고 있었다.

이 지겨운 시간으로부터, 기억하고 싶지 않은 공간으로부터 얼마나 멀리 도망쳐 왔는지 알 수 없다.

다른 세상인 것만은 틀림없는 이곳에 비는 쏟아지지 않았다.

하늘을 뒤덮고 있는 검은 구름이 강물보다 빠르게 흐르고 있지만 바람도 불지 않는다.

둥근 달이 파도를 타듯 출렁거리며 잠깐씩 제 모습을 드러낼 때마다 강물에 비친 풍경들이 더욱 검게 가라앉았다.

콸콸거리는 물소리. 적막을 빨아들여 세상을 더욱 깊은 적막 속으로 침몰시키고 있는 그 소리.

황보강은 허벅지까지 물에 잠긴 채 어깨를 늘어뜨리고 서서 그 소리를 듣고 있었다. 물에 비친 자신의 모습이 검어서 낯설다.

그 곁에서 흑풍도 제 모습을 들여다보는지 머리를 건들거리다가 푸르륵 하고 투레질을 했다.

황보강은 아직도 부러진 칼을 쥐고 있었다.

새파랗게 번쩍이는 칼. 반 토막이 되어서도 펄펄 살아 있는 칼날이 인광(燐光)을 띠고 이글거렸다.

이십여 곳의 크고 작은 전장에 참가하여 셀 수 없이 많은 적의 투구와 갑주를 쪼개고 뼈를 갈랐던 칼이다. 그동안 한 번도 날이 상한 적조차 없는 그 단단한 것이 검은 무사의 검과 부딪친 순간 맥없이 두 동강이 나고 말았다.

황보강은 사랑하는 사람을 쓰다듬듯 동강난 칼을 쓰다듬었다. 예리한 칼날이 부드럽게 손바닥을 핥았다. 붉은 피가 흘러 칼 몸을 적시고 방울방울 검은 강물 위에 떨어졌다.

옅은 피 냄새가 습한 바람에 섞여 콧속으로 파고들더니 가슴 뜨거운 무엇이 되어 온몸으로 퍼져 나갔다. 그리고 두 눈에 고였다. 뜨거운 눈물이 되어 흘러내린다.

턱에 매달렸던 눈물이 칼 몸에 떨어지고, 거기 있던 피와 섞여서 피가 되었다. 그것이 검은 강물에 떨어져 강이 된다.

"복수해 주마."

황보강이 그 강처럼 어둡게 중얼거렸다. 그리고 검은 하늘이, 검은 강이 그것에 대답했다.

"미루지 말고 지금 해."

"응?"

깜짝 놀라 돌아보자 죽었던 바람이 다시 살아나 맹렬하게 강을 타고 치달렸다.

이마가 선뜻해지는 밤의 기운. 그 속에 그들이 있었다.

언제 다가왔던 것일까.

말발굽 소리를 듣지도 못했는데 그들은 몰래 숨어든 물안개처럼 거기 서서 황보강을 바라보고 있었다.

갑자기 불어온 바람에 강안의 버드나무들이 그 많은 가지를 머리카락처럼 흩날리고 있는 곳. 그곳에 스물두 명의 검은 무사들이 어둠의 정령인 듯 늘어서 있었다.

그들의 피풍이 사나운 깃발처럼 펄럭이고 말갈기가 물결이 일 듯 눕고 일어났다.

"복수할 수 있는 기회를 주마. 하지만 이것이 마지막이라는 걸 명심해."

푸른 귀안의 검은 무사가 뚝뚝 끊어지는 음성을 바람에 놓아 보냈다.

잠시 현기증에 흔들렸던 황보강이 이를 악물고 노려보았다.

"너는 대체 누구냐?"

"이 강의 이름을 아나?"

황보강의 물음에 검은 무사가 오히려 엉뚱한 질문을 했다. 그리고 스스로 대답했다.

"무정하(無情河)라고 하지."

"무정하……."

"이곳에서 떠난 모든 것은 다시 이곳으로 돌아온다. 너는 이제 막 그 길에 올라선 거야. 축하해 주지. 결코 거기서 벗어날 수 없게 된 걸 말이야."

황보강은 그가 무슨 말을 지껄이고 있는 건지 이해할 수 없었다.

그의 느낌이 어떻든 상관없이 검은 무사는 말을 계속했다. 그게 제가 해야 할 크고 중요한 임무라고 여기는 것 같았다. 그래서 황보강은 그가 그 말들을 하기 위해서 여기까지 쫓아온 건지도 모른다고 생각했다. 정말 그렇다면 이보다 엉뚱한 일이 어디 또 있을 것인가.

"잘 봐. 그리고 느껴라. 지금 여기에서 만들어지고 있는 네 운명을. 네 두려움과 절망과 고통과 증오 그 모든 것을. 그것들이 태어나고 있는 이 순간을. 이전의 것들은 모두 거짓이었다. 아무리 큰 고통이었더라도 지금 여기에서 태어나고 있는 고통에 비하면 그건 거짓이었다."

"너는 대체 누구냐!"

참을 수 없게 된 황보강이 다시 크게 소리쳤다. 어둠 속에서 검은 무사가 웃었다.

"나는 악몽이야."

"악몽이라고?"

"언제나 네 안에 깃들어 있는 고통이고 두려움이다."

"헛소리!"

"흐흐흐, 믿든 그렇지 않든 상관없어. 자, 어떻게 할 테냐? 순순히 나를 따라가든지, 아니면 마지막 발악을 해보든지 선택해라. 결국 달라질 건 없을 테지만 말이야."

"이야아아―!"

황보강이 부러진 칼을 쥐고 검은 강물을 차며 언덕을 향해 내달렸다. 그러자 악몽도 말에서 뛰어내려 그를 마주 보고 곧장 달려왔다.

첨벙거리는 물소리와 어지럽게 튀어 올라 번쩍이는 물방울.

그것을 헤치고 나온 황보강이 이를 갈며 칼을 후려쳤다.

꽝!

칼이 검은 무사의 어깨를 찍은 것과 동시에 그자의 주먹이 얼굴 복판에 꽂혔다.

뼈에 박히는 아픔 때문에 의식이 멀어진다.

황보강은 자신이 새처럼 하늘을 난다고 느꼈다. 아득해지는 의식 속으로 파고드는 검은 무사의 조롱 소리를 듣는다.

"안심해. 너를 죽이지는 않을 테니까. 무정하에서는 아무도 죽지 않는다."

첨벙—!

무정하 차가운 물속에 떨어지는 그를 본 흑풍이 히히히힝 하고 구슬픈 울음을 터뜨렸다.

갑주를 쪼개고 어깨에 박힌 칼을 뽑아 던진 악몽이 첨벙거리며 다가와 축 늘어진 황보강을 붙잡아 일으켰다.

얼굴을 맞대고 음습한 숨을 불어내며 속삭인다.

"너는 이제 여행을 떠나야 해. 아무도 동행해 주지 않는 너 혼자만의 먼 길을 가야 하는 거지."

* * *

이곳이 어디인지는 여전히 알 수 없었다. 그러나 모아합의 진중이 아닌 건 분명했다.

황보강은 저를 이 지옥 같은 곳으로 잡아온 그 시커먼 놈을 떠올리면 피식 피식 헛웃음이 나왔다. 제 이름을 악몽이라고 하던 엉뚱한 놈 아니던가. 그때나 지금이나 미친놈이라는 생각에는 변함이 없었다.

그는 지금 사방에 피와 기름이 말라붙어 있는 석실 안, 차가운 돌판 위에 누워 있었다. 얼마나 많은 사람들이 이곳에서 고문을 당하고, 그리고 죽었는지 모른다.

숨을 쉴 때마다 역겨운 비린내와 노린내가 맡아졌다. 구역질이 난다. 벌써 스무 날이 넘게 매일 한 차례씩 다녀간 곳이지만 여전히 적응이 되지 않았다.

황보강은 지독한 고문을 당하고 있었다. 지난 스무하루 동안 매일같이 시달리는 것이다. 그리고 오늘이 스물하고도 이틀째가 되는 날이었다.

살이 찢어지고 뼈가 조각나며 혼백이 달아나는 그런 고문은 지독하다는 말로는 표현할 수 없는 것이었다. 그러나 제아무리 긴 설명을 덧붙인다고 해도 역시 표현할 수 없기는 마찬가지다.

그런 고문을 매일 당하면서도 여태까지 죽지 않고 있는 게 스스로 생각해도 신기한 일이었다. 믿어지지 않는다.

아니, 죽을 수 없다는 걸 이제는 받아들여야 할 때인지도 몰랐다.

황보강은 죽을 수 없었다.

고통으로 혼백이 녹아 없어질 지경이 되면 그는 언제나 죽음을 생각했다. 그런 상황에서는 누구나 차라리 죽어버리는 게 행복할 것이라고 생각하는 게 옳은 것이다.

그러나 그는 죽을 수가 없었다. 그게 더 지독한 고통이고 고문이었다. 절망이기도 하다.

죽고 싶을 때 마음대로 죽을 수가 없다니. 내 목숨을 내 마음대로 할 수 없다니. 세상에 그런 일이 있을 수 있단 말인가.

그러나 이 알 수 없는 곳에서는 그랬다.

황보강은 이놈들이 모두 한 놈이라고 생각했다.

지난 스무하루 동안 저를 고문한 스물한 명의 검은 무사는 서로 다른 자들이면서 또한 하나였다. 악몽들이다.

이십이 일째가 되었고, 스물두 번째로 찾아온 놈이 앞서 다녀갔던 놈들과 똑같이 피와 기름으로 번들거리는 돌 탁자 위에 고문 기구들을 늘어놓았다.

그것이 탁자와 부딪치는 작고 날카로운 소리가 석실 안에 음침한 메아리를 남긴다.

황보강은 그놈이 바로 모아합의 군진이 있던 언덕 아래에서 저와 싸웠던 놈이고, 무정하에서 저를 잡아온 놈이라는 걸 느꼈다.

나는 너의 악몽이라고 말했던 바로 그놈.

그놈이 작고 예리한 손칼을 들더니 조금의 망설임도 없이, 감정도 없이 황보강의 몸뚱이에 그것을 박아 넣었다.

반 푼의 깊이를 언제나 유지한다. 그리고 근육과 힘줄의 접합부를 용케도 찾아내어 휘젓고 내려간다.

왼쪽 팔뚝의 살과 가죽이 뼈대 잃은 구조물처럼 주르륵 흘러내렸다. 흰 뼈가 드러나지만 피는 한 방울도 흐르지 않았다.

놈은 실핏줄 하나 터뜨리지 않으면서 그렇게 했다. 그건 사람이 보여줄 수 있는 솜씨가 아니었다.

제 살과 뼈가 서로 분리되는 광경을 지켜보면서 황보강은 두려움이나 고통보다 큰 어떤 감정을 느꼈다.

그건 절망이 아닌 감동이었다.

이렇게 될 수도 있다니. 아니, 이렇게 할 수도 있다니 하는 경이로움이고, 내 뼈가 저렇게 생겼다는 걸 처음 본 놀람이기도 하다.

놈은 익숙한 솜씨로, 조금도 서두르지 않으면서, 마치 능숙한 조리사가 도마 위의 생선을 해체하듯이 황보강의 몸뚱이를 조각조각 해체하고 있었다.

오직 작은 칼 하나로 그렇게 하고 있다는 게 신기하기만 해서 황보강은 눈을 둥그렇게 뜬 채 제 몸뚱이가 제 눈앞에서 해체되고 있는 걸 멀뚱멀뚱 지켜보았다.

그의 몸과 정신은, 느낌과 영혼은 서로 다른 곳에 있는 것 같았다. 내 몸을 낯설게 바라보고, 그것에 파고드는 고통을 남의 것처럼 받아들이고 있는 것이다.

아무런 고통도 느껴지지 않았다. 그저 서늘한 감각이 심장을 찔러댈 뿐이었다. 터질 듯이 쿵쾅거리며 뛰는 그것의 고동소리가 귓속에 북소리처럼 울리고 있었다.

그것뿐이다.

두렵지도 않았고 절망하지도 않았다. 고통을 느끼지 않으니 그런가 보다.

황보강은 참 희한한 일이라고 생각했다.

'고통으로부터 자유로워진 인간이 된 건가? 내가?'

그런 어리둥절함이 낯설지가 않다.

2. 죽을 수 없는 자

처음 고문을 당했을 때의 그 지독한 모욕감과 고통을 결코 잊을 수 없었다. 살갗이 찢어지고 근육이 뭉개지며 뼈가 부러지던 고통이 지금도 생생하다.

그때 황보강은 목청껏 비명을 질렀다. 그리고 곧 후회했다. 부끄러웠던 것이다. 비명을 지르는 건 이놈들에게 지는 것 아닌가. 그걸 생각하자 고통보다 더 큰 오기가 생겼다.

셋째 날부터 그는 애써 무감정하고 무감각해지려고 노력했다. 제 뼈가 쪼개지고 힘줄이 뽑혀 나오는 걸 보면서도 극한의 인내심을 발휘하여 고통과 두려움을 외면했다. 그러자 놈들이 당황하는 게 느껴졌다. 통쾌했다. 내 몸의 고통이 심해질수록, 더 크게 망가져 갈수록 오히려 통쾌했다. 그놈들이 더욱 당황했기 때문이다.

그리고 스물두 번째 날이 되는 오늘은 드디어 고통마저도 잊을 수 있게 되었다. 그것으로부터 자유로워진 것이다.

'지난 스무하루 동안 나는 괴물이 되어가고 있었던 것인가? 이놈들처럼?'

문득 그런 생각이 들었다.

황보강은 제 뼈를 보고, 발려져 있는 살을 보고, 툭툭 불거진 채 삐져나와 있는 검붉은 핏줄과 허연 힘줄을 보았다.

남의 일 같기만 했다. 지극히 비현실적인 광경이다. 그래서 어리둥절하다가 지겨워졌다.

황보강이 하품을 하고 말했다.

"빨리 끝내."

스물두 번째 악몽이 입술을 씰룩거렸다. 어둠 속에서 번쩍이는 두 눈에 모욕감이 떠올랐다.

그가 천천히 손을 뻗어 황보강의 가슴을 찔렀다. 그러면서 얼굴을 붙이고 속삭였다.

"자, 이게 마지막이야."

"마지막이라고?"

그건 반가운 소리다. 이제 더 지겨워하지 않아도 될 테니까.

악몽의 손이 천천히 제 가슴을 뚫고 들어가는 걸 내려다보며 황보강이 툴툴 웃었다.

대체 이놈들이 원하는 게 무엇인지 여전히 조금도 알 수가 없었다.

스무하루 전.

첫 번째 악몽이 찾아와 팔다리의 관절을 부수고, 흰 뼈가 살갗을 찢고 튀어나오는 고통을 알게 해주었다. 한마디도 말하지 않은 채.

황보강은 참을 수 없는 고통과 분노 때문에 울부짖었다. 고문을 가하는 자의 침묵이 더 견디기 힘들었다. 그래서 소리쳤다.

"대체 무슨 개수작이냐! 차라리 깨끗하게 죽여줘! 목을 치든지 머리통을 부수든지 마음대로 해! 그냥 단번에 죽여주기만 해!"

다음날 두 번째 악몽이 찾아왔고, 세곡도(細曲刀)로 살 속을 헤집으며 신경과 혈관을 하나씩 찾아 끊었다.

역시 말 한마디 하지 않았다.

아무것도 묻지 않았던 것이다.

황보강은 그런 악몽이라는 자들의 태도를 이해할 수 없었다.

고문을 하는 건 무언가 알아내려는 게 있기 때문 아니겠는가. 그렇지 않으면 고문을 할 필요가 없다. 그게 상식이다.

—내가 원하는 걸 내놓아라. 그 대가로 나는 더 이상 너에게 고통을 주지 않겠다. 그렇지 않으면 너는 죽을 때까지 고문을 당하게 될 것이다.

그런 거래가 고문자와 피고문자 사이에 성립되는 것이다. 약속이기도 하다.

그런데 아무 요구도 하지 않고, 아무 말도 하지 않은 채 그저 고문을 할 뿐이라니…….

그런 상황에 놓이면 사람의 공포는 극대화되고, 가중되는 불안 때문에 끝내 미쳐 버린다. 그래야 정상이다.

그런데 황보강은 그렇게 되지 않았다. 오히려 고문을 하고 있는 놈들보다 몇 배는 빠르게 그 상황에 적응해 버리는 것이 아닌가.

그것 또한 있을 수 없는 일이었다. 그래서 다섯째 날이 되면서부터는 그놈들이 흔들리기 시작했다. 곤혹스러워하는 게 느껴졌다.

황보강은 황보강대로 이놈들을, 이 상황을 이해할 수가 없었다.

왜 저를 죽이지 않고 붙잡아왔는지, 왜 고문을 하는 건지, 앞으로 어떻게 할 건지…….

도대체 무엇 때문에 이런 수고를 하고 있단 말인가, 하는 의문을 갖는 것도 이제는 지겹다.

황보강이 제 가슴 속으로 들어가고 있는 악몽의 검은 손을 바라보며 잠꼬대하듯 중얼거렸다.

"지금이라도 나를 죽여. 그렇지 않으면 너희들은 후회하게 될 거다."

악몽이 귓전에 속삭였다.

"흐흐흐, 그럴 수는 없지. 그분께서 원하는 건 네 목이 아니거든."

"그분이라니?"

처음 듣는 소리에 황보강의 눈이 휘둥그레졌다.

악몽이 조심스럽게 심장을 꺼내 들면서 중얼거렸다.

"곧 알게 될 것이다. 그분께서 네게 무얼 원하는지도."

자신의 붉은 심장을 보면서 황보강은 낄낄 웃었다. 미친놈은 바로 자기 자신인 것 같다는 생각이 들었다. 그리고 웃지 않고서는 견딜 수 없을 만큼 가슴속이 간질거렸다.

뼈와 살이 분리되어 있는 끔찍한 꼴을 하고 입술을 씰룩여 웃는 모습은 괴기스럽기만 했다.

악몽은 이제 투구 속에서 시퍼런 귀화가 일렁이는 눈으로 지켜볼 뿐이었다. 황보강의 반응이 엉뚱해서 곤혹스러워하는 것 같기도 했다.

"쯧."

들릴 듯 말 듯 혀를 찬 그가 혈관과 허연 힘줄에 매달려 덜렁거리는 심장을 황보강의 손에 쥐어 주었다.

"네 것이니까 잘 들고 있어라. 떨어뜨리면 안 돼."

주섬주섬 고문 도구를 챙기더니 석실을 나가기 전 힐끗 돌아보았다.

"다시 만나게 될 거다. 그때는 반가워질 거야."

'말이 많은 놈이군.'

제 심장을 들고서 황보강이 피식 웃었다.

그를 바라보는 투구 속의 귀화 일렁이는 눈이 흔들렸다. 그 놈도 마주 웃고 있는 것이다.

*　　*　　*

황보강은 죽었다.

뼈와 살이 분리되었고, 제 심장을 쥔 채 거적에 실려 질질 끌려가고 있는 그는 죽었다. 이것으로 스물두 번째 죽은 것이다.

그를 뇌옥에 처넣은 옥지기들이 침을 뱉더니 저벅거리는 발소리를 남기고 멀어졌다.

그러나 황보강은 죽지 않았다. 그는 언제부터인가 죽을 수 없는 운명을 갖게 된 건지도 모른다.

구석진 음습한 곳에서 어둠 하나가 슬며시 일어나 다가왔다.

"클클, 내 장난감은 오늘도 나를 실망시키지 않는구나."

얼굴 가득 검버섯이 피어나 있는 쪼글쪼글한 늙은이였다.

깡마르고 새까만 살빛이 산 자의 그것 같지 않았다. 탄력과 생기를 잃은 피부가 가뭄에 드러난 강바닥처럼 쩍쩍 갈라져 있다.

목내이(木乃伊:미라) 같은 늙은이가 황보강의 머리를 한 번 쓰다듬더니 끔찍하고 더러운 손을 뻗어 아직 펄떡거리고 있는 심장을 빼앗았다.

조심스럽게 주물럭거리며 그 감촉을 음미하는 늙은이의

눈이 떨렸다. 탐욕이다.

그가 재색의 혀를 내밀어 말라 버린 입술을 핥더니 군침을 삼켰다.

늙은이는 갈등하고 있었다.

깨물면 과즙이 터지듯 붉은 피가 왈칵 쏟아져 나올 것이다. 자근자근 씹히는 육질의 느낌도 좋으리라. 그것은 적당히, 심심하지 않을 만큼 질길 게 틀림없다.

손에 쥐고 있는 심장이 말랑거리고 따뜻해서 더욱 참기 힘들다. 그래서 늙은이는 더 갈등했다.

지난 스무하루 동안 그는 황보강의 몸을 놓고 스물한 번이나 이처럼 참을 수 없는 탐욕과 힘든 싸움을 했다. 하지만 말랑거리고 통통한 심장을 손에 쥐고 있는 지금만큼 견디기 힘든 적은 없었다.

"으으음……."

늙은이가 진저리를 치며 신음을 흘렸다. 상상만으로도 쾌락이 파도처럼 밀려들어 오히려 그를 허탈해지게 한 모양이었다.

"제기랄, 내 팔자에 무슨 복이 있어서……."

욕망이 컸던 만큼 체념도 빠른 것일까?

탄식한 늙은이가 황보강의 뻥 뚫린 가슴속으로 심장을 쑤셔 넣었다.

"눈을 떠. 흘흘, 나를 속일 생각이냐?"

"나를 그만 내버려 둘 수 없소?"

황보강은 여전히 눈을 꼭 감고 있었다. 그 머리맡에 쭈그리고 앉은 늙은이가 낄낄거렸다.

"죽고 싶어서?"

"사는 게 지겨워졌소."

"하지만 안 되지. 죽고 사는 걸 결정하는 건 네놈이 아니거든."

"정말 끔찍하고 지겨운 인생이군. 내 목숨마저 내 마음대로 할 수 없다니……."

"히히, 나를 만난 놈들은 죄다 그런 말을 했어."

"대체 영감이 뭔데 내가 죽고 사는 걸 마음대로 결정한단 말이요? 영감이 신이라도 되는 거요?"

"신이지."

"미친……."

"내가 살리고 싶으면 살리는 거고 죽이고 싶으면 죽이는 거야."

"훗 "

비로소 황보강이 눈을 뜨고 늙은이를 바라보았다.

금방이라도 숨을 깔딱거리며 죽어갈 것 같은 늙은이다. 아니, 이미 죽었다가 유령이 되어 되살아난 건지도 모른다.

생기가 느껴지지 않는 요망한 늙은이.

그 앞에서 황보강은 어느덧 살아 있는 것의 뜨거운 기운을 풀풀 뿜어내고 있었다.

살과 뼈가 분리되고 심장을 뜯겼지만 죽지 않았다. 거짓말처럼 감쪽같이 아물어 있는 가슴의 상처를 쓰다듬어 보는 그의 손이 무심했다.

오늘로써 스물두 번째 이 믿지 못할 일을 경험한 터였다. 처음에는 기겁할 듯이 놀랐지만 이제는 전혀 놀랍지도 이상하지도 않았다. 당연한 과정이고 절차를 거친 기분일 뿐이다.

"대체 언제까지 이 장난을 할 거요?"

"히히, 네놈이 죽을 때까지."

"영감이 허락하지 않으면 죽을 수도 없을 텐데?"

"그러면 더 좋지. 내 인생이 지겨워지지 않을 테니까."

"제기랄, 그 꼴에 인생이란다. 쯧쯧……."

눈만 멀뚱거리고 있던 황보강이 혀를 차고 힘겹게 일어났다.

멀쩡했다.

찢기고 쪼개지고 해져서 너덜거리던 육신의 어느 한곳에도 고통스럽던 기억과 자국이 남겨져 있지 않았다. 마약에 취한 듯 자꾸만 나른하게 늘어질 뿐이다.

3. 암흑존자(暗黑尊者)

"이 맛있는 몸뚱이를 오늘밖에는 볼 수 없단 말이지? 제기랄."

황보강의 늘어진 몸을 이리저리 살펴보던 늙은이가 호들갑을 떨었다. 제대로 되었는지 확인이라도 하려는 듯이 다가와 여기저기 찔러보고 쓰다듬어 보기도 한다.

내내 늘어져 있던 황보강이 그때를 기다렸다는 듯 불쑥 손을 뻗어 노인의 목을 움켜쥐고 눈을 부릅떴다.

"영감, 당신은 알고 있지?"

"캑, 캑! 뭐, 뭘 말이냐?"

"대체 저놈들의 정체가 뭐야? 왜 나를 이리로 데려온 거지? 나한테 원하는 게 뭐야? 그리고 당신은 또 누구야?"

"이, 이것 좀 놔라. 숨을 쉴 수… 없잖… 아."

늙은이의 눈이 뒤집히기 시작했다. 끅끅거리는 숨소리마저 가늘어진다.

"죽이고 살리는 걸 마음대로 한다니 네 자신에게도 그렇게 해봐."

황보강이 손아귀에 더욱 힘을 주었다. 목뼈 꺾이는 소리가 우두둑거리며 들리기 시작했다.

황보강은 이 늙은이가 무엇이든 알고 있을 것이라고 믿었다. 그렇지 않은 다음에야 어찌 뇌옥을 마음대로 드나들 것이며, 악몽이라는 자들이 그것을 모르는 척할 것인가.

어쩌면 의도적으로 자신에게 접근시킨 건지도 모른다.

그러나 늙은이는 말을 하지 않았다. 아니, 할 수 없는 것이다.

뒤집어진 그의 눈을 들여다본 황보강이 손아귀의 힘을 뺐다.

한참을 껄떡거리던 늙은이가 잠잠해졌다. 붉게 달아올랐던 얼굴색이 다시 칙칙해지고 뒤집어졌던 눈도 제자리를 찾아 돌아오더니 길게 숨을 내쉬었다.

"에휴, 지독하고 무지막지한 놈 같으니. 빌어먹을 놈. 은혜를 모르는 짐승 같은 놈. 쿨럭쿨럭."

노인이 연신 기침을 해대면서도 매섭게 노려보며 욕을 했다.

"내가 그동안 네놈의 명줄을 되돌려놓은 것만 벌써 스물두 번이다. 그러니 네놈의 그 잘난 목숨은 내 것이나 마찬가지야. 그런데 나에게 이런 짓을 해?"

"내가 언제 영감에게 부탁하던가?"

"어쨌든 좋다. 하지만 너는 나에게 반드시 대가를 지불하게 될 거야. 히히히."

아차 하는 사이에 노인이 구석의 어둠 속으로 스며들었다. 재빠른 뱀이 바위틈으로 사라지듯이 그렇게 없어져 버린다.

"엇?"

놀란 황보강이 손을 뻗고 급히 움직이다가 앞으로 풀썩 자빠졌다. 쩔그렁거리는 쇠사슬 소리가 요란하게 울렸다.

*　　　*　　　*

"특이한 놈입니다."

검은 무사의 말에 노인이 잔뜩 인상을 썼다.

"뭐가?"

"고통을 받아들입니다. 아마도 제 생각에는……."

"생각이라고? 네가 생각을 하겠단 말이냐?"

"죄송합니다."

검은 무사가 잔뜩 두려워하는 모습으로 허리를 숙였다.

노인이 그를 흘겨보는데, 황보강과 함께 있을 때와는 달랐다.

꾀죄죄하고 음침하며 교활해 보이는 모습은 여전했지만 황보강을 대할 때와 검은 무사를 대할 때가 사뭇 달랐던 것이다. 느낌이 그렇다.

대장군 모아합마저도 두려워하지 않던 검은 무사가 그런 초라한 노인 앞에서 머리조차 제대로 들지 못하고 있었다.

혀를 찬 노인이 퉁명스럽게 말했다.

"그래, 네 생각이라는 게 뭐냐?"

검은 무사가 노인의 눈치를 보며 조심스럽게 말했다.

"어려서부터 몸에 밴 것 같습니다. 그렇게 되도록 엄하게 훈련받은 놈 같습니다."

"고통을 받아들이고 그것에 익숙해져서 극복하도록 훈련을 받은 것 같단 말이지? 그것도 어렸을 때부터?"

"그렇습니다. 그렇지 않고서는 저희들의 고문에 그렇게 잘 견딜 수가 없습니다."

"흐흥, 훈련을 받았단 말이지?"

어둠을 노려보는 노인의 눈길이 매서워졌다. 독사의 그것처럼 음험하게 번쩍인다.

"그렇다면 더 탐나는 놈이지. 반드시 내 손에 넣고 말 테다."

중얼거린 노인이 다시 물었다.

"검은곰이라는 놈은?"

"이제 완전히 동화되었습니다."

"광기를 주었겠지?"

"그렇습니다. 그는 이제 광기가 되었습니다."

노인의 말라비틀어진 입술이 씰룩거렸다. 웃는 것이다.

"흐흐, 잘됐어. 그럼 이제 그놈 하나만 길들이면 되는데, 어쩐다……."

"다시 해볼까요?"

"뭘? 고문을 말이냐?"

"좀 더 강도를 높여서 해볼 수 있습니다."

"쯧쯧, 쓸모없는 놈 같으니. 꺼져 버려!"

"존명!"

모욕적인 노인의 말에도 검은 무사는 그게 지극히 당연하다는 듯했다. 깊이 허리를 숙이고 뒷걸음치더니 뇌옥 안의 음침한 어둠 속으로 빨려들 듯이 사라진다.

혼자 남은 노인이 잔뜩 이맛살을 찌푸렸다.

"고약해. 고약한 놈이다. 대체 어떻게 해야 나긋나긋해지도록 길들일 수 있단 말이냐."

* * *

향불 태우는 연기가 자욱했다.

향연이 그치지 않는 곳.

커다란 청동 향로에 언제나 석 대의 굵은 향이 꽂혀 진한 향냄새로 공기를 씻어내고 있는 곳.

대황국의 안녕과 황실의 무병장수와 황제의 공덕이 하늘에 닿기를 기원하는 신전이다.

오늘도 황제는 그곳에 찾아와 몸소 향을 사르고 천신께 제를 올렸다.

그리고 언제나 그랬듯이 황사이자 대천관인 나운선인과 마주했다. 신상 아래의 넓은 마루에 의자도 없이 옷자락을 펴고 가부좌를 틀고 앉은 것이다.

그때만큼은 대황오장(大黃五將)이라고 불리는 황제의 다섯 근위무사도 황제 곁에 가까이 있지 못했다. 신전 밖에서 검을 쥐고 출입문을 지킬 뿐이다.

자신의 주위에서 한시도 떨어지는 법이 없는 자들. 그러므로 자신의 그림자라고 해도 좋을 그들마저 떼어놓은 황제는 평범한 한 사람의 노인으로 돌아와 있었다.

그가 그처럼 홀가분한 자유를 만끽할 수 있는 곳은 오직 이곳뿐이었다. 그리고 나운선인 앞에서일 뿐이다.

나운선인은 황제로부터 삼 장 떨어진 마루 위에 부복해 있었다.

신전의 어린 시비 두 명이 다과상을 들고 들어와 황제와 나운선인 앞에 내려놓고 발소리도 없이 물러났다.

"편히 앉으시오."

황제가 손짓을 했다.

나운선인이 엎드렸던 몸을 조심스럽게 일으키고 다과상을 마주하여 가부좌를 틀고 앉았다.

이 넓은 천하에서 황제와 단둘이 마주 보고 앉아 있을 수 있는 사람은 오직 나운선인이 있을 뿐이다.

"황사의 생각은 어떠시오?"

한 모금의 차를 마시고 난 황제가 불쑥 물었다.

거두절미했으므로 무엇을 묻는 건지 알아들을 수 없는 질문이다. 하지만 나운선인은 이미 그럴 줄 알고 있었던 것처럼 망설임없이 대답했다.

"모 장군과 그의 적운기는 지쳤을 테니 잠시 쉬게 하는 것도 괜찮겠지요. 청오랑국의 사신을 접견하시는 것도 방법이 될 수 있겠습니다."

"모아합이 이번에 고생을 많이 했지."

고개를 끄덕이지만 사신에 대한 말은 입 밖에 꺼내지 않는다.

나운선인의 얼굴에 보일 듯 말 듯 한 가닥 수심이 어렸다가 지워졌다.

"그 대신 황모동야를 보내려고 하는데 황사의 생각은 어떠시오?"

그는 모아합보다 더 거칠고 야만스러운 자였다. 하지만 황제의 신임을 듬뿍 받고 있는 몇 안 되는 장군이기도 했다.

상장군이면서 황궁수비군의 수장이므로 통령(統令)이라고도 불린다.

그 황모동야(黃毛東野)를 모아합과 교체하겠다는 황제의 말은 청오랑국을 무력으로 철저하게 짓밟아 버리겠다는 뜻이다.

주변의 나라들은 두려움에 벌벌 떨게 될 것이다. 스스로 성문을 열고 항복의 사절을 보내올 게 틀림없다. 대황국은 싸움 한 번 하지 않고 청오랑국을 의지하고 있던 세 개 나라를 얻을 수 있게 되는 것이다.

하지만 그 과정에서 청오랑국은 끔찍한 곳이 되고 말 게 뻔했다. 얼마나 많은 사람들이 죽어 벌판을 뒤덮을 것인가.

나운선인이 수심 깃든 얼굴로 말했다.

"자비를 근간으로 삼고 인후함의 옷을 입으며 용서의 지팡이를 짚고 있어야 합니다. 그러면 폐하의 위엄이 사해에 미치고 공덕은 하늘에 닿을 것입니다. 그렇게 되면 절로 높아져 천상의 보좌에 오르게 되실 게 틀림없습니다."

황제 사량격발이 빙그레 웃었다.

"황사의 생각과 말이 언제나 이처럼 고귀하니 나에게 큰 위안이 되오."

힘써 그렇게 하겠다거나 생각해 보겠다는 것도 아닌 고작 위안이라고 했다.

나운선인은 자신의 도력이나 수양으로 황제의 마음을 돌리고 그를 광명한 길로 인도하기 어렵다는 걸 절실히 느꼈다. 황제의 심지가 굳고 그릇이 생각보다 훨씬 컸던 것이다.

그렇다면 내가 굳이 이곳에 남아 있어야 하나 하는 생각 때문에 괴로워진다.

황제를 움직이는 게 천하를 움직이는 길이니 황제를 통하여 억조창생을 광명한 세계로 인도하기 위해 이곳에 왔다. 그런데 황제의 도량과 심지는 갈수록 높고 단단해져서 이제는 아무도 그를 교화할 수 없게 되었다.

나운선인은 자신의 도가 아직도 멀었다는 걸 알고 낙심하지 않을 수 없었다.

"바람이 너무 건조하면 새싹을 마르게 하지. 그러나 강과 호수를 건너오는 바람은 습윤하여 나무와 풀을 잘 자라게 해 주지 않소? 나는 황사께서 그런 강과 호수가 되어주기를 바라고 있소이다."

"황공하옵니다."

나운선인이 두 손을 짚고 머리를 깊이 숙였다.

그는 황제가 아직 자기를 필요로 하고 있다는 걸 다행으로 여겼다. 스스로는 바람이기를 원하지만 황제는 강과 호수 같아지라고 하니 그게 불만이기는 했다. 그저 고요히 머물러 있을 뿐, 능동적으로 움직이려 하지 말라는 경고의 말로도 받아들일 수 있었던 것이다.

그러나 어쨌든 좋다고 생각했다. 호수가 되든 강이 되든 황제 곁에 가까이 있어야 완악한 그의 마음을 움직이거나, 적어도 조금씩 변화시켜 갈 희망을 가질 수 있지 않겠는가.

먼 길을 가야 할 것이니 서두를 것 없다. 한 걸음씩 침착하게 나아가다 보면 언젠가는 목적지에 다다를 것이다.

나운선인은 그렇게 생각하고 조금 더 마음을 편하게 했다.

황제가 다시 말했다.

"이번에 모아합이 고생한 건 도울이라는 자 때문이라고 하오. 황사도 들었겠지요?"

"그렇습니다. 그가 청오랑국 최후의 보루였던 모양이더군요."

"도울이 병략에 밝고 그의 장졸들이 모두 용맹하여 모아합의 적운기에 잘 맞섰던 모양이오. 나에게 그와 같은 장수가 있다면 좋을 텐데……."

아쉬워하는 얼굴로 턱을 쓸며 쓴 입맛을 다시던 황제가 탄식했다.

"내 휘하에는 하나같이 용맹하기만 할 뿐, 지와 덕을 겸비한 무장이 없으니 그게 한이오."

"황제께서 그와 같은 마음을 가지고 계시다면 언젠가는 반드시 지와 덕을 고루 갖춘 무장이 찾아올 것입니다."

"그의 소식은 들으셨소?"

또 뜬금없는 소리다. 나운선인이 의아하여 바라보자 황제가 희미하게 웃었다.

"그가 드디어 십삼악(十三惡)의 완성을 눈앞에 두고 있는 것 같더이다."

"아!"

나운선인이 놀람의 탄성을 터뜨렸다. 비로소 황제가 말하고 있는 사람이 누구인지 알았거니와, 그자가 세상의 어둠을 상징할 열세 명의 악의 화신을 거의 완성시킨 모양이니 놀라지 않을 수 없었다.

가슴이 몹시 뛰는 것이 심상치 않은 느낌이었다.

열세 개의 악이 완성된다면 그것들로부터 세상을 구하기가 거의 불가능해진다. 세상은 그대로 악과 어둠이 되어버리는 것이다. 광명의 빛은 사라지고 말 것이다. 대황국은 완전한 어둠의 제국이 될 것이고, 황제는 마침내 대마왕의 보좌에 오르게 되리라.

나운선인은 도의 무변하고 광활한 경지에서 노닐다가 문득 그러한 조짐을 보고 느꼈다. 그래서 대황국과 황제 사량격발이 그렇게 되는 것을 막으려고 산에서 내려왔던 것이다. 그런데 저의 예상보다 그자의 성취가 훨씬 빠르니 눈앞이 캄캄해졌다.

"그대와 암흑존자 두 사람은 나의 빛과 어둠이오. 나는 그대들이 있기에 늘 평안할 수 있다오. 부디 내 곁에 오래 있어주오."

나운선인은 고개를 깊이 숙이면서 황제가 이제는 자신의 앞에서조차 암흑존자(暗黑尊者)에 대하여 거리낌없이 말하게 되었다는 사실에 좌절했다.

여태까지 황제는 나운선인 앞에서만은 암흑존자에 대하여 언급하지 않으려고 해왔다. 그건 나운선인에 대한 존중과 배려를 암흑존자보다 위에 두었기 때문이다. 그러나 이제는 그렇지 않으니 나운선인과 암흑존자를 동등한 존재로 여기고 있는 게 틀림없었다.

나운선인은 위기를 느꼈다.

자신의 위치가 암흑존자보다 못하게 되면 세상은 완전히 어둠에 잠기고 말 것이다.

그런 날이 오게 해서는 안 된다.

"오셨는가?"

문득 황제가 구석의 어둠을 향해 말을 던졌다.

어둠 속에서 한 사람이 어둠의 정령인 것처럼 빠져나왔다. 암흑존자였다.

신전은 세 개의 붉은 담으로 둘러싸여 있고, 그 밖에는 언제나 황제를 호위하는 오천 명의 근위기병단이 물샐틈없이 지키고 있었다.

문밖에는 대황오장으로 불리는 대황국 최고의 고수 다섯 명이 검을 잡고 지켜 서 있지 않은가.

그러나 그들 중 누구도 암흑존자가 신전 안으로 스며드는 걸 알아채지 못했다.

나운선인이 살짝 눈살을 찌푸렸다. 황제가 이제는 저 어둠의 정령 같은 자를 광명한 신전 안으로 불러들이기까지 한다는 게 못마땅했던 것이다.

"삼가 폐하를 알현하나이다."

암흑존자가 무릎걸음으로 다가와 나운선인 옆에 이르더니 마룻장에 달라붙듯이 엎드렸다.

"지금 막 황사와 함께 존자의 얘기를 하던 중이었소이다. 알맞게 잘 와주었소."

"황송합니다."

"그래, 열세 명의 악당을 다 모았다고?"

"얼마 전에 모아합의 도움으로 비어 있던 자리 하나를 채

울 자를 찾아냈지요. 그자에게 십삼악 중 광기의 자리를 주었습니다. 하지만 아직 그들의 우두머리가 될 자리가 비어 있으니 십삼악이 완성되었다고 할 수는 없습니다."

"십삼악의 우두머리는 무엇이요?"

"절망입니다."

"음, 그렇지. 절망이 빠져서야 십삼악 자체가 별 의미가 없지."

나운선인은 아무 상관 없는 사람이 되었다. 황제와 암흑존자가 주고받는 말을 듣기만 할 뿐 끼어들 여지가 없으니 그렇다. 그들은 아예 나운선인이 곁에 없는 것처럼 말하고 있었다.

"그래, 절망의 자리에 앉을 마땅한 자는 찾았고?"

"그렇습니다. 하오나 그자를 다스릴 수가 없습니다."

암흑존자가 힐끔 나운선인을 훔쳐보았다.

"허허, 이 세상에 그대가 다스릴 수 없는 자도 있단 말이지?"

신기한 일도 다 있다는 듯 재미있어하는 황제 앞에서 암흑존자가 머리를 조아렸다.

"아마도 그자는 어려서부터 도의 수련을 쌓은 자인 것 같습니다. 어둠의 기운이 들어가지 못하고 튕겨져 나오는 것이 수련의 깊이가 대단한 자인 게 틀림없습니다. 더욱 알 수 없는 건 본인 스스로는 그러한 사실을 조금도 모르고 있다는 것입니다."

"도를 수행했으면서 스스로는 그걸 모르고 있다고? 어찌 그런 일이 있을 수 있단 말인가?"

"소신은 그래서 그자가 어렸을 때부터 누군가에 의해 숨을 쉬듯이 도를 호흡하는 법을 배웠을 것이라고 추측합니다. 그랬기에 평생 도를 수련해 왔으면서도 본인은 그게 수련이라는 것조차 모르고 있었겠지요. 그런데 과연 그런 수련을 가능케 해줄 수 있는 자가 누가 또 있을까요?"

다시 힐끔 나운선인을 바라보는 것이 수상하다.

암흑존자의 마음을 안 황제가 나운선인에게 넌지시 물었다.

"혹시 황사께서는 예전에 제자를 세상으로 내보내거나 한 일이 있소?"

나운선인이 담담하게 말했다.

"저에게는 이곳에 데리고 온 다섯 명의 제자가 있을 뿐 다른 제자는 없습니다. 암흑존자가 말하는 그자가 누구인지 소신으로서도 짐작 가는 바가 없으니 답답한 일입니다."

"그럼 두 사람이 잘 상의해서 이 일을 처리해 보시오."

황제가 일어섰다.

이런 일이 여태까지는 한 번도 없었다.

나운선인 앞에서는 암흑존자를 부르지 않았고, 암흑존자가 있는 곳에 나운선인을 오게 하지도 않았던 것이다.

그런데 오늘은 그들 빛과 어두움인 두 사람을 한곳에 남겨둔다.

그건 마치 해와 달을 함께 두는 것과 같고, 낮과 밤을 한데 섞는 것과도 같은 일이었다. 그러므로 그날은 대황국은 물론 광명과 어둠이 공존하는 온 세상이 기억해야 할 중대한 날이기도 했다.

4. 어둠의 유혹

"너에게 세상을 주마."

불쑥 들려오는 음성.

음랭한 석실 안을 가득 메운 채 허공에 웅웅 울리는 그 소리에 황보강이 깜짝 놀라 고개를 들었다.

그는 여전히 피와 기름에 찌든 넝마 같은 옷을 입고 쇠사슬로 칭칭 묶여 있었다. 그러나 그가 누워 있는 곳은 비좁고 고약한 냄새가 배어 있던 그 뇌옥이 아니라 웅장한 대전이었다. 어둠이 안개처럼 일렁이고, 수십 개의 아름드리 돌기둥이 천장을 떠받치고 있다.

이글거리는 횃불이 군데군데 걸려 있는 대전의 좌우에 그놈들이 있었다. 얼핏 보아도 일백 명은 족히 되는 검은 무사들.

그들이 석상처럼 꼼짝하지 않고 서 있었는데, 음습하고 냉랭한 기운은 바로 그놈들에게서 나오고 있었다.

그리고 높은 단이 있었다. 그 위에 커다란 흑옥의 탁자와 의자가 있고 거기 한 사람이 거만한 모습으로 비스듬히 앉아 있었다. 어둠 속에서 황보강을 쏘아보는 두 개의 눈빛이 음침하게 빛났다.

단 아래에는 열두 명의 검은 무사가 한 줄로 늘어서 있었다. 검은 무복 위에 검은 단갑을 입었고, 앞뒤로 댄 호심경도 검은색이었다. 깊숙이 눌러쓴 검은 투구의 덮개를 내려서 얼굴을 가렸으며, 검은 피풍을 두르고 있었다.

머리끝부터 발끝까지 온통 검은색으로 칠해진 것 같은 자들. 그래서 누가 누구인지 알아볼 수 없는 괴물 같은 자들.

그들이 어둠의 정령들인 것처럼 버티고 서있었다.

황보강이 쇠사슬을 쩔그렁거리며 힘겹게 일어섰다.

그러자 열두 명의 검은 무사가 일제히 그를 바라보았다. 투구 안의 어둠속에서 스물네 개의 시퍼런 안광이 쏟아져 나온다.

그리고 대전의 좌우에 도열해 서 있는 일백여 명의 무사. 그놈들도 일제히 눈을 떴다. 귀화처럼 이글거리는 안광이 어둠을 뚫고 쏟아져 나오는 모습은 괴기스럽기 짝이 없었다.

황보강은 이게 현실일 리 없다고 생각했다. 제가 지금 악몽을 꾸고 있는 거라고 믿었다. 그래야 옳다.

그렇지 않고서는 뇌옥 안에 쇠사슬로 묶여 있던 제가 어떻게 이 알 수 없는 곳으로 옮겨와 있는 건지 설명할 수가 없지 않은가.

황보강이 정신을 차리려고 머리를 흔드는데 허공에 다시 저를 깨웠던 그 음성이 웅웅 울렸다.

"나는 다만 한 가지를 원할 뿐이다. 그것만 나에게 주면 너는 원하는 걸 다 가질 수 있다."

황보강은 제 머릿속에 소리를 심어놓고 있는 존재를 멍하니 바라보았다.

높은 단 위에 거만하게 앉아 있는 자. 그리고 뇌옥 안을 수시로 들락거리던 그 늙은이.

'그가 어떻게?' 하는 의문이 들지 않을 수 없다.

이건 확실히 악몽이 틀림없다.

"꺼져 버려."

황보강이 귀찮다는 듯 손을 흔들었다. 이 꿈에서 깨어나고 싶었다. 차라리 냄새나는 뇌옥 안이 편할 것이다.

그러나 노인은 꺼지지 않았고, 검은 무사들의 시퍼런 눈길도 사라지지 않았다. 그리고 그 음성이 다시 허공에 웅웅 울렸다.

"영원한 삶을 주마. 절대로 죽지 않는 그런 삶이지. 어때? 여태까지 누구도 얻지 못했던 그런 힘도 주겠다. 지혜도 주지. 너는 원하는 걸 모두 갖게 될 것이다. 신이 되려고 하면 그렇게 될 수도 있다."

"원하는 걸 다 가질 수 있다고?"

황보강이 코웃음을 쳤다. 이건 꿈이 아니라 내가 미쳐서 보게 된 환상이 틀림없다고 다시 생각했다.

미쳤다고 해도 이상할 게 없다. 아니, 사실 벌써 미쳤어야 정상이다. 그러니 지금 나는 미친 것이다. 그렇게 받아들이자 마음이 편해졌다.

이런 광경을 보고, 이런 환청을 듣는 게 그리 나쁘지 않다는 엉뚱한 생각도 들었다. 미쳤으니 그렇다.

높은 단 위에서 노인의 말이 다시 들려왔다. 지극히 달콤한 유혹의 소리였다.

"너를 우두머리로 삼겠다. 악몽들의 장군이 되는 거야. 그 놈들의 무서움을 잘 알겠지? 나에게는 그런 놈들이 십만 명이나 있다."

노인이 손을 들었다. 그 즉시 넓은 대전의 한쪽 벽이 활짝 열렸다. 이십여 개의 문이 일제히 열린 것이다.

갑자기 쏟아져 들어오는 밝은 빛 때문에 눈이 부셨다.

황보강이 손바닥을 펴 눈을 가리고 내다본 곳은 전혀 생각하지 못했던 곳이었다.

십여 장 저 아래쪽에 흑석이 가지런히 깔려 있는 드넓은 광장이 있고, 그 사방으로 낭하가 담처럼 둘러 있었다.

궁성의 한복판인 것 같다.

검은 대전은 그 광장을 한눈에 내려다보는 곳에 웅장하게 솟아 있었다. 광장으로 내려가는 계단의 높이가 무려 십여 장에 달한다.

황보강이 홀린 듯이 주춤주춤 문 앞으로 다가갔다. 광장의 모습이 한눈에 내려다보였다.

넓은 벌판 같은 그곳에 검은 무사들이 가득 도열해 서 있었다. 한 손으로는 전마의 고삐를 쥐고 다른 손에는 창을 잡았으며, 허리에 검을 차고 화살이 빼곡히 들어 있는 전통을 지녔다. 당장에라도 전장을 향해 달려갈 듯한 모습이었다.

그처럼 완전무장을 하고 있는 무사가 드넓은 광장을 가득 메우고 도열해 있는데, 그 끝이 가물거려서 보이지 않을 지경이니 과연 십만 명은 족히 될 것이다.

어느새 곁에 다가와 서 있던 노인이 광장을 가리키며 한껏 으스댔다.

"봐라, 저 많은 병마를. 저것들이 능히 세상을 짓밟을 수 있을 것 같지 않으냐? 원하면 너에게 모두 주겠다."

황보강은 늙은이의 말을 조금도 믿지 않았다. 아니, 이 모든 게 다 제 미친 머릿속에서 만들어지고 있는 환상이고 환청이라고 여겼다.

그러나 검은 무사들에 대한 것만은 무시할 수 없었다.

정말 제가 겪었던 것과 같은 놈들이 십만 명이나 있다면 그건 보통 일이 아닌 것이다. 이 세상에서 그놈들의 진군을 막을 자는 아무도 없으리라.

그런 놈들을 부리는 장군이 된다는 건 매력적인 일이 아니겠는가.

남자로 태어나 무관의 길을 택했다면 누구나 그런 자들을 거느리고 세상을 호령해 보고 싶을 것이다.

"너는 오직 내 명령만 들으면 된다. 나머지는 모두 너 하고 싶은 대로 해도 돼. 아무도 막지 않을 것이다. 네가 이 세상을 모두 갖는다고 해도 조금도 이상할 게 없지."

황보강이 늙은이를 돌아보았다.

"영감은 나에게 무얼 원하는 거지?"

"줄 테냐?"

늙은이의 말이 기쁨으로 가늘게 떨렸다.

"무얼 주면 되지?"

"너의 희망."

"뭐라고?"

"나에게 네 희망을 주는 거다. 그 대신 너는 세상을 갖는 거야."

"미쳤군."

황보강이 코웃음을 쳤다. 피식피식 웃으며 노인을 바라보는 것이 그를 놀리는 기색이 완연했다.

"희망이라는 게 어디 내 품 속의 물건이냐? 달라고 해서 냉큼 건네주고 받을 수 있는 것처럼 말하는 늙은이 당신이 우습기만 해. 그런 헛소리를 지껄이고 있으니 당신은 미친 게 틀림없어. 이 모든 것도 죄다 헛것이겠지."

미친 늙은이의 헛소리에 잠시나마 솔깃했던 게 부끄러워졌다.

황보강이 자신의 그런 부끄러움에 화를 더해서 벌컥 역정을 냈다.

"그리고 영감, 당신 꼴을 좀 봐. 당신이 저놈들의 주인이라고? 홍! 그 주제에 말이지? 개가 웃을 일이다. 그러니 이제 그만 꺼져 버려. 얄팍한 환술로 내 머릿속을 혼란하게 하지 말란 말이다."

노인이 인상을 썼다.

"너는 고작 나의 겉모습이 마음에 들지 않는다는 것이냐? 그래서 내 말을 믿을 수 없다는 것이냐? 어리석구나."

끝말은 머리 위 높은 곳에서 들려왔다.

황보강은 제가 지금 보고 있는 걸 믿을 수 없었다.

어느새 늙은이는 거인으로 변해 있었다. 거대하고 웅장한 몸집으로 위압하듯이 내려다본다.

붉고 검은 전신갑주를 입었고, 발에는 쇠가죽 장화를 신었다. 허리에 황금의 띠를 둘렀으며, 머리에는 금과 보석으로 장식한 관을 썼다.

조금 전의 꾀죄죄하던 노인은 간데없고 위엄과 용맹이 넘쳐나는 천신 하나가 거기 있었다.

암벽 아래나 신당의 좌대 위에서 참배객들의 향화를 받고 있어야 어울릴 모습이다.

황보강이 입을 딱 벌린 채 노인의 변한 모습을 올려다보았다. 뒤로 목을 한껏 꺾어야 겨우 몸통 위의 얼굴이 보인다.

황보강은 더욱 어리둥절해졌다. 도대체 이게 꿈인지 현실인지 이제는 도저히 알 수 없게 되고 말았다. 꿈이라면 너무 현실 같고, 현실이라면 너무 비약되어 있는 상황이 아닌가.

어쨌든 결코 현실일 리가 없다.

"역시 이게 다 환상이지. 내가 지금 헛것을 보고 있는 거야. 늙은이의 사술이 대단한걸?"

머리를 흔들며 중얼거라는데 저 위에서 노인의 음성이 웅웅 울렸다. 멀리서 들려오는 뇌성 같은 소리였다.

"지난 이십여 일 동안 지독한 고문을 견디면서 희망 따위는 아무 소용이 없다는 걸 깨달았겠지? 지금 네가 가지고 있는 건 절망뿐이다. 아닌 척해도 소용없다. 나는 그걸 잘 알고 있으니까."

"절망뿐이라고? 내가 가지고 있는 게?"

황보강은 그 말을 받아들일 수 없었다. 그가 피식 비웃지만 노인은 개의치 않았다.

"너의 절망은 더 이상 커질 수 없을 만큼 커졌다. 이 세상에서 너만큼 큰 절망을 가지고 있는 자는 없을 것이다. 내가 너를 그렇게 만들었지."

"당신이?"

"그렇다. 내가 그렇게 했다. 너에게 절망을 불어넣어 주기 위해서 한 그 일은 아주 성공적이었다. 너는 네 자신이 절망의 덩어리로 화했다는 것조차 의식하지 못하게 되었으니까."

"웃기는 소리. 꺼져 버려. 네가 무슨 말을 해도 소용없다. 네가 나에게 무얼 보여주어도 다 거짓이야. 더 이상 나를 놀리지 마라."

황보강이 돌아섰다. 암흑의 대전을 떠나 밖으로 나간다.

"내 말을 믿지 못한다고? 그렇다면 너는 어째서 그 지독한 고문을 당하면서도 고통을 느끼지 못했던 거지? 어째서 죽지 않는 걸 당연한 일로 받아들였던 거지?"

어느새 다시 뇌옥 안의 그 꾀죄죄하고 간교한 늙은이로 돌아온 알 수 없는 존재가 황보강 곁에 바짝 붙어 섰다.

황보강이 우뚝 걸음을 멈추었다. 얼굴이 굳어졌다.

고문을 당하는 날이 계속될수록 과연 고통에서 점점 멀어졌다는 걸 떠올린 것이다.

마지막 날에는 그것으로부터 완전히 자유로워지지 않았던가. 그걸 이상한 일이라고 생각했었는데 절망이 원인이었다면 이해가 간다.

'나는 고문을 당하면서 나도 모르게 절망에 깊이 빠져 있었던 것이다. 그 힘에 나의 모든 걸 내맡기고 있었던 거야. 아니, 받아들이고 있었지. 그러자 고통이 사라졌다.'

아무리 큰 고통도 절망 앞에서는 보잘것없다. 아무리 큰 증오와 미움과 분노도 절망 앞에서는 깃털처럼 가볍기만 하다.

절망이야말로 거대한 암흑의 바다다. 모든 걸 가라앉혀 버리고 덮어버리는 지독한 폭풍이다. 그러므로 절망의 힘이야말로 가장 크고 무서운 어둠의 힘일 것이다.

'내가 그 힘을 가졌다고? 내 스스로 가장 큰 절망이 되었다고?'

황보강이 자신의 두 손을 내려다보고 노인을 바라보았다. 곤혹스러웠다.

第五章

허무(虛無)로 존재하는 자

1. 십삼악(十三惡)

노인이 여전히 교활한 눈을 반짝이며 슬며시 황보강의 손을 잡았다.

"나는 열세 명의 용사를 모아야 한다. 그들은 어둠의 힘이고 원천이지. 암흑의 용사이면서 지배자인 것이다. 이 세상의 모든 악의 정화야. 하지만 내게는 열두 명밖에 없다. 한 명이 부족해."

황보강이 눈을 끔뻑이며 전각 안을 둘러보았다.

좌우에 일백 명의 검은 무사가 여전히 꼼짝하지 않고 서 있었다. 높은 단 아래의 열두 명도 그렇다.

그들의 눈은 모두 황보강에게 집중되어 있었다. 그래서 황보강은 이백스물네 자루의 시퍼런 비수가 몸뚱이를 관통하고 있는 것 같은 섬뜩함을 느꼈다.

노인이 좌우에 있는 일백 명의 무사를 손가락질하며 속삭였다.

"저놈들은 천부장들이다. 각자 천 명의 악몽을 거느리고 있는 대장들이지."

단 앞의 열두 명을 가리킨다.

"저놈들이 장군이야. 일만 명을 거느리고 있으니 대단한 놈들 아니냐? 그들 중 두 놈은 거느린 부하가 없다. 대신 특별한 일을 하고 있지. 그것을 위해 소수의 비밀스런 놈들을 데리고 있을 뿐이지만 그 두 놈도 똑같이 장군이다. 그리고 저 열두 놈이 바로 세상의 모든 악을 대표하는 십삼악 중 열둘이야."

아직 부족한 하나를 네가 채워주어야 한다는 듯 황보강을 뜨겁게 바라본다.

"악 중의 악이면서 저 열두 명마저 거느리고 군림할 대장군이 필요하다."

"그게 나라고?"

"흐흐, 너보다 적합한 자를 찾을 수 없지. 너는 이미 절망의 화신이 되어 있으니까. 네 자신이 바로 절망이다. 악 중의 악이니 대악이라고 해야겠지. 잊지 마라."

그런 게 있다는 걸 여전히 믿지 않지만 슬며시 고개 드는 호기심마저 부정할 수는 없었다.

"대체 그 열세 개의 악이라는 게 뭐지? 첫 번째가 절망이라는 건 알겠어. 나머지?"

노인이 회심의 미소를 지었다. 깡마른 손가락으로 단 아래의 열두 명을 하나씩 가리키는데, 우쭐거리는 기색이 역력했다.

"저놈이 공포다. 잘 알고 있겠지? 너와는 이미 여러 차례 만났으니까 말이야."

'저놈이었군.'

황보강은 모아합의 군진 앞에서, 그리고 검은 강과 뇌옥의 고문대 앞에서 만났던 검은 무사가 바로 공포라고 불리는 놈임을 알았다.

그와 처음 마주쳤을 때 지독한 두려움을 느끼고 떨었던 일이 떠올랐다. 그럴 수밖에 없었다는 걸 비로소 이해한다.

노인의 손가락이 다른 자들을 가리켰다.

"그 옆에 놈이 고통이다. 그리고 광기, 증오, 탐욕, 맹목, 질투, 파괴, 욕정, 망각, 미움, 그리고 마지막 놈이 배신이지."

"그것들이 이 세상의 모든 악을 대표하는 것이란 말인가?"

"그렇다. 모든 악의 근원이면서 산실 같은 것이다. 그것에서 온갖 악이 쏟아져 나오니까. 너는 그 모든 것의 우두머리인 절망이야."

"꺼져 버려!"

황보강이 갑자기 커다랗게 소리쳤다. 와락 손을 뻗어 노인의 목 줄기를 움켜쥔다.

"영감은 크게 잘못 알고 있군. 내가 가지고 있는 건 절망이 아니다."

"아니라고?"

노인이 어리둥절한 얼굴을 했다.

"나는 절망 따위는 배우지 않았어."

"그럼 대체 뭐냐? 너는 어떻게 그 모든 두려움과 고통을 극복할 수 있었던 거지? 그 지독한 고문 속에서도 네 본성을 잃지 않을 수 있었던 힘이 무엇인지 가르쳐 다오."

"그건 나도 몰라."

황보강이 고개를 갸웃거렸다. 자신도 그 힘을 뭐라고 해야 할지 알 수 없었던 것이다. 하지만 절망이 아니라는 건 확실하다.

그는 아버지를 떠올렸다.

지금도 도유강에서 거문고를 뜯고 계실 아버지.

그분에게서 배운 건 절망이 아니었다. 희망도 아니다. 그럼 무엇이었을까? 하는 의문 때문에 절로 미간이 좁혀졌다. 왜 여태까지 한 번도 그런 의문을 품어본 적이 없었던 것인지…….

"알았어."

노인이 고개를 끄덕였다. 시원하게 말한다.

"내가 잘못 생각하고 있었다는 걸 인정하지. 하지만 반드시 너를 절망으로 만들어주고 말 테다. 그때는 나의 충실한 대장군이 되어 이놈들을 지배하겠지."

"그런 날은 오지 않을 것이다."

황보강이 단호하게 말했다. 삶을 절망으로 채우고 영원히 사느니 지금 당장 죽어버리는 게 나을 것이라는 신념에는 변함이 없다.

"대장, 받아들여."

"응?"

불쑥 또 다른 음성 하나가 허공을 건너 웅웅 울려왔다. 익히 귀에 익은 음성이었다. 황보강이 깜짝 놀라 두리번거렸다.

"그렇게 하지 않으면 죽일 테다."

"뭐라고? 누가 지금 나에게 뭐라고 지껄인 것이냐? 내 앞으로 나서봐. 그럴 용기가 없으면 뒤에서 지껄이지 말아야지. 그런 건 계집애들이나 하는 짓이다."

쩔그렁.

열두 명의 검은 무사 중 한 놈이 성큼성큼 다가왔다. 덩치가 커다란 놈이었다.

노인이 광기라고 했던 그놈이다.

그자가 살기를 일으키고 움직이자 위압적인 기세가 대전 안에 가득해졌다.

머리통 한 개는 더 커 보이는 시커먼 자. 그가 황보강 앞에 버티고 섰다. 노인은 슬그머니 한쪽으로 물러서서 재미있다는 듯 빙글빙글 웃으며 지켜보았다.

"받아들여. 그렇지 않으면 여기서 죽일 테다. 나중에 적이 되어 전장에서 마주치는 건 원치 않으니까."

"너!"

황보강이 비로소 눈앞의 검은 무장의 정체를 알아챘다.

"검은곰!"

그는 죽었다. 저놈들이 그렇게 하지 않았던가. 황보강은 그의 목이 잘려 허공에 떠오르는 걸 제 눈으로 똑똑히 보았다. 그걸 아직 생생하게 기억하고 있다.

그런데 살아 있다니? 이렇게 멀쩡하게 살아서 검은 무사가 되어 제 앞에 서 있다는 걸 믿을 수 없었다.

그 검은곰이 머리를 흔들었다.

"아니, 내 이름은 이제 검은곰이 아니야. 나는 광기야. 열세 개의 악 중 네 번째이지. 그러니 다시는 나를 검은곰이라고 부르지 마."

"대체 어떻게 된 거냐? 너는 죽었는데?"

"존자께서 목숨을 돌려주셨다. 그 대가로 나는 광기가 되었지. 너도 스물두 번이나 목숨을 돌려받았다. 그렇다면 존자가 무얼 원하든 다 받아들여야 해."

황보강이 머리를 저었다. 단호하다.

"아니, 나는 그에게 한 번도 부탁한 적이 없다. 내가 원하지 않은 일을 했으니 고마워할 필요도 없지. 더 이상 그 일로 나를 얽매지 마라."

"대체 무엇이 그렇게 싫은 거지? 존자께서 온 세상을 대장에게 준다잖아. 그 말은 사실이다. 존자께서는 그렇게 할 능력이 있는 분이시다. 그런데 왜 싫은 거지? 영원한 삶도 싫단 말이냐? 나를 봐. 나는 죽음 대신 영원한 삶을 얻었다. 다시는 죽지 않아. 대장도 그렇게 될 수 있어. 그게 싫다고?"

검은곰을 빤히 바라보던 황보강이 히죽 웃었다.

"검은곰을 버리고 광기로 영원히 산단 말이지? 황보강을 버리고 절망으로 영원히 살라고?"

"그렇다. 그게 어때서?"

"미친놈."

더 상대하지 않겠다는 듯 황보강이 돌아섰다. 등 뒤로 말을 흘린다.

"적으로 만나게 되면 네놈의 목을 쳐버리고 말 테다. 그러니 다시는 내 앞에 나타나지 않도록 해."

황보강은 배신감에 치가 떨리는 걸 억지로 참고 있었다. 그건 검은곰에 대한 애정이 그만큼 컸기 때문이다. 그래서 그의 변질된 모습에 더욱 실망하고 있는 것이다.

이제는 그가 죽이고 싶도록 미워졌다. 가증스런 놈이라고 여겼다.

"지금 여기서 해!"

검은곰이 발끈해서 소리쳤다.

쩔그렁, 하는 소리와 함께 황보강이 제 몸을 두르고 있는 쇠사슬을 풀어 쥔 것과 검은곰이 요대에 차고 있던 커다란 칼을 뽑아 든 것이 동시의 일이었다.

"그대로 떠날 수는 없다! 목을 두고 가!"

버럭 외친 검은곰이 힘껏 칼을 휘둘렀다. 허공에 씨잉, 하는 매서운 바람 소리와 흰 칼 빛이 걸렸다.

황보강은 물러서지 않았다. 쇠사슬을 쥔 손아귀에 불끈 힘을 주더니 그것을 휘둘러 허공을 후려쳤다.

쩌르릉, 하고 쇠사슬 풀리는 소리가 징그럽게 울리고 검은곰의 칼과 쇠사슬이 허공에서 부딪쳤다.

꽝!

요란한 소리와 함께 새파란 불똥이 사방으로 어지럽게 튕겨 나간다.

"이놈!"

황보강이 어금니를 악물었다. 검은곰을 노려보는 눈에서 노여움의 불길이 화르륵 일어났다.

쇠사슬을 완전히 풀어 쥐고 성큼 다가서는 황보강의 기세에 놀란 듯 검은곰이 주춤 한 걸음 물러섰다.

"갈!"

그때 노인이 굉렬한 외침을 터뜨렸다. 고막을 찢고 머릿속을 온통 흔들어 놓는 엄청난 소리였다.

황보강이 인상을 잔뜩 찡그리고 가슴을 웅크렸다. 두 손으로 귀를 틀어막고 고통스러워한다.

윙윙거리는 소리와 거센 음파가 대전 안을 폭풍 속으로 몰아넣었다. 횃불이 꺼질 듯 흔들리고, 석상처럼 서 있는 검은 무사들의 피풍이 요란하게 펄럭였다.

우르릉거리며 거대한 기둥들이 울었다. 암흑의 대전이 지진을 만난 듯 흔들리고 천장에서 먼지가 우수수 떨어져 대전 안을 온통 안개처럼 자욱하게 덮어버렸다.

검은곰이 갑자기 퍽, 하고 꺼지듯이 사라졌다. 물거품이 터진 것 같다.

퍼퍼퍼퍽—

사방에 그 물거품 터지는 소리들이 가득해졌다. 그리고 다 꺼지고 있었다. 죄다 하나씩 사라진다. 검은 무사들이 빠르게 사라졌고, 대전의 기둥들이 차례차례 사라지더니 대전 자체가 퍽, 하고 꺼져 버렸다.

온전한 어둠만 남아 하늘과 땅을 뒤덮었다. 그 어둠 속에 황보강 혼자 남아 있었다. 귀를 틀어막은 채 몸을 새우처럼 굽히고 고통스러워한다.

"어떻게 하시렵니까?"

어둠이 그렇게 물었다. 또 다른 어둠이 대답한다.

"그에게 절망을 가르쳐 주어야지."

"가능하겠습니까?"

"호호, 나운선인이 도와줄 것이다."

"그 말씀은……?"

"나는 그에게 희망을 던져 주고 그는 그 대가로 저놈에게 절망을 가르쳐 주는 거지."

"그럼 그를 나운선인에게로 보내실 작정입니까? 위험하지 않을까요?"

"결정은 내가 해."

"황송합니다."

어둠이 두려움으로 떨며 침묵했다. 또 다른 어둠도 침묵한다. 그리고 그 어둠과 침묵 속에 황보강이 홀로 쓰러져 있었다.

2. 나운선인(懶雲仙人)과의 만남

황보강은 다시 뇌옥으로 돌아왔다.

그곳은 대황국의 황도인 나부철애성(羅符鐵崖城) 북쪽, 금위영의 담 안에 있는 뇌옥이었다.

그는 며칠 전만 해도 뭐가 어떻게 되는 건지 정신을 차릴 수 없었다.

암흑대전이 사라져 버리면서 의식을 잃었는데, 눈을 떠보자 수인(囚人)을 호송하는 뇌차(牢車)에 실려 어디론가 빠르게 달려가고 있는 것이 아닌가.

그때까지도 황보강은 제가 지독한 꿈속에 있는 건지, 현실로 돌아온 건지 도무지 짐작할 수 없었다.

그러다가 뇌차의 창살을 통하여 나부철애성의 웅장한 모습을 보고 나서야 비로소 제가 꿈속에 빠져 있는 게 아니라는 걸 확신했다.

죄수의 신분으로 황성에 들어온 황보강은 심사나 심문의 절차도 없이 곧장 황궁 내 금위영이 관장하는 뇌옥으로 이송되었다.

그곳은 일반 뇌옥과는 달랐다. 황실이나 제국에 대한 중죄인들을 잡아 가두는 곳이었으므로 엄격하기가 이루 말할 수 없었다. 한 번 들어가면 절대로 살아서 나오지 못하는 곳으로 악명이 높기도 하다.

그곳에서 황보강은 독방에 갇혔다.

뭐가 어떻게 돌아가고 있는 건지 생각할 여유도 없이 무섭게 다그치는 일들의 연속이어서 얼떨떨한 중에 정신을 차려보니 독방에 혼자 들어앉아 있었던 것이다.

그곳은 몸을 반으로 접어야 겨우 엉덩이를 붙이고 앉아 있을 만큼 비좁은 석실이었다. 작은 상자 같다.

반쯤 일어서면 머리가 천장에 닿았으므로 하루 종일 무릎을 안고 웅크려 앉은 자세로 지낼 수밖에 없었다.

아무도 찾아오지 않았고, 아무도 들여다보지 않았다. 아니,

바깥과 통하는 창문이라는 게 없으니 누가 왔다고 해도 알 수 없는 일이다.

시간이 얼마나 지났는지, 며칠인지, 몇 달인지 모를 모호함 속에 황보강은 철저하게 버려져 있었다.

그건 살을 찢고 뼈를 부수는 고문보다 더 지독한 일이었다. 혈액 순환이 되지 않아 몸이 굳어가고 손발이 썩어서 감각조차 없어지는 건 아무것도 아니다.

인간이면서 인간이라는 존재감 자체를 상실하고, 한 가닥 의식의 명쾌함도 유지할 수 없게 된다는 것. 그리하여 시궁창에 처박혀 꿈틀거리는 벌레 한 마리나 다름없는 존재가 된다는 것.

그것보다 지독한 일을 없을 것이다.

황보강은 그렇게 되어가고 있었다.

악몽들에게 고문을 당하던 뇌옥에서는 저를 이렇게 만든 요망한 늙은이가 있어서 죽었다가도 다시 살아나곤 했다. 그러나 금위영의 이 뇌옥 안에서는 그런 일을 기대할 수 없었다.

가장 절망적인 상황에 처했건만 황보강의 마음은 오히려 갈수록 편해졌다. 아늑하고 몽롱한 것이 어머니의 자궁 속으로 돌아와 있는 것 같았다.

악몽의 뇌옥 안에서 결코 죽을 수 없는 존재였던 것과 같이 황보강은 이곳에서 결코 절망하지 않는 기이한 존재로 완성

되어 가고 있었다. 누에가 고치 속에 몸을 웅크리고 있는 것과 같았다.

그건 그의 영혼 속에 깊이 새겨져 있는 아버지 황보숭의 영향이라고 해야 할 것이었다.

황보강은 끊임없이 아버지를 생각하고 있었다. 아버지의 존재를 떠올리고 부르기를 그치지 않았다. 그러면 몸이 아무리 괴로워도 마음은 지극히 평화로워졌다. 절망을 극복하는 위대한 힘을 그는 자신도 모르는 사이에 지니게 되었던 것이다.

황보강은 그것이 아버지가 제 안에 심어놓은 신비한 힘이라는 걸 확실히 느끼고 받아들였다. 그러자 그 힘의 정체가 저절로 알아졌다.

그건 허무였다.

요망한 늙은이가 찾던 절망이 아니고 희망은 더더욱 아니다. 틀림없다.

황보강은 아버지가 허무의 기운을, 그 힘을 숨을 쉬듯이, 늘 밥을 먹고 물을 마시듯이 저에게 불어넣어 주고 있었다는 걸 깨달았다.

아버지와 함께했던 스물다섯 해 동안 하루, 한시도 거른 적이 없었다.

그걸 깨닫자 모든 고통이 깨끗이 사라졌다. 두려움과 분노도 사라졌다. 몸의 고통은 그를 더 큰 허무의 공간 속으로 이

끌어주는 안내자에 자나지 않았다.

그래서 황보강은 누구나 절망하여 망가지게 될 그 상황 속에서 오히려 기뻐하고 있었다. 즐기는 자로 스스로를 변화시킨 것이다.

그가 의식을 놓아버리고 꿈을 꾸듯이 몽롱한 침몰과 망각의 상태로 제 자신을 방임하며 자유를 느끼고 있을 때 다른 곳에서 다른 한 사람도 그것을 느끼고 있었다.

*　　*　　*

"이제 그를 만나볼 때가 되었다."

나운선인이 불쑥 그렇게 말했으므로 호법을 서고 있던 다섯 명의 제자가 깜짝 놀라 사부를 돌아보았다.

선인이 좌선에 들었던 다리를 풀고 좌대에서 내려왔다. 얼굴에 은은한 기쁨이 어렸다.

"이날이 오기를 참으로 오래 기다렸구나."

"눈을 떠라."

천상의 것처럼 아득하게 들려오는 소리.

"너를 깨우기 위해 내가 왔다. 눈을 떠라."

황보강의 눈꺼풀이 파르르 떨렸다. 떠나 있었던 자신의 의식 속으로 되돌아오기 위해 무진 애를 쓰고 있다는 게 절실히 느껴진다.

나운선인이 옥병에서 성수 두 방울을 찍어내 황보강의 좌우 눈꺼풀에 뿌렸다.

그 순간 황보강은 사나운 용의 울부짖음을 들었다. 그것이 검은 구름을 찢으며 다투는 굉장한 몸부림을 보았다. 커다란 황룡과 흑룡이었다.

그놈들이 무서운 적의와 증오로 서로 물어뜯고 싸웠다.

그리고 두 줄기의 강력한 빛이 갑자기 쏟아져 그것들의 정수리를 뚫어버렸다.

쿠아아앙—

머릿속에 가득 울려 퍼지는 처절한 울부짖음.

그것이 폭풍이 되어 온갖 망상과 잡념과 환상을 쓸어가 버렸다.

황보강이 눈을 떴을 때 세상은 그의 의식 앞에 멎어 있었다. 가장 깨끗하고 순수한 상태였다. 그 속에서 그는 갓 태어난 아기처럼 되어 처음으로 나운선인을 만났다.

기이하도록 적막한 시간이 얼마나 지났을까, 나운선인이 불쑥 물었다.

"네가 호랑이냐?"

"무슨 말입니까?"

"네가 장차 용을 물어뜯을 바로 그 운명을 지닌 자이냐?"

황보강이 힘들게 몸을 일으켜 앉았다. 나운선인을 빤히 마주 본다.

그는 언제인지 모르게 상자 같은 자신의 독방에서 나와 넓은 석실의 돌 탁자 위에 누워 있었다. 옥을 지키는 자도 없이 처음 보는 늙고 청수한 도사와 저 둘뿐이라는 게 어리둥절하기만 했다.

"소생은 도장이 무슨 말을 하는 건지 모르겠습니다."

"암흑존자를 만났다지?"

"……?"

"악몽들을 너에게 보냈던 검은 노인 말이다."

황보강의 얼굴에 경멸과 적의가 가득해졌다.

"아, 그 사악한 늙은이가 암흑존자라는 물건이었습니까? 흥, 존자는 무슨……."

"그가 너에게 천하를 준다고 하지 않더냐?"

"했습니다."

"영원한 생명을 준다고도 했겠지?"

"……."

"그건 누구나 간절히 원하는 것들이다. 그런데 너는 어째서 그 제안을 받아들이지 않았지?"

"믿을 수 없으니까요."

너무 쉽고 단순한 대답이라 나운선인은 오히려 어리둥절해졌다.

"단지 그 이유였단 말이냐?"

"또 있습니다."

"그게 뭐지?"

"소생은 절망 같은 건 모릅니다. 그 요망한 늙은이는 제가 그것의 힘을 가졌다고 했는데, 소생에게는 처음부터 절망의 힘 따위는 없었단 말입니다. 그러니 그 늙은이의 제안을 받아들이고 싶어도 그럴 수 없지 않겠습니까? 속이는 게 되니까요. 그럼 계약도 무효가 되겠지요."

나운선인의 눈매가 가늘어졌다. 신광이 번쩍이는 눈으로 황보강을 머리끝부터 발끝까지 훑어보더니 무엇인가 어려운 문제를 생각하는지 고개를 숙이고 턱을 쓰다듬으며 석실 안을 오락가락했다.

"나하고 한 가지 약속을 하자. 그러면 너를 바깥세상으로 나가게 해주겠다."

"정말입니까? 자유를 준다는 말씀인가요?"

"그렇다."

황보강이 믿을 수 없다는 듯 눈을 크게 떴다. 그리고 이내 간절해졌다.

자유. 그 한마디의 말은 지금 온 천하며 영원한 생명 따위의 공허한 말들보다 훨씬 크고 가치 있는 말이었다. 절실하게 원하는 것이기도 하다.

"소생이 무엇을 약속하면 되는 겁니까?"

"네가 용을 물어뜯어 먹이로 삼고 난 뒤의 일에 대해서다."

나운선인은 그것에 모든 걸 걸었다. 자기 자신의 목숨은 물론 운명마저 걸고 마지막 패 하나를 골라 잡은 것이다.

그만큼 절박한 말이었지만 황보강은 그 의미에 대하여 조금도 알지 못했고, 알고 싶은 마음도 없었다.

"용이든 뭐든 상관없으니 어서 도장의 제안이나 말씀해 보십시오."

나운선인이 그를 똑바로 바라보며 천천히 말했다.

"천하의 운명이 네 손에 쥐어졌을 때, 그때는 네가 나를 자유롭게 해주는 것이다."

"그것뿐이란 말입니까?"

황보강이 어리둥절한 얼굴을 했다. 믿을 수 없을 만큼 간단했기 때문이다.

나운선인은 할 말을 다 했다는 듯 신광이 이글거리는 눈으로 황보강을 뚫어지게 바라볼 뿐이었다.

묵묵히 나운선인의 시선을 받아들이던 황보강이 결연하게 말했다.

"그렇게 하겠습니다."

"좋다. 이것으로 너와 나의 약속은 성립되었다."

"그런데 노도장은 소생을 어떻게 이곳에서 꺼내줄 생각이십니까?"

"네 스스로 걸어나가는 거지."

"예?"

황보강이 눈을 부릅떴다. 놀리는 건가 하는 생각에 불쾌해지는데, 나운선인이 빙긋 웃으며 다시 말했다.

"그러기 위해서는 한 가지 재주를 배워야 할 것이다."

"그게 뭡니까?"

"잘 보거라."

나운선인이 등에 꽂고 있던 불진을 꺼내 거꾸로 쥐더니 그것으로 허공을 찌르고 긋고 때리기도 하면서 한바탕 춤을 추었다.

물끄러미 바라보던 황보강이 눈살을 찌푸렸다.

"검법이군요?"

"그렇다. 무상검이라는 것이다. 본래 삼 초 사십이 식의 검법인데 다 필요없으니 너는 마지막 일 초 십사 식의 검법만 배우면 된다."

"이제 보니 노도장께서는 강호의 고수시로군요?"

"도사에게 도에 대해서 물어야지 어찌 강호의 일을 묻는단 말이냐?"

황보강은 평소에도 강호의 고수들이나 도사들의 고리타분한 검법 따위를 따로 배울 필요가 없다고 여기던 사람이다. 그것이 아니라도 칼을 쥐면 누구에게도 지지 않을 자신이 있었기 때문이다.

투로(套路)를 강조하며 격식을 중요시하는 그런 검법 따위는 도장에서 누가 더 충실하게 수련했는지를 가리는 데에나

써먹으면 제격이라는 게 평소의 생각이었다. 그러니 나운선인이 대뜸 검법 한 가지를 가르쳐 줄 테니 배우라는 말에 은근히 반감이 들지 않을 수 없었다.

"그런데 소생이 그 검법을 왜 배워야 하는 것입니까?"

"그래야 네 발로 이곳에서 걸어나갈 수 있기 때문이다. 배우겠느냐, 말겠느냐?"

"좋습니다. 이곳에서 나갈 수만 있다면 무엇이든 배우지 못하겠습니까?"

"이것은 매우 복잡하고 까다로우며 오묘한 뜻이 감추어져 있는 검법이니라. 조금도 틀림없이 펼칠 수 있어야 함은 물론, 배운 뒤에는 완전히 익혀서 네 몸의 일부가 된 것처럼 지니고 있어야 하느니라. 잠결에도 본능적으로 검법을 펼쳐 낼 수 있을 정도로 말이지. 할 수 있겠느냐?"

"알았습니다. 잠 잘 때와 밥 먹을 때만 빼고 그저 오직 이 검법만 죽어라고 연습하고 또 연습할 테니 어서 가르쳐 주십시오."

"한 달이라는 기간은 너무 짧아서 이 검법에 깃들어 있는 오묘한 뜻과 그것을 펼쳐 낼 수 있는 순수한 정신과 힘을 모두 익힐 수는 없지. 그러니 너는 그저 그 한 달 동안 검법이 따르는 길과 변화하는 법에 대해서 익혀 능통하면 된다."

황보강이 코웃음을 쳤다.

"소생도 그것의 오묘한 뜻 따위에는 관심없으니, 자, 어서 시작하시지요."

나운선인이 가볍게 한숨을 쉬었다.

무상검은 자신의 평생에 걸친 도가 모두 들어 있는 검법이다. 이 세상에 그것보다 더 깊고 오묘한 뜻과 완벽한 형태를 가진 검법은 없을 것이다.

그런데 황보강은 그것을 마치 약장수들이 펼치는 재주쯤 되듯이 여기는 것 같았다. 불쾌하지만 어쩔 수 없는 일이었다. 그에게 호흡법부터 차근차근 가르칠 수 없는 형편이 아닌가.

나운선인이 검법의 요체에 대하여 설명을 하고 황보강은 그것을 머릿속에 단단히 기억해 두는 걸로 첫날의 만남이자 수업을 끝마쳤다.

"그런데 도장은 대체 누구십니까?"

나운선인이 뇌옥을 떠날 때에야 황보강이 그의 등에 대고 불쑥 물었다.

"납천고량산의 청량관에서 내려온 나운이라고 한다."

돌아보지 않고 등 너머로 한마디를 던진 나운선인이 홀연히 사라지듯 뇌옥을 떠났고, 옥졸들이 밀려들어왔다.

황보강은 그들에 의해 다시 자신의 상자 속 어두운 세상으로 돌아가야 했다.

3. 음모(陰謀)

'그가 나와 무슨 상관이란 말인가? 그가 나에게 운명을 맡길 이유가 뭐란 말인가? 그가 나에게서 호랑이를 보고, 그것을 찾을 까닭이 있나?'

어둠 속에서 황보강은 실로 오랜만에 아버지 대신 다른 생각들로 머릿속을 채웠다.

나운선인에 대한 이야기는 익히 들어 알고 있었다. 그가 도를 이룬 진인이면서 신선과 같은 도사라는 말이 세상에 널리 퍼져 있었던 것이다.

대황국의 황사이자 대천관이라는 높은 자리에 있는 귀인이라는 것도 모르는 사람이 없다.

'상관없다.'

황보강은 명쾌하게 결론을 내렸다.

그가 누구이든 상관없는 일이라고 생각했다. 그가 약속을 지킬 것이냐, 그렇지 않느냐가 중요할 뿐이다.

황보강은 그가 약속을 지킬 것이라고 믿었다. 그러면 된다. 그 뒤의 일이 어떻게 되든 그건 이제 자신의 몫인 것이다.

그의 말대로 운이 저에게로 돌아온다면 그때 저 또한 약속을 지킬 것이다. 그러면 된다. 다른 복잡한 이유들이야 알 필요 없다. 알아봐야 머리만 아플 테니까.

황보강은 아버지의 말을 떠올렸다.

운이란 수레바퀴와 같은 것이라고 하지 않으셨던가.

그는 지금 자신의 운이 밑바닥에 떨어져 있지만 언젠가는 정상으로 올라설 것이라고 믿었다. 한 군데에 고여서 멎어 있는 운이란 없기 때문이다. 그것은 끊임없이 움직이고 순환한다.

아버지는 그게 운이라는 놈의 모습이라고 했다. 그 말이 옳다.

황보강은 자신의 운이 느릿느릿 움직여 이 밑바닥에서 조금씩 벗어나기 시작했다고 믿었다. 뜻하지 않게 이곳에서 나운선인을 만난 게 그 증거인 것이다.

그것을 확인시키듯이 선인은 다음날도 뇌옥으로 찾아왔다. 그리고 무상검의 마지막 초식을 정성껏 가르쳐 주었다.

황보강은 모든 의혹을 떨쳐 버리고, 모든 미망을 잊고 오직 선인의 검법을 배우는 데에 몰두했다. 지금으로서는 그것이 가장 가치있는 일이라는 걸 인식했던 것이다.

일 초 십사 식의 검법을 배우는 데 꼬박 열흘이 걸렸을 만큼 그것은 복잡하고 미묘하기 짝이 없는 검초였다.

아차 하는 순간에 검로가 미세하게 틀어지곤 했는데, 그러면 뒤따라야 할 변화에 큰 차이가 생겼다. 그럴 때마다 나운선인은 불진으로 황보강을 때리며 엄하게 꾸짖었다. 마치 스승이 제자를 대하는 것 같은 모습이었다.

검로를 잃지 않으려면 매 순간마다 호흡과 검법이 일치해야 했다. 따라서 검로를 따라 검을 뻗거나 휘두르고 거두는 것이 그대로 호흡이 되었다.

그렇게 검법에 몰입해 들어가면 어느덧 호흡만 남고 검은 사라졌다. 호흡이 수련자를 몰아의 지경으로 이끌어갔던 것이다. 그러므로 그것의 요체는 검법의 수련이 아니라 검법을 통한 호흡의 단련인 것 같았다.

무상검의 마지막 초식은 그런 기이한 검초였다.

다음으로 황보강은 검초의 그 미묘하고 미세한 변화 속에서 운율을 느꼈다.

하나의 검로에서 무한히 퍼져 나가는 변화의 줄기는 굵은 것과 가는 것, 힘찬 것과 미미한 것이 고루 섞여 있었다.

커다란 나무도 둥치는 하나이지만 수천 개의 가지를 가지고 있지 않던가. 굵거나 가늘거나 상관없이 매 가지마다 생명을 고루 나누어 주어서 잎을 내고 꽃을 피우게 한다.

무상검은 그것과 같았다.

일초 십사 식의 검법 안에 그토록 많은 변화가 있고, 그 변화 하나하나가 생생하게 살아 호흡하고 있으며, 일정한 법칙에서 결코 벗어나는 법이 없이 조화롭다는 건 경이로운 일이었다.

황보강은 나운선인이 이 일 초 십사 식의 검법 속에 온 우주의 질서와 법칙에 대한 비밀을 담아놓은 것 같다고 생각했다. 그런 생각을 하게 되었을 만큼 검법에 대한 깨달음이 높아지고 있었던 것이다.

열흘이 된 날. 나운선인은 황보강의 시범을 지켜보면서 검초에 대한 그의 깨달음이 더 이상 완벽해질 수 없을 만큼 완벽해졌음을 알았다.

예상을 한참이나 뛰어넘는 성취라서 놀랐지만 내색하지 않았다.

"이제 되었다. 나머지는 너 혼자서 연습해도 충분할 것이다."

"더는 찾아오지 않으시려는 겁니까?"

"그렇다."

황보강의 얼굴에 서운한 기색이 떠올랐다.

나운선인이 외면하고 더욱 근엄하게 말했다.

"이십 일이 지나면 중추절이 된다. 그러면 황제가 근위대의 무예를 시험하지. 그때 기회가 올 것이다."

"무슨 말씀이신지?"

"그때가 오면 궁금하게 여기던 모든 걸 알게 될 것이다. 지금은 다른 데에 신경 쓰지 마라."

* * *

"이번 연무회는 좀 더 활기찬 대회가 되도록 하심이 어떠신지요?"

"언제는 활기찬 대회가 아니었소?"

"주눅 들어 있는 포로들은 처음부터 근위병들의 상대가 되지 못했습니다. 지치고 근력이 떨어져서 칼을 들고 서 있기도 힘든 자들이 어찌 활기찬 모습을 보여주어 폐하를 즐겁게 할 수 있었겠습니까?"

"음, 그건 그렇기도 해. 언제나 근위병들의 일방적인 살육으로 끝나고 말았지."

"근위병들의 무예를 높이려면 상대하는 자들 또한 용맹해야 할 것입니다."

"그 말은 포로들을 잘 먹이고 푹 쉬게 해서 힘을 붙여주란 것이로군?"

"그것만으로는 부족할 것입니다. 포로들에게 희망이라는 것을 주어야 합니다. 그러면 그자들은 죽는 걸 두려워하지 않고 싸울 것입니다. 그래야 진정 활기찬 대회가 되지 않겠습니까?"

"희망이라…… 좋은 말이지."

그 말은 언제나 삶의 의욕과 활기를 가져다준다. 고통과 역경 속에서도 쓰러지지 않도록 부축해 주는 친절함이고 갈증을 참을 수 있게 해주는 달콤함이다.

'나에게도 희망이 있었지.'

사량격발의 눈빛이 아득해졌다.

황제가 될 수 있다는 희망이 있었기에 그는 수많은 험관을 헤쳐 나올 수 있었고, 지금 생각해 보면 끔찍하기만 한 악행을 아무렇지도 않게 저지를 수 있었다.

그리고 황제가 되었다. 이제는 다른 희망이 필요했다.

황제는 그것을 암흑존자가 이루어줄 것이라고 기대했다. 절대적인 힘과 절대적인 존재감, 그리고 온 세상의 지배자로서의 절대적인 권력이다. 신이 되는 것이다.

그때를 위하여 지금의 이 답답함을 참을 수밖에 없다. 그러나 그동안에도 조금의 짜릿함을 즐기는 건 무방하리라.

"좋다, 자유를 주겠다."

"아! 그놈들에게 그것보다 큰 희망은 없겠지요. 소신이 아뢰기 전에 이미 알아차리시고 앞서 말씀하시니 폐하의 지혜에 오직 감탄할 뿐입니다."

대전 바닥에 이마를 찧으며 아부의 말을 늘어놓는 자는 검은 옷의 노인, 암흑존자였다.

높은 단 위에 거만하게 앉아 내려다보고 있는 황제, 사량격발의 얼굴에 희미한 웃음이 떠올랐다.

그는 몸소 대군을 몰아 초원과 사막을 치달리던 때를 항상 그리워했다. 전장의 말 울음소리와 고함 소리, 병장기 부딪치는 요란한 소리들을 다시 듣고 싶었다.

초원에서 태어나 아버지를 따라 수많은 전장에 나갔고, 용맹과 무용을 널리 떨친 그였다. 한 번도 져본 적이 없다.

그러나 황제가 되고 나니 더 이상 그럴 수 없었다. 높은 담과 수많은 호위무사들에게 겹겹이 에워싸인 채 후궁들의 지분 냄새나 맡고 있어야 했던 것이다.

사량격발은 가끔씩 제 신세가 감옥에 갇힌 것과 다름없다는 생각에 좌절하곤 했다. 창검 대신 후궁들의 교태를 곁에 두고 있어야 하는 것도 지겨워졌을 때, 암흑존자가 황제에게 한 가지 비책을 귀띔해 주었다. 오 년 전이다.

"건장하고 용맹한 포로들을 잡아오는 것입니다. 그래서 그 놈들과 폐하의 근위대 중 가려 뽑은 용사들을 싸우게 하는 겁니다. 그러면 폐하께서는 전장의 흥분을 맛보실 수 있을 것이며, 폐하의 근위대는 한층 무예와 담력을 증진시킬 수 있게 될 것입니다."

사량격발은 당장 그렇게 하라고 명했다. 그리고 그 해 중추절은 다른 어떤 해보다 즐겁게 보낼 수 있었다.

그 뒤부터 사량격발의 유일한 즐거움은 중추절이 돌아오기를 기다리는 것이었다. 이제 금년 중추절이 이십 일 앞이다. 이번에는 다른 어떤 해보다 특별한 즐거움을 누릴 수 있을 것이라는 생각에 벌써 가슴이 뛰었다.

마지막까지 살아남은 죄수에게는 사면해 주겠다는 약속을 할 것이다.

죄수들은 자유를 얻기 위해 죽을힘을 다해 싸울 것이고, 근위대는 황제 앞에서 죄수 따위에게 패했다는 오명을 뒤집어쓰지 않기 위해 역시 모든 힘을 다할 것 아닌가.

황제의 앞을 나온 암흑존자는 산책이라도 하듯이 금위영의 뇌옥 안을 걷고 있었다.

옥졸들은 감히 암흑존자 앞에 나서지 못했다. 뇌옥을 텅 비워둔 채 어디에 숨어서 숨죽이고 있는지 그림자조차 보이지 않는다.

"그는 이미 일이 이렇게 될 것을 알고 있었을 것이다. 벌써 그 녀석을 만나 음모를 진행시켰겠지."

나운선인을 떠올리는 암흑존자의 음성에 작은 기쁨이 반짝였다.

그를 수행하는 검은 무장, 고통이 물었다.

"하오면 그자를 이곳으로 보내신 건 그가 선인과 만나도록 해주기 위해서였습니까?"

"흐흐, 그래야 내 계획대로 될 것 아니겠느냐?"

"그렇다면 사면을 받는 자는 그자가 되겠군요. 그건 그자에게 너무 좋은 일이 아닐까요?"

"절망이 어떤 건지 깨닫게 해주려는 거지. 그래야 내 손에 들어오게 될 테니까."

"저희들의 힘이 필요하지 않으시겠습니까?"

"마지막 순간에 그렇게 될지도 모른다."

"그때가 되면 부디 소장을 내보내 주십시오."

"보채지 마라. 나에게 다 생각이 있느니라."

흘겨본 암흑존자가 낄낄거리며 부지런히 걸었다.

구부정한 등과 깡마른 작은 몸집은 나이 들어 기력이 떨어진 대신 고집과 심통이 더 고약해진 요악한 늙은이의 모습 그대로였다.

투구 속에서 푸른 귀화가 번쩍이는 눈으로 그런 암흑존자의 뒷모습을 바라보던 고통이 갑주 소리를 쩔그렁거리며 서둘러 뒤따랐다.

노인이 고통을 그림자처럼 달고 찾아간 곳은 황보강이 갇혀 있는 상자 같은 독방이었다.

그가 손짓을 하자 단단히 잠겨 있던 빗장이 스르르 풀리고 작은 문이 요란한 소리를 내며 열렸다. 지독한 냄새가 왈칵 밖으로 뿜어져 나왔다.

거기, 뻥 뚫린 좁은 어둠 속에 황보강이 있었다.

자궁 속의 아기처럼 몸을 굽힌 채 무릎을 안고 앉아서 낮게 코를 골며 깊이 잠들어 있었다.

코를 무릎 사이에 파묻고 있는 그 모습이 너무 평온해 보이는 것이어서 암흑존자는 어리둥절해지고 말았다.

이를 갈며 고통스러워하고 있을 것이라는 자신의 예상과는 달라도 너무 다르지 않은가.

"허—"

암흑존자가 어이없다는 듯 입을 딱 벌리고 바라보더니 혀를 찼다.

"이건 정말 뭐라고 말할 수가 없군. 대체 저놈은 어떻게 된

놈이란 말이냐?"

존자가 고개를 흔들고 물러섰다. 그 즉시 고통이 달려들더니 힘껏 발길질을 했다.

그의 무지막지한 발이 황보강의 어깨에 닿으려고 할 때였다.

꿈틀.

황보강이 위기를 느낀 벌레처럼 몸을 더욱 웅크리며 한쪽으로 쏠렸다. 푹 꺼진 것처럼 보였을 만큼 신속한 반응이었다. 그리고 그의 왼손이 불쑥 나오더니 등주먹으로 고통의 복사뼈를 빠르고 강력하게 때렸다.

빠악!

요란한 소리가 났다.

"우욱!"

고통이 비명을 터뜨리며 다리를 접고 물러섰다. 뼈가 부서지는 것 같은 통증에 쩔쩔맨다.

암흑존자는 제가 본 그 광경을 믿을 수가 없었다.

어떻게 잠결에도 위기를 느끼고 저렇게 신속하며 강력한 반격을 할 수 있단 말인가. 저놈이 이곳에 와서 귀신이 된 건가 하는 의심마저 들 지경이다.

코 고는 소리가 뚝 멎었다. 그리고 황보강의 낮은 음성이 천천히 흘러나왔다.

"네놈이 누구인지 알아. 흐흥, 함부로 설치지 마라. 그랬다

가는 네놈의 이름처럼 영영 고통을 달고 살게 될 테니까."

두 손을 앞으로 쭉 뻗어 기지개를 켜고 좌우로 목을 움직여 우두둑 소리를 내더니 비로소 암흑존자를 바라본다.

"당신이 올 줄 알았지."

"어떻게?"

암흑존자는 더욱 혼란스러워지고 말았다.

황보강이 자신의 상자 속에서 기어나왔다.

허리를 펴자 우두둑, 하고 뼈마디 부딪는 소리가 몇 차례 끔찍하게 났다.

암흑존자 앞에 우뚝 선 황보강이 빙그레 웃었다.

"낯이 익었다고 이렇게 다시 보게 되니 반갑군. 영감도 그렇소?"

황보강은 암흑존자의 존재를 무시하고 있었다. 그가 악몽이라는 검은 무사들의 주인이며, 능력이 죽은 자를 살려놓을 만큼 기이하다는 것도 잊었다.

또한 나운선인과 함께 황제의 총애를 듬뿍 받고 있는 무서운 사람이라는 걸 이제는 잘 알 테지만 조금도 내색하지 않았다.

어둠의 모든 권력을 손에 쥐고 있는 존재. 오직 황제를 두려워하고 나운선인을 꺼려할 뿐, 그 밖의 사람들에게는 무소불위의 권력과 힘을 행사하는 그런 절대적인 존재가 황보강 앞에서만큼은 언제나 초라하고 볼품없는 늙은이에 지나지 않았다. 나운선인과는 대조적이다.

암흑존자도 그걸 잘 알았다. 하지만 거기에 대해서는 한마디도 불평하지 않았다.

"네가 반갑다니 나도 반갑다. 그런데 이 독방은 너무 지독하군. 차라리 저놈이 관장하던 뇌옥의 고문대가 더 편했겠다. 그렇지 않으냐?"

암흑존자가 고통을 턱짓으로 가리키며 하는 말에 황보강이 하하, 웃었다.

"나에게 편한 곳은 없어."

"내가 만들어주마. 이 세상에서 가장 편하고 안락한 성을 선물해 줄 수도 있다."

"필요없어."

황보강이 일언지하에 거절했다. 암흑존자의 얼굴에 서운함이 어렸다.

"며칠이나 남았지? 당신이 온 걸 보니 중추절이 거의 된 모양인데?"

"알고 있었구나?"

"나운선인에게서 이야기를 들었지."

이미 그런 사실을 다 알고 찾아온 것 아니냐는 듯 의미심장하게 바라본다. 그 눈길 앞에서 암흑존자는 다시 흔들리는 자신을 느꼈다.

'제기랄, 대체 어떻게 된 일이란 말이냐? 이 녀석과 마주하

고 있으면 당최 내 뜻대로 할 수가 없다.'

암흑존자는 황보강과 자기 사이에 몇 생애를 두고 떼려야 뗄 수 없는 깊은 인연이 있었던 게 틀림없다고 생각했다. 그렇기에 이처럼 마음이 끌리고 정이 쏠리는 것이다. 황보강이 그걸 알아주지 못하는 게 서운하기 짝이 없다.

'반드시 이놈의 가슴속에 어둠을 채워 넣고 말 테다.'

그래서 암흑존자는 거듭 그렇게 결심했다. 황보강이 지금의 광명을 버리고 어둠의 존재로 변하여야 비로소 자신의 마음을 받아들이게 될 것이기 때문이다.

'그리고 그때에 비로소 나의 소원이 이루어질 것이다.'

세상을 암흑의 힘으로 지배하는 것.

황제를 모시고 있는 게 바로 그를 통해 그러한 뜻을 이루기 위함 아니던가.

스스로 힘을 완성시키고 지배자가 되고 싶은 마음 따위는 조금도 없었다. 자신이 선택한 황제가 저를 대신하여 그런 힘을 행사해 주면 그만이다.

어둠 속에 숨어서 황제를 조종하는 자. 그게 암흑존자가 바라는 이상적인 지배 방법이었다. 그는 태생적으로 밖으로 드러나서는 안 되는 존재인 것이다.

그러기 위해서는 자신의 뜻을 받아줄 황제가 반드시 필요하듯이, 자신을 대리해서 싸워줄 존재가 또한 반드시 필요했다.

십삼악이 그것이고, 그것을 위해서 황보강이 있어야 한다.

4. 자유를 꿈꾸는 수인(囚人)들

"잘 먹어둬. 이게 마지막 만찬이려니 생각하고."

일백 명의 수인 중 가장 나이가 많은 자. 그는 보아찰합(寶我察合)이라는 이름을 가진 사막제일의 용사였다. 신주국의 장군이었는데, 젊은 황태자였던 사량격발에게 나라가 무너질 때 사로잡혀 왔다.

그 뒤로부터 여태까지 이곳에 갇혀 있었으니 벌써 삼십 년 가까운 세월을 이 지긋지긋한 곳에서 보낸 셈이다.

오 년 전부터 그는 중추절의 연무대회에 빠짐없이 나갔다. 육십을 바라보는 나이였지만 다시 싸울 수 있는 기회가 왔다는 걸 기뻐하며 온 힘을 다해 싸웠다. 그리고 함께 출전했던 수인들이 모두 죽었어도 그는 끝까지 살아서 다시 뇌옥 안으로 돌아왔다.

그의 두 자루 단창을 다루는 솜씨는 여전해서 황제는 물론 참관하던 고관대작들과 장군들까지도 놀라게 하곤 했다.

그러나 아무래도 나이는 이길 수 없는 법. 다섯 해가 지나가는 동안 눈에 띄게 기력이 떨어지더니 작년의 연무대회에서는 심한 부상을 입어 더 이상 무장으로서의 가치를 잃고 말았다.

장군이자 용사로서의 의연함을 잃은 대신 그는 뇌옥 안에서 수인들을 감독하고 지도하는 자가 되었다.

어쩌면 그는 호랑이가 될 뻔한 운명을 가지고 있었던 사람인지도 모른다. 결정적인 순간에 이빨을 뽑히고 주저앉아 버리지만 않았다면.

일백 명의 젊고 건장한 수인.

칼을 쥐어주면 당장에라도 사나운 범처럼 날뛸 그런 용사들 앞에서 보아찰합은 부러움과 함께 자신의 초라함에 대해 비통함을 느꼈다.

그들 앞에는 기름진 고기와 한 접시의 독한 술이 놓여 있었다. 일백 명을 다 수용하고도 아직 여유가 남아 있는 지하 광장 안이었다.

"먹고 마셔라."

보아찰합의 말에 젊은 수인들이 일제히 술을 마시고 고기를 으적거리며 씹었다.

뇌옥에 갇힌 이후 언제 이와 같은 음식과 술을 받아본 적이 있었던가. 양껏 먹고 마시라는 옥사장의 말이 거짓말인 것만 같았다. 그런데 정말 이렇게 눈앞에 술과 고기가 놓인 것 아닌가.

"앞으로 열흘 동안 매일 질리도록 먹을 것이다. 비좁은 뇌옥 안에 있지 않아도 된다. 이곳에서 모두 함께 생활하는 것이다."

"그러다가 우리가 합심해서 난동을 부리고 파옥이라도 하면 어쩔 테요?"

누군가의 물음에 보아찰합이 어두운 얼굴을 했다.

"그럴 수도 있겠지. 하지만 나는 너희들에게 그런 미련한 짓을 하지 말라고 권해주겠다. 누구도 살아서 이곳을 나갈 수는 없어."

"어째서?"

"너희들이 누릴 수 있는 자유는 뇌옥 안에서일 뿐이다. 그것도 중추절의 연무대회가 진행되는 동안만이지. 뇌옥 밖은 죽음의 세상이다. 허락없이는 한 발도 내디딜 수 없다는 걸 너희도 잘 알지 않느냐?"

그랬다. 그걸 모르는 수인은 아무도 없었다.

이곳을 관장하고 있는 자들이 어디 옥지기들뿐이겠는가. 이곳이 황궁 내에서도 가장 지독하고 엄격하다는 금위영의 뇌옥이라는 걸 모르는 사람은 아무도 없다.

"최후까지 살아남는 자는 이곳을 제 발로 걸어서 나갈 수 있다."

황제의 사면 약속이 금년 중추절의 무투자(武鬪者)로 뽑힌 일백 명에게 전해진 게 오늘 아침이었다.

한 사람이 아니었다. 황제는 최후까지 살아남는 자라고 했다. 황제가 아니면 암흑존자의 마음이 바뀐 것이지만 수인들에게 그런 건 관심 밖이었다. 살아남는 자라는 그 말이 중요할 뿐이다.

그건 백 사람이라도 상관없이 살아만 남으면 모두 사면된다는 것 아닌가. 최후까지 죽지 않고 있으면 된다.

여태까지 없던 일이라 어리둥절하던 수인들이 곧 함성을 터뜨렸다. 뇌옥이 흔들릴 만큼 굉장한 함성이었다.

작년까지도 연무대회에서 승리한 자는 살아서 뇌옥으로 돌아올 수 있을 뿐이었다. 그 이상의 특전은 없었다. 그러나 금년의 대회는 다르다.

산 자는 자유를 얻게 된다.

—살아남으리라. 반드시 승리하여 최후까지 살아남을 것이다.

그것이 모두의 공통된 각오였다. 그래서 뇌옥 안이 뜨거운 열기와 투지로 달아올랐다.

“내 몫까지…….”

젊은 수인들을 바라보는 보아찰합의 눈에 눈물이 고였다.

작년 대회에서 입은 부상으로 한 다리를 거의 쓰지 못하게 된 그로서는 금년의 대회가 그림의 떡일 수밖에 없었다.

못내 원통하고 분하지만 그가 할 수 있는 건 아무것도 없다. 그게 과거 사막제일의 용사이고 장군이었던 보아찰합의 현실이었다.

"반드시 살아라. 살아서 이 지긋지긋한 곳을 당당히 떠나라. 보란 듯이 휘파람을 불면서 말이야."

정신없이 고기를 뜯고 술을 마시는 수인들을 멍하니 바라보던 보아찰합이 어깨를 늘어뜨렸다. 돌아서는 그를 위하여 안타까워해 주는 자가 아무도 없었다.

지하 광장을 지나 통로로 들어선 보아찰합이 멈추어 섰다. 의아하여 바라보는 곳에 황보강이 있었다. 두 손에 고기가 가득 담긴 쟁반과 술병을 들고 그를 기다리고 있었던 것이다.

* * *

열흘이라는 시간 동안의 자유는 수인들에게 바깥세상에 대한 동경과 갈증을 더욱 증폭시켜 주었다.

뇌옥 안에서 맛보는 자유가 이럴진대 바깥세상에서 진정한 자유를 누리는 기쁨은 어떨 것인가.

잊고 있었던 그 기쁨이 되살아났으므로 수인들은 누구나 제가 황제가 베푸는 사면의 주인공이 되기를 갈구했다.

그들은 이제 열 명씩 무리 지어 수감되어 있었다. 그 열 명이 한 조가 되어 싸우는 것이다.

같은 조가 된 아홉 명의 젊은 수인이 모두 흥분하여 짐승처럼 뇌옥 안을 오갈 때 황보강은 벽에 등을 기대고 앉아 눈을 감고 있었다. 조는 것 같기도 하고 잠든 것 같기도 했다.

초원의 작은 나라가 망할 때 잡혀온 자도 있었고, 청오랑국의 관병이었던 자도 있었다. 그러나 그들 중 황보강이 누구인지 아는 자는 아무도 없었다. 그가 굳이 자신을 밝히지 않았으니 그럴 수밖에 없다.

"당신만 무관심해 보이는군."

뺨에 훅 끼쳐 오는 뜨거운 숨결.

황보강이 눈을 떴다. 더벅머리에 광대뼈가 튀어나오고 턱이 각진 장한이 빤히 들여다보고 있었다. 고집스럽고 강인해 보이는 인상이다.

할 말이 있느냐는 듯 빤히 바라보는 황보강에게 각진 턱의 장한이 씩 웃어보였다.

"죽어도 같이 죽고 살아도 같이 살아야 하는 처지가 되었잖아. 통성명 정도는 해도 괜찮지 않을까? 나는 남묘국에서 잡혀온 석지란이다. 모아합의 적운기와 싸워서 죽지 않고 살아남았으니 그것만으로도 내가 얼마나 대단한 자인지 알 수 있겠지? 너는? 어디에서 온 누구냐?"

황보강이 피식 웃었다.

"첫 싸움에서 살아남으면 말해주지. 그때 죽을 놈이라면 모르는 게 좋아."

"뭐야? 내가 첫 싸움도 견디지 못하고 죽을 놈 같다는 거냐?"

"화낼 힘도 아껴뒀다가 그때 써라. 네가 힘자랑할 자는 내가 아니잖아?"

"끄응—"

"여기 있는 놈들도 다 마찬가지야. 적어도 세 번째 싸움을 하게 될 때까지 살아 있어야 한 배를 탄 공동운명체라고 할 수 있을 것이다. 그때까지 몇 명이나 남게 될지 모르지만 말이야. 세 번째 싸움을 치르고 살아서 돌아온 자라면 비로소 형제라고 불러도 좋겠지. 그전에는 어떤 놈에게도 정을 주고 싶지 않다. 그러니 날 내버려 둬."

냉정하기 짝이 없는 말인지라 모두가 놀라서 돌아보았다.

황보강은 다시 팔짱을 끼고 눈을 지그시 감았다. 누가 뭐라고 하든 이제는 상관하지 않겠다는 태도였지만 누구도 그것을 불쾌하게 여기지 못했다. 황보강의 말이 못이 되어 가슴을 사정없이 찔러댄 탓이다.

이곳에 있는 열 명 중 과연 세 번째 싸움까지 무사히 마치고 살아서 돌아올 자가 누구일까? 아니, 한 명이라도 있기는 할까 하고 묻는 듯 서로서로 돌아본다. 그리고 눈길이 마주치면 급히 외면했다.

第六章

얻은 것과 잃은 것

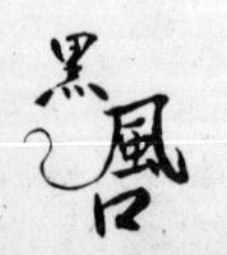

1. 살아남은 자

다섯 개 조 오십 명의 수인병(囚人兵) 중 생존자는 세 명에 불과했다.

첫날 다섯 번의 싸움이 있었는데, 제비뽑기로 이조와 삼조, 오조, 육조, 팔조가 선출되었다. 내일 싸우게 될 나머지 다섯 개 조는 뇌옥 안에서 초조하게 싸움의 결과가 나오기를 기다리고 있었다.

그들은 이날을 위해 특별히 준비된 무투장(武鬪場)에서 생사의 대전을 펼쳐야 했다.

근위대의 무사 또한 열 명씩 한 조가 되어 싸웠다. 어느 쪽이든 전멸할 때까지 계속되는 잔인한 싸움이었다.

첫날의 싸움 결과가 나온 건 오후 늦은 무렵이었다.

이조, 삼조와 오조에 속했던 삼십 명은 전멸, 육조는 두 명이 생존하여 뇌옥으로 귀환했는데 한 명은 중상이었다. 팔조는 아홉 명이 죽고 한 명이 멀쩡하게 살아 돌아왔다.

오십 명 중 세 명이 생존했으니 처참하다고 해야 하리라. 그러나 그 의미는 사뭇 달랐다.

두 개의 조에서 생존자가 나왔기 때문이다.

그건 곧 육조와 팔조가 그들과 상대했던 근위대의 무사를 모조리 죽였다는 말이기도 했다.

황제의 근위병 중에서 용사들로만 가려 뽑은 자들 스무 명을 도륙한 것이다. 그건 믿을 수 없을 만큼 대단한 일이었다.

육조와 팔조의 생존자 세 명이 돌아오자 뇌옥 안에서 기다리고 있던 자들이 모두 발을 굴러대며 함성을 질렀다. 그 소리로 뇌옥이 떠나갈 듯했다.

죽은 자들에 대해서는 까마득히 잊었다. 아무도 그들을 위해 슬퍼하거나 추억하지 않았다. 언제나 살아 있는 자가 중요한 것 아니던가.

그날 밤. 내일의 싸움을 앞둔 자들은 흥분으로 설레 쉽게 잠들지 못하고 있었다. 여기저기에서 웅성거리는 소리들이 들려와 뇌옥 안이 온통 술렁거렸다.

"이봐, 우리에게도 가능성이 있는 거야."

황보강에게 자신을 석지란이라고 소개했던 각진 턱의 장

한이 흥분하여 떠들어댔다.

"근위병 놈들 몸뚱이에도 칼은 들어가는 거다. 우리도 육조나 팔조처럼 해낼 수 있어!"

그의 말에 다들 흥분이 고조되어 소리쳐 댔다.

"그놈들도 열 명, 우리도 열 명이다. 각자 한 놈씩 맡아서 해치우면 되는 거야. 간단해!"

"여기서 썩어 죽으나 통쾌하게 싸우다 죽으나 죽는 건 마찬가지 아닌가?"

"너는 어때? 무서워하는 것 같은데?"

석지란이 다시 황보강에게 와서 비웃었다.

그는 어제와 마찬가지로 벽에 등을 기대고 앉아서 두 눈을 지그시 감고 있었다. 잠을 자는 것 같다.

그에게서 대꾸가 없자 석지란이 모두에게 소리쳤다.

"이봐, 우리 중에 아무래도 겁쟁이가 한 놈 있는 것 같다!"

그 말에 황보강을 바라보는 자들의 눈초리가 곱지 않았다.

"어제 엉뚱한 소리를 해서 찬물을 끼얹었던 놈이로군."

"저놈은 종일 잠만 잔다. 먹을 때 외에는 깨어 있는 걸 못 봤어."

"내일 뒈지면 영원히 잘 텐데 그새를 못 참고 저렇게 잠만 처자다니, 쯧쯧."

누군가의 그 말에 모두들 껄껄 웃었다.

황보강이 눈도 뜨지 않은 채 중얼거렸다.

“너희들 중 내일 죽을 놈이 누가 될지는 먼저 정해놓고 떠드는 것이냐?”

그의 웅얼거리는 음성이 뇌옥 안에 찬물을 끼얹었다.

“죽을 자를 정하지 못하면 살 놈도 정할 수 없다.”

누가 죽을 것인가.

그 말은 모두의 가슴을 서늘하게 했다. 더 이상 흥분해서 떠들어대지 못한다.

석지란이 악을 썼다.

“그걸 어떻게 정해? 너는 누가 죽을지 안단 말이냐?”

“조금이라도 힘을 비축해 놓는 자에게 살 가능성이 그만큼 높아지겠지. 밤새 떠드는 자에게는 그만큼 줄어들 테고. 그건 안다.”

석지란도 더 이상 대꾸하지 못했다.

어느덧 한 놈 두 놈 황보강처럼 벽에 등을 기대거나 편히 누워 눈을 감는 자들이 생기기 시작했다.

황보강을 흘겨본 석지란도 더 투덜거리지 못하고 슬그머니 한쪽에 앉아 눈을 감았다.

흥분으로 들떴던 뇌옥 안에 얼음장처럼 차가운 침묵이 가득해졌다.

* * *

"저놈!"

사량격발이 체통을 잊고 팔걸이를 두드렸다.

"아!"

그 곁에 앉아 있던 모아합도 발을 굴렀다.

그는 척망평에서 도울의 군세를 진멸하고 청오랑국의 국경을 제일 먼저 돌파한 공로로 황제와 나란히 앉아 오늘의 행사를 참관하는 영광을 누리고 있었다.

칼이 햇빛을 튕겨내며 번쩍였다. 또 한 명의 투구가 쩍 벌어지며 그 사이로 선연한 피보라가 솟구친다.

네 명째였다.

"이러다가 저놈에게 모두 죽고 말겠구나."

황제는 무심결에 한 말인지 몰라도 그 여파는 곧 무투장 전체로 무섭게 퍼져 나갔다.

황제의 말에 가장 충격을 받은 사람은 역시 근위대의 총령인 마초운(馬初雲)이었다.

그는 황궁수비대의 대장으로 있던 황동모야와 늘 경쟁하는 위치에 있었다.

황동모야가 모아합과 교체된다는 말을 들었을 때 얼마나 배가 아팠던가. 그리고 드디어 그가 상장군이 되어 삼십만의 병사를 거느리고 위풍당당하게 전장으로 나가는 걸 보며 분해서 발을 동동 굴렀었다.

마초운은 당장 자신도 상장군이나 대장군의 인을 차고 도성을 벗어나 전장으로 나가기를 원했다. 그러나 황제는 그걸 허락하지 않았다.

그래서 마초운은 이번 중추절의 연무대회에 더욱 신경을 썼다. 황제가 즐거워할 때에 다시 한 번 전방의 장군으로 자리를 옮겨달라는 청을 드릴 속셈인 것이다.

어제까지는 흡족하게 대회가 진행되었다. 비록 출전시킨 다섯 조 중 멍청하게도 두 개 조가 전멸당하는 꼴을 보였지만 일방적으로 이기는 것보다 그게 더 황제를 기쁘게 하지 않았던가.

그런데 오늘은 첫 싸움부터 어긋나고 있었다. 이래서는 황제는 물론 대신들의 비웃음만 살 것이다.

마초운의 이마에 식은땀이 배었다. 불끈 쥔 주먹을 부들부들 떨며 이를 간다. 그는 당장 칼을 쥐고 직접 무투장으로 뛰어들어 모조리 도륙해 버리고 싶은 충동을 가까스로 참고 있었다.

"저놈을 죽이는 자에게는 세 계급 특진과 함께 황금 일백 냥을 하사하겠다. 당장 죽여 버려!"

마초운이 잡아먹을 듯 노려보며 손짓하는 곳에 있는 자는 황보강이었다. 막 칼을 휘둘러 또 한 명의 근위병을 쳐 넘기고 있는 중이다.

그의 칼은 흠뻑 빨아들인 피로 번들거렸고, 몸 또한 핏물을 뒤집어쓴 것 같은 형상으로 변해 있었다. 벌써 다섯 명의 근위병을 해치우고 있었던 것이다. 혼자서 한 일이다.

그건 눈 깜짝할 새에 벌어진 어이없는 일이었다.

황보강은 완전무장한 근위병들이 대오를 갖추어 보무도 당당하게 무투장 안에 들어오자마자 미친 듯이 달려들어 갔다. 그리고 그들이 미처 방비하기도 전에 순식간에 헤집어 버린 것이다.

관행대로라면 서로 싸우게 된 두 집단은 대오를 갖추고 마주 서서 노려보며 무언가 결의 같은 것을 다지는 시간을 가져야 했다. 그런 다음에 상급자의 돌격 명령이 떨어져야 비로소 함성을 지르며 마주 달려들어 싸운다. 그게 여태까지 예외없이 진행된 순서였다.

그런데 황보강은 타원형의 무투장에 먼저 들어와 어슬렁거리고 있다가 황제의 근위병이 등장하는 걸 보더니 그냥 들이쳐 버렸다.

아무런 경고도, 기합성도 없었다.

질풍 한줄기가 불어간 것 같기만 했다.

그건 돌발 상황이나 마찬가지였다. 누구나 '왜 저런 일이?' 하고 의아하게 여길 만큼 갑작스럽게 벌어진 일이었던 것이다. 그래서 다들 '어? 어?' 하고 놀라기만 했다.

그리고 다음으로는 황보강의 사나움에 놀랐다. 칼을 휘둘러 앞에 있는 자를 찍어 넘기는 솜씨가 벼락 치는 것 같지 않은가.

눈 깜짝할 사이에 사방을 휩쓸며 피를 뿌리던 그가 이제는 언제 그랬느냐는 듯 슬며시 물러서고 있었다.

황보강의 그런 눈부신 활약은 그와 함께 싸움에 나온 일조 아홉 명의 사기를 불처럼 불러일으켰다.

아차 하는 사이에 다섯 명을 잃은 근위병들은 눈에 띄게 동요했다. 순간적으로 판단력을 잃고 어떻게 대처해야 할지 몰라 우왕좌왕한다.

"뭘 기다리고 있는 거냐? 지금이 유일한 기회다!"

황보강이 버럭 소리쳤다.

그제야 얼떨떨해서 바라보고 있던 수인들이 정신을 차렸다.

"와아!"

석지란이 함성을 지르며 제일 먼저 쳐나갔고, 그 뒤를 여덟 명의 수인이 산사태가 나듯이 쏟아져 나갔다.

담에 둘러싸인 지름 이십여 장에 불과한 타원형의 무투장이다. 몇 번 뛰면 바로 마주치게 된다.

한껏 기가 살아난 수인들과 졸지에 반을 잃고 얼떨떨해져 있는 근위병들이 부딪쳤다. 아니, 파도가 모래성을 때리듯 수인 무리가 그들을 덮쳤다고 해야 할 것이다.

몇 번의 비명 소리와 병장기 부딪치는 소리가 들리더니 첫 번째 싸움이 싱겁도록 빨리 끝나 버렸다.

가벼운 부상을 입은 자가 두 명 생겼을 뿐 일조 열 명의 수인 모두가 멀쩡하게 살았고, 그들과 싸우기 위해 기세등등하게 들어왔던 근위병들은 제대로 힘 한 번 써보지 못하고 몰살당해 버렸다.

그렇게 되는 데에 뜨거운 차 한 잔 마실 만큼의 시간밖에 걸리지 않았다.

"아하하하하!"

사량격발이 의자의 팔걸이를 두드려 가며 크게 웃었다.

첫 싸움이 너무 갑작스럽게, 의외의 방향으로 진행된지라 얼떨떨해져 있던 대신이며 장군들이 모두 황제를 바라보았다.

"재미있는 놈이로군. 저놈은 대체 누구냐?"

황제는 일조 수인들의 싸움보다 황보강이 보여준 싸움에 더 큰 흥미를 느끼고 있었다.

적의 허를 찌르고 의외의 곳을 치는 게 승리의 비결이라는 병략을 그보다 더 잘 보여줄 수는 없을 것이다.

그때 황보강은 휘파람이라도 불 듯한 얼굴을 하고서 뒷짐을 지고 왔다 갔다 하고 있었다. 한가한 모습으로 자신의 동료들이 근위병들을 도륙하는 광경을 구경하고 있었던 것이다.

황제에게는 황보강의 그런 모습도 재미있게 보이는 모양이었다.

모아합이 황제의 의중을 몰라 머뭇거리며 말했다.

"황보강이라고 하는 놈입니다. 도울의 군진에서 참장으로 있으면서 속깨나 썩였던 놈입지요. 소장이 저놈의 목에 황금 열 근의 상금을 걸 정도였습니다."

"그래? 도울에게 저런 놈이 있었으니 네가 그렇게 고생을 했던 거로구나. 이해할 만하다. 하하하!"

머뭇거리던 모아합이 내처 말했다.

"척망평의 싸움이 한창일 때 흑선대공이 저놈을 탐내서 수하들을 시켜 잡아갔습니다. 그런데 이곳의 뇌옥에 갇혀 있었다니 의외입니다."

"그래?"

사량격발이 알 수 없다는 얼굴로 모아합을 물끄러미 바라보았다.

"존자가 저놈을 잡아갔었단 말이지?"

"그렇습니다.

"흠, 대체 무슨 속셈이람."

사량격발이 살짝 눈살을 찌푸렸다. 그 즉시 무투장의 공기가 싸늘하게 가라앉는다.

제일 두려워하는 사람은 역시 근위대의 총령인 마초운이었다. 대장군과 상장군을 우습게 여기는 그이지만 지금 이 순간만큼은 황제의 눈짓 하나에도 가슴이 철렁 내려앉을 수밖에 없었다.

그 모든 게 바로 저놈 황보강이라는 놈 때문이라고 여겼다.

그에 대한 미움과 분노가 용암처럼 들끓어오른다.

심상치 않은 마초운의 기세에 근위영의 장군들이 모두 긴장하여 부동자세를 취했다.

"내일 싸움에서는 어떤 일이 있어도 저놈을 죽여라. 그렇지 못하면 내가 손수 무능한 네놈들의 목을 모조리 쳐버릴 테다."

오늘 대회는 더 볼 것 없다는 듯 일찌감치 자리를 뜨는 황제를 보면서 마초운이 이를 갈았다.

2. 결전 전야

"어떻게 그렇게 할 수 있었지?"

석지란의 궁금증은 모두의 궁금증이기도 했다.

황보강이 여전히 눈도 뜨지 않은 채 말했다.

"자존심을 버리면 돼."

"자존심을 버린다고? 우리가 언제 그런 걸 가지고 있었더냐? 흥, 이 꼴을 해가지고 무슨 자존심이야?"

"그렇다면 어째서 나처럼 싸울 생각을 아무도 하지 못했던 거냐?"

황보강이 비로소 눈을 뜨고 석지란을 빤히 바라보았다.

"그건……."

"형식에 구애받는다는 것 자체가 자존심 때문이지. 그걸 인정해라. 그러면 비로소 풀려날 수 있게 될 것이다."

"형식에 구애받는다고?"

"아니면 절차라든지 습관, 관행, 규칙…… 뭐라고 해도 좋아. 너의 자유 의지를 가로막고 있는 그 모든 게 자존심이라는 것이다."

"……!"

석지란은 물론 모여서서 황보강을 바라보고 있던 수인들 모두가 곤혹스러워했다.

황보강의 말을 이해할 수 없었던 것이다. 알 것 같으면서 그렇지 못하니 더욱 애가 탄다.

오늘 황보강이 보여준 싸움의 기세는 대단한 것이었다. 그들은 아직까지 그런 싸움을 보지 못했다. 하지만 더 놀라고 어리둥절했던 건 그의 파격적인 행동이었다.

그는 모든 규칙과 통념을 무시하고 저만의 싸움을 하지 않았던가.

그렇다. 그건 황보강의 싸움이었다. 누구라도 그렇게 생각할 것이다. 무투대회라는 형식을 철저히 무시한 그만의 싸움 방법이고 법칙이었던 것이다. 황보강은 제 칼을 통해 그것을 모두에게 똑똑히 보여주었다. 그리고 승리했다.

그건 마치, '나는 앞으로 이렇게 싸울 것이다. 다들 각오해!' 하고 선언한 것 같았다.

"규칙이고 관습이고 죄다 개똥 같은 것이다! 먼저 죽이는 놈이 살아남는 거야! 나는 살려고 싸우지, 자랑하려고 싸우는 게 아니다!"

그는 제 칼을 통해서 황제와 그의 대신들과 하늘과 땅에게 그렇게 부르짖은 건지도 모른다.

그리고 그 결과 놀랍게도 전원 생존이라는 기적 같은 일을 연출했다.

그 대가는 혹독했다.

계속된 싸움에서 나머지 네 개 조 사십 명이 독이 오른 근위대의 무사들에 의해 모두 전멸해 버렸으니 그렇다.

그러므로 일백 명이던 수인은 고작 열세 명이 남았을 뿐이었다. 그중 육조의 생존자 한 명은 부상이 심해서 다음 싸움에 나갈 수 없다.

"세 번째 싸움은 없다."

황보강이 단언했다.

"어째서?"

"내일 결판이 날 테니까."

"모두 죽게 될 거란 말이냐?"

"그렇게 되겠지."

석지란이 심각한 얼굴을 했다. 그는 어느덧 황보강의 말을 계시인 것처럼 받아들이고 있었는데, 본인은 자신의 그런 변화를 조금도 눈치채지 못하고 있었다.

그건 다른 수인들 모두 마찬가지였다. 그들은 이제 황보강이 무슨 말을 할까 하고 온 신경을 곤두세웠다.

"내일은 기병을 상대하게 될 것이다."

"아직까지 그런 일은 없었다."

"내일 보게 될 거야. 근위대는 오늘의 치욕을 반드시 되갚아주려고 할 테니까."

근위대의 총령이라는 자는 무슨 수를 써서라도 황제 앞에서 망신당한 일을 만회하려고 할 것이다. 그러므로 그는 중무장한 기병을 내보낼 게 틀림없다는 게 황보강의 생각이었다.

"설마……."

석지란의 얼굴이 어두워졌다.

"황제가 보는 앞에서 말굽으로 짓밟아 버린다면 얼마나 통쾌할 것이냐? 근위대의 위엄을 한껏 뽐낼 수 있겠지."

이제 수인들은 모두 사색이 되었다.

"황제는 그들과 우리 간의 정당한 싸움을 보고 싶어한다!"

누군가가 소리 높여 항변했다.

"틀렸어."

황보강이 단호하게 말했다.

"그가 보고 싶어하는 건 살육의 장면일 뿐이다. 누가 죽든 상관하지 않는 게 그 증거야. 그 자신이 뛰어들어 살육을 할 수 있으면 더 좋겠다고 생각하겠지."

"하지만 아직까지 우리는 근위병들과 정정당당하게 싸웠어."

"그놈들은 호심경을 댄 갑주를 입었고 너희들은 여전히 맨발에 낡은 죄수복을 입은 채 말이냐?"

"그건……."

"손에 녹슨 칼 한 자루 쥐어주었다고 정당한 싸움이라면 너희들을 묶어놓고 싸워도 상관없겠지."

"……."

"근위대의 총령이라는 자는 황제의 의중을 잘 알고 있을 것이다. 누가 죽든 상관없지. 황제가 보고 싶어하는 건 통쾌한 살육의 현장이니까. 그러니 기병이 아니라 전차를 몰아넣어서라도 우리를 짓밟고 터뜨려 죽이려 할 것이다. 뭐라고 할 사람은 아무도 없다."

"내일이 바로 그날이란 말이지?"

석지란이 확인하듯 다시 물었다.

황보강은 대꾸하지 않았다. 귀찮다는 듯 더욱 완고하게 팔짱을 끼고 벽에 등을 기댄다.

"제기랄."

석지란이 발을 굴렀다. 내일이면 다 죽게 된다는 생각에 분통이 터졌다. 오늘 이긴 걸 기뻐한 게 어리석은 일 아닌가.

"방법이 있을 거야."

누군가가 다시 말했다.

"그러니까 저렇게 태평한 거야."

모두의 눈길이 황보강에게 모였다. 간절하다. 그러나 황보강은 아무 말도 하지 않았다. 답답해진 석지란이 그의 팔을 마구 흔들었다.

"뭐라고 좀 해봐! 그런 생각을 했을 때는 무언가 계획도 이미 세워두었다는 것 아니겠어? 그게 뭐지?"

"그런 것 없어."

"없다고?"

석지란은 물론 모두가 실망하여 탄식했다.

"내일 일은 내일 가봐야 알 수 있는 거지. 더 이상 귀찮게 하지 마라."

다음날 아침. 육조의 부상자 한 명을 제외한 생존자 열두 명이 지하 광장에 모두 모였다.

그들 앞에는 푸짐한 고기와 밥과 기름진 반찬에 향기로운 술이 가득했다. 이곳에서의 마지막 식사인 것이다. 죽은 자는 돌아오지 못할 것이고, 산 자도 돌아오지 않을 테니 그렇다.

황보강이 슬그머니 제 밥그릇을 가지고 일어나 한쪽 구석으로 갔다.

거기에 이제는 초라한 노년의 사내로 변해 버린 보아찰합이 홀로 있었다.

그가 곁에 앉는 황보강을 쳐다보지도 않고 중얼거렸다.

"나는 고향으로 돌아가게 될 것이다."

"언젠가는 우리 모두 고향으로 돌아가게 될 것이오."

"너의 고향은 어디냐?"

"봄이면 복사꽃이 가득 피어나 붉은 구름이 머무는 곳 같은 언덕이라오. 도유강이라고 하지."

"아름다운 곳이로구나. 나의 고향에는 황토언덕과 자갈과 모래의 사막이 있을 뿐이지."

"그래도 찾아보면 아름다운 게 있지 않겠소?"

"석양이 질 때 양 떼를 몰고 황토 벌판을 건너 돌아오는 내 아내와 아이들처럼 아름다운 건 오직 그곳에만 있을 것이다."

"아!"

"아내가 부는 피리 소리는 언제 들어도 좋았지. 월지(月池)의 숲을 지나오는 바람 소리도 그보다 아름답지 못했다."

"월지?"

"내 고향에 있는 만년천이야. 모래폭풍이 세상을 뒤덮어도 그곳의 물은 언제나 차고 맑게 넘쳐 난다. 일만 년 전부터 그래 왔지. 일만 년 뒤에도 그럴 것이다."

"그런 곳이 있었구려."

"그곳에는 사철 푸른 나무가 우거지고 융단 같은 풀이 깔려 있다. 그러므로 그곳은 사막의 신성한 땅이 되었어. 신들이 와서 머문다."

"그렇다면 당신은 그곳으로 돌아갈 작정이요?"

"그렇다."

황보강은 어떻게 돌아갈 것이냐고 묻지 않았다. 이곳을 어떻게 나갈 것이냐고 묻는 것과 같은 말이기 때문이다. 이곳에 있는 자들에게 그것처럼 잔인한 질문이 또 없다.

누가 고향으로 돌아가겠다고 하면 부럽다는 얼굴로 고개 끄덕이며 그렇게 하라고 말해주는 게 최고의 예의이자 친절함인 곳 아니던가.

"너도 내일이면 도유강으로 돌아가겠구나?"

황보강이 피식 웃었다.

내일 이곳을 떠나는 자가 제가 될지 저기 열심히 고기를 뜯고 있는 석지란이 될지, 아니면 저쪽 구석에 말없이 앉아 술을 마시고 있는 백검천이 될지 아무도 알 수 없다.

하지만 어쨌든 돌아가게 될 것이다. 산 자는 걸어서 갈 것이고 죽은 자는 귀신이 되어서 갈 것이다.

황보강이 다시 힐끔 바라보는 백검천(白劍泉)은 첫날 살아 돌아온 팔조의 유일한 생존자였다. 서른둘 먹은 장한이다. 이목구비가 반듯하고 선이 고와서 천생 귀골이라는 걸 누구나 알 만했다.

그는 언제나 말이 없었다. 있는 듯 없는 듯 존재감이 미미한 자였으므로 그동안 누구도 눈여겨보지 않았다.

그런데 팔조에서 유일하게 그만 살아 돌아왔고, 오늘 다시 싸우러 나간다.

그 일로 인해 황보강은 백검천이 이곳에 있는 누구보다 냉정하고 강한 자일 것이라고 짐작했다.

떠벌리기 좋아하고 허풍 심한 저 석지란이란 놈과 함께 이곳에서 살아 나갈 가능성이 누구보다 높은 자라는 걸 인정한다.

그리고 또 한 사람, 육조의 생존자인 모용탈(毛容脫)이 있었다.

그는 초원 동쪽의 용사라고 했다. 커다란 체구에 근육질의 몸을 가지고 있는 자였다. 흉포하고 조용한 늑대 한 마리를 보는 것 같았다.

가만히 앉아 있어도 위험한 자라는 걸 느끼게 해주는 존재.

황보강은 백검천과 모용탈이 살아남을 수 있었던 건 그만한 이유가 있기 때문이라고 믿었다.

이곳에서 운이라는 건 통하지 않는다. 실력이 아니면 교활함이라도 있어야 한다.

"살아서 돌아가라."

보아찰합이 아직 밥과 고기가 잔뜩 남아 있는 자신의 그릇을 내밀고 황보강의 빈 그릇을 빼앗아갔다.

"고맙소."

황보강은 사양하지 않았다. 언제 또 먹게 될지 모르는 음식 아닌가. 먹을 수 있을 때까지 먹는다.

"다시 만나게 될 거다."

보아찰합의 말에 황보강이 놀라서 그를 바라보았다. 지나가는 말로 하는 게 아니었던 것이다. 그 말 속에는 그의 진정이 절실하게 담겨 있었다. 끈적거린다.

보아찰합은 황보강과 다시 만나게 되리라는 걸 확신하고 있는 게 틀림없었다. 저승에서가 아니라 살아서, 이곳이 아닌 다른 곳에서 만나게 되는 것 말이다.

'어떻게?'

황보강은 보아찰합의 흔들림없는 눈을 보면서 그런 의문을 떠올리지 않을 수 없었다.

보아찰합은 미치지 않았다. 허튼소리를 하는 사람도 아니다. 사막제일의 용사. 신주국의 젊은 대장군. 나운선인이 애타게 찾던 그 호랑이였을지도 모르는 사람이다. 그렇게 될 가능성이 충분이 있었다.

하지만 운명은 마지막 순간에 그를 외면했고, 그래서 그는 지금 이렇게 초라해진 모습으로 웅크리고 앉아 있다. 그러나 그동안의 이력만으로도 그의 말은 한마디 한마디가 천금과 같은 무게를 갖기에 족했다.

"그게 운명이라는 거니까."

황보강에게 씩 웃어준 보아찰합이 빈 그릇을 들고 한쪽 다리를 절며 멀어져 갔다.

어깨너머로 마지막 말을 던진다.

"근위대의 무사들은 개개인의 무공이 매우 높다. 야전군의 용사들과는 또 달라. 하지만 난전이라는 걸 해본 적이 없는 자들이지. 황제 곁에서 위용을 뽐내고 있으면 그뿐, 언제 싸워볼 기회가 있었어야 말이지. 그러니 그들이 말을 탔다고 해서 겁먹을 것 없다. 아이들이 말 탄 나리를 어떻게 골려먹는지 생각해 봐라."

황보강의 머릿속에 한줄기 밝은 빛이 번쩍하고 비쳤다.

결전의 날이 밝았다.

모두 죽는 날이 될지도 모른다.

"어떻게 할까?"

다가온 석지란이 뜨거운 숨을 훅, 불어내며 물었다.

그는 흥분으로 달아올라 있었다. 근육이 푸들푸들 떨리는 게 느껴진다.

황보강이 턱짓을 했다.

"가서 불러와."

석지란이 즉시 달려갔고, 오래 지나지 않아서 백검천과 모용탈을 데리고 돌아왔다.

그들이 뚱한 얼굴로 황보강을 바라보았다. 그의 활약에 대해서는 익히 들었지만 대장 노릇을 하려고 드는 건 못마땅하다는 기색이었다. 하지만 석지란의 윽박지르는 눈길을 받고는 아무 소리도 하지 않았다.

"내가 먼저 하겠어. 지란은 내 뒤에, 검천은 오른쪽에, 그리고 너는 왼쪽에 선다."

모용탈이 무슨 수작이냐는 얼굴로 바라보았다. 황보강이 다시 말했다.

“시간이 없다. 자세한 건 생략하고, 말을 쳐라. 사람은 그 다음이야.”

“말을 치라고?”

“나머지는 나에게 맡겨.”

석지란이 당장 고개를 갸웃거리지만 황보강은 그걸로 됐다는 듯 칼을 움켜쥐고 성큼성큼 앞서 뇌옥을 걸어나갔다.

3. 황제를 노리다

“빌어먹을! 개자식들이다! 차라리 말뚝에 묶어놓고 차례로 찔러 죽이라고 해! 그게 이것보다 사내다운 짓일 거다!”

석지란이 분노를 터뜨렸다.

그들이 적개심에 가득 찬 근위병들의 엄중한 호송하에 수차에 실려와 버려진 곳은 무투장이 아니라 근위대의 영내에 있는 연무장이었다.

그곳은 이삼천 명이 동시에 연무를 할 수 있을 만큼 넓은 곳이었다. 타원형의 공간을 흑석을 쌓아 만든 높은 석축이 빙 둘렀고, 그 위에는 전각과 그것들을 이어주는 회랑이 나 있었다.

장군대(將軍臺) 뒤편, 몇 계단 높은 곳에는 귀빈이 연무나 열병식을 관람할 수 있도록 만든 관무대(觀武臺)가 있었다.

연무장은 근위영 내에서도 독립적인 공간이었다. 집단으로 연무를 하거나 총원에 대한 점고, 또는 열병식을 할 때 외에는 사용하지 않으므로 언제나 조용했다.

그 텅 빈 연무장 복판에 내던져진 열두 명의 수인은 촌닭들처럼 두리번거리기만 할 뿐 무얼 어떻게 해야 할지 몰랐다.

"그래도 설마 했는데 정말 기병들 앞에 내세울 모양이다."

누군가의 탄식에 모두가 절망적인 한숨을 쉬었다.

도검을 들었을 뿐인 열두 명의 수인과 중무장한 기병들과의 싸움이라니, 이건 그냥 죽으라고 하는 것과 다름없지 않은가.

잔인하게도 그들에게 기억을 환기시켜 주려는 것처럼 황보강이 말했다.

"우리의 상대는 육십 명이 될 것이다."

지난 이틀 동안의 싸움을 치르면서 일백 명의 근위대무사 중 육십 명이 아직 살아 있었다.

석지란이 눈을 부릅떴다.

"그러니까 생존자들끼리 한꺼번에 부딪쳐 보자 이거지? 두 발로 뛰는 우리 열두 명 대 말 타고 중무장한 육십 명으로?"

"그렇다."

"개자식들이라니까! 양심도 무사로서의 자존심도 없는 놈들이다!"

석지란이 다시 분통을 터뜨렸지만 그런다고 무엇 하나 달라질 게 아니다. 무리에게 절망의 그늘이 드리웠다.

"두렵겠지."

황보강이 말했다.

그는 잘 알고 있었다. 이런 때일수록 사기가 중요하다는 것을.

아니, 오기와 독기가 필요했다.

할 수만 있다면 모두에게 취하도록 술을 퍼먹여서라도 이성을 마비시켜 놓아야 하는 것이다. 죽음에 대한 두려움을 잊게 해주어야 한다.

하지만 그럴 형편이 아니지 않은가. 그렇다면 방법은 하나밖에 없다.

황보강이 칼을 들어 텅 빈 연무장 반대편을 가리켰다.

"내가 가능성을 보여주겠다."

"가능성이라고?"

"그러면 너희들의 가슴속에 한 가닥 투지가 생겨나겠지. 잘하면 살 수도 있겠다는 희망과 함께 말이다. 지금은 그게 반드시 필요해."

"뭘 어떻게 보여주겠다는 거냐? 너를 희생해서?"

"필요하다면 그렇게라도 해야겠지."

황보강의 말은 진심이었다. 그를 바라보는 모두의 얼굴에 숙연한 기색이 떠올랐다.

황보강이 한 명 한 명을 힘주어 바라보며 말했다.

"내가 하는 걸 잘 봐둬. 그리고 일제히 달려드는 거다. 다른 건 아무것도 생각하지 마라. 두려워하지도 마라. 죽은 자는 잊어라. 죽인 자도 잊어라. 살아 있는 자만을 보고 적과 나만을 구분해라. 다른 건 다 필요없다. 잔인해져라. 인정사정 봐줄 것 없다. 내 말을 명심해."

"그놈들에게 베풀어줄 인정 따위는 없어!"

석지란이 크게 소리치자 다들 '와!' 하는 함성으로 화답했다.

수인의 무리는 비로소 자기들에게 황보강이라는 구심점이 있다는 걸 의식하고 하나로 뭉쳤다. 더 이상 당황하지 않는다.

웅성거리는 소리가 텅 빈 연무장을 채우며 밀려들기 시작했다.

요란하고 화려하게 치장한 근위병들의 삼엄한 호위 속에 황제 사량격발이 가마를 타고 입장했고, 그 뒤를 대신이며 장군들이 줄지어 들어왔다.

황보강은 장군대 뒤편 관무대 쪽을 유심히 바라보았다. 거기 커다란 호피 의자가 놓이고, 사량격발이 거만하게 앉았다.

모아합은 여전히 황제와 함께 있었는데, 자리의 배치가 어제와는 조금 달랐다. 그의 자리는 황제의 바로 아래쪽 계단에 마련되어 있었던 것이다. 하지만 그것만으로도 연무장에 와 있는 그 누구보다 높이 쳐주는 파격적인 대우가 아닐 수 없다.

황제의 오른쪽에는 나운선인이 앉았고, 왼쪽에는 검은 옷과 천으로 몸과 얼굴을 가린 인물이 황제의 그림자인 것처럼 앉아 있었다. 황제 앞에서도 저와 같은 복장을 할 수 있는 자라면 암흑존자밖에 없다.

그를 바라보는 황보강의 눈이 이글거렸다. 어둠 속에서 먹이를 노리는 야수의 눈빛이었다.

평소에는 모습을 보기 힘든 제국의 두 봉공, 나운선인과 암흑존자가 오늘은 황제와 동석했다는 것 때문에 연무장의 공기가 후끈 달아올랐다.

대신이며 장군들이 두 봉공과 한 번이라도 눈을 마주치기 위해 목을 빼고 이리저리 기웃거리는 모습은 우습기까지 했다.

'저들 모두에게 보여주리라.'

황보강은 어금니를 악문 채 그렇게 몇 번이나 다짐했다.

수인들의 생존을 위해서, 그리고 자기 자신의 존재감을 위해서 무언가 해 보이지 않으면 안 된다는 절박감은 다른 생각을 허락하지 않았다.

둥—

드디어 철고가 울렸다.

둥—

그 무거운 소리가 사람들의 가슴을 짓눌렀다.

웅성거리던 연무장이 찬물을 뿌린 것처럼 조용해졌다.

'온다!'

모두의 머릿속에 그 생각이 떠올랐을 때, 굳게 닫혀 있던 북쪽 문이 활짝 열렸다. 둥— 하고 세 번째 철고가 울렸을 때다.

두두두두—

중무장한 기병들이 갑자기 쏟아져 들어왔다.

예상대로 육십 기 모두였다.

그들이 말을 몰아 질주해 들어오자 넓은 연무장이 금방 말발굽 소리와 씩씩거리는 뜨거운 숨결로 가득 찼다.

말들은 철기와 경기의 중간쯤 되는 무장을 하고 있었다. 머리와 가슴, 앞발을 철갑으로 보호했던 것이다.

말 위의 무사들도 그와 같았다. 투구의 가리개를 내렸고, 흉부를 철갑으로 덮은 중갑기병들이었다.

육십 명 모두가 마상용 언월도 들었고, 허리에는 칼을 찼다. 안장에 활을 걸었으며, 등에는 화살이 가득 들어 있는 전통을 지고 있는 것이 전장에 나가는 차림이었다.

"기다려!"

황보강이 소리치고 칼을 움켜쥔 채 무리의 가장 앞에 나와 섰는데, 입가에 차가운 비웃음이 언뜻 스쳐 지나갔다. 기병들이 말안장에 걸고 있는 활을 보았던 것이다.

그가 두어 걸음 앞으로 나선 것과 연무장에 들어온 육십 명의 기병이 일제히 쇄도해 들기 시작한 게 거의 동시의 일이었다.

어제의 싸움에서 황보강이 보여주었던 의외의 일을 오늘은 근위대의 기병들이 보여주기로 작정한 것 같았다. 그렇기에 위용을 뽐내지도 않고 그저 무섭게 말을 몰아 쳐들어오는 것이다.

"간다!"

황보강이 두려움없이 정면의 기마를 향해 달려나갔다.

비록 육십 기에 지나지 않았지만 사방이 가로막힌 연무장에서 무리지어 달려오는 전마들은 충분히 위협적이었다. 그러므로 달랑 칼 한 자루를 쥔 채 그것들을 향해 마주 달려가는 황보강의 용기는 누가 보더라도 만용 그 자체일 수밖에 없었다.

무슨 짓이냐는 듯 황제 사량격발이 눈살을 찌푸렸고, 암흑존자도 고개를 갸웃거렸다.

그는 말과 부딪쳐 죽기를 바라는 것 같았다. 철갑으로 가린 그것의 단단한 가슴과 부딪치는 순간 고꾸라지고 말 것이다. 그러면 짓밟혀 형체도 알아볼 수 없게 되리라.

우두두두―

육십 필의 말이 선두를 다투며 일제히 연무장을 가로질러 달려오는 모습은 아름답기까지 했다. 힘이 어떤 건지 느끼게 해주는 광경이 아닐 수 없다.

"엇?"

눈살을 찌푸리고 지켜보던 황제가 놀란 소리를 터뜨렸다.

막 황보강이 선두의 기마와 부딪치는 걸 본 것이다. 그래서 혀를 차려는데, 그가 옆으로 쓰러지는 것과 동시에 그를 짓밟을 것처럼 달려들었던 말이 무릎을 꺾고 고꾸라지는 것 아닌가.

황보강은 간발의 차이로 말에 깔리지 않고 옆으로 뒹굴어 피했다. 그가 벌떡 일어나더니 밀려들고 있는 기마들은 거들떠보지도 않고 말과 함께 쓰러진 기병에게 달려들었다.

퍽! 하는 소리와 함께 아직 일어서지 못한 그자의 머리통이 쩍 벌어졌다. 서너 마리의 말이 아슬아슬하게 머리 위를 뛰어넘어갔다.

황보강은 그것들에게도 신경 쓰지 않았다. 무슨 일이 어떻게 되든 상관없이 제가 해야 할 일만 하는 것이다.

그가 앞발이 잘린 채 버둥거리며 울부짖는 말의 목에 칼을 푹 꽂더니 선뜻 안장에 걸려 있는 활을 꺼내 들었다. 죽은 기병의 전통에서 다섯 대의 화살을 꺼내 발아래 꽂는다.

그러는 동안 두 번째 기마의 대열이 코앞에 쇄도해 들고 있었다. 숨 한 번 크게 쉬면 부딪칠 상황이다.

황보강이 재빨리 한 대의 화살을 시위에 걸었다. 힘껏 시위를 당기고 놓는 게 눈 깜짝할 새였다.

퍽!

지척에 밀려든 전마의 미간에 화살이 박혔다. 철구를 꿰뚫고 들어간 그것이 뒤통수로 빠져나왔을 만큼 강력한 타격이었다.

전마가 비명도 지르지 못하고 고꾸라졌다. 아슬아슬하게 황보강을 스쳐 미끄러진다.

황보강은 눈 하나 깜짝하지 않았다.

픽, 픽, 픽!

굳게 서서 다시 석 대의 화살을 연사로 쏘아댔는데, 빛살이 꼬리를 물고 뻗어나가는 것처럼 신속한 궁사였다.

그는 이미 전장에서 명궁으로 이름을 날린 사람이다. 이처럼 지척에서 쏘아대는 화살이 표적을 벗어날 리가 없으려니와 그 눈부신 속사가 더욱 빛을 발했다.

정면에서 부딪칠 듯 달려들던 세 필의 말이 거의 동시에 나뒹굴었다.

마지막 화살을 뽑아 든 황보강이 그것을 시위에 걸더니 휙하고 돌아섰다.

뿌드득—

활이 부러질 듯 소리를 내며 크게 휘었다.

팅, 하는 소리와 함께 마지막 화살이 번개처럼 시위를 떠났다. 연무장 좌측 건너편 이백 보 밖에 있는 황제 사량격발의 얼굴 복판을 향해서였다.

시잇―

빛살처럼 허공을 가르는 그것이 내는 휘파람 소리가 말발굽 소리와 비명과 온갖 아우성을 뚫고 날카롭게 울렸다.

4. 떠나는 자와 남겨진 자

전마들이 치달리고 고함과 비명 소리, 아우성, 병장기 부딪치는 소리가 하늘에 닿는다.

아수라장이 되어버린 연무장 한쪽에 우뚝 서서 황보강은 오직 한곳을 바라보고 있었다.

거기 황제 사량격발이 오연하게 앉아 있었다.

얼굴 복판을 향해 날아드는 화살을 눈으로 붙잡아두려는 것처럼 똑바로 노려보고 있다.

한순간에 불과한 짧은 시간이 억겁인 것처럼 지루하게 늘어졌다.

그것을 가로지른 화살은 표적을 꿰뚫지 못했다. 황제의 면전에 이르렀을 때 모아합이 불쑥 손을 뻗어 가볍게 잡아버린 것이다. 날랜 고양이가 파리를 후려치는 것 같은 손놀림이었다.

모아합의 손아귀에 꽉 붙잡힌 화살이 황제의 코앞에서 부르르 떨었다. 그 진동이 주위의 공기마저 떨게 하며 퍼져 나갔다.

황제는 끝까지 움직이지 않았다. 날아오는 화살을 눈 하나 깜빡이지 않고 직시하더니 지금은 자신의 코앞에 멎어 있는 그것의 날카로운 촉을 바라보고 있었다. 아무런 표정이 없다.

황보강의 얼굴이 일그러졌다.

마지막 한 대의 화살로 세상을 어지럽게 하고, 청오랑국을 짓밟은 저 폭군의 목숨을 빼앗기를 간절히 원하지 않았던가.

황보강은 이 절호의 기회를 저에게 가져다준 운명이라는 놈에게 처음으로 감사를 드리기도 했었다. 중무장을 하고 연무장에 등장한 기병들을 본 순간이었다.

그때 황보강은 그들의 안장에 걸려 있는 활이 자신에게 주는 운명의 커다란 선물이라고 생각했다.

그러나 그 선물이 지금은 더할 수 없는 아쉬움 때문에 분노와 절망의 형구(刑具)가 되고 말았다.

"모아합."

황보강이 빠드득 이를 갈았다.

척망평에서 도울 각하의 군단을 짓밟고 자신을 이런 처지로 만들어놓더니 이제 또 마지막 순간에 훼방을 놓지 않는가.

황보강이 그런 모아합에 대하여 이를 갈며 원한을 품을 때 모아합 또한 황보강에 대한 노여움으로 치를 떨고 있었다.

"발칙한 놈입니다! 당장 참해야 합니다!"

화살을 쥐고 벌떡 일어선 그가 흥분하여 황제에게 소리쳐 말했다.

"당장 이 대회를 중지하고 남은 놈들을 모두 묶어서 폐하의 암살을 모의한 죄를 엄중히 문책해야 합니다. 그런 뒤에 효수하여 저자에 목을 걸어놓아야 할 것입니다!"

황제는 여전히 무표정했다. 고개를 조금 기울여 보더니 무심한 표정과 어울리는 어조로 마디 했다.

"앉아라. 안 보인다."

"……!"

모아합의 얼굴이 붉게 달아올랐다. 비로소 자신의 무례함을 깨닫고 두려움에 질렸다.

하지만 황제는 거기에 대해서 아무런 책망도 하지 않았다. 그건 사면의 특혜를 준 것과 마찬가지다. 모아합이 얼른 고개를 숙이고 제자리에 앉았다. 꼼짝도 하지 못한다.

"저놈은 볼수록 물건이야."

한번 싸워보고 싶다는 듯 황제 사량격발이 주먹을 움켜쥐었다. 그 또한 황제가 되기 전에는 초원과 사막을 달리던 용사 중의 용사가 아니었던가. 두려움을 몰랐고 패배를 몰랐다. 아직도 혈관 속에는 그때의 뜨거운 피가 흐르고 있다.

황제가 열기를 더한 눈으로 바라보는 곳에 황보강이 있었다.

칼을 휘둘러 덮쳐드는 또 한 필의 전마를 찍어 넘어뜨리더니 기마무사에게로 달려들고 있었다.

그의 활과 칼에 의해 쓰러진 전마가 벌써 십여 필이었다. 그만큼의 무사들이 저항 한번 변변히 해보지 못하고 처참하게 죽었다.

다른 쪽에서는 황보강의 용맹과 위용에 한껏 고무된 수인들이 목숨을 돌보지 않고 싸우고 있었다.

특히 불평꾼 석지란의 광기에 가까운 칼부림과 귀골의 청년 백검천의 무섭도록 침착하고 냉정한 검격, 그리고 위험한 늑대 모용탈의 패도적인 위력은 단연 돋보였다.

백검천은 검을 썼는데, 이런 전장에는 어울리지 않는 침착함과 날렵함으로 말에서 떨어진 근위대의 무사들 사이를 오가고 있었다.

그의 검은 단 한 번의 실수도 없었다. 찌르고 베는 것이 지나치게 깨끗하여 아름다워 보이기까지 한다.

석지란과 모용탈은 무뎌진 자신들의 칼을 버리고 기병에게서 언월도를 빼앗아 그것을 부지깽이 휘두르듯 하고 있었다.

석지란의 무모하달 만큼 겁없는 칼질은 타고난 힘에 의지하고 있었다. 무거운 언월도를 그렇게 종일 휘둘러도 지치지 않을 것처럼 보인다.

모용탈 또한 그런 면에서는 석지란과 같았다. 그 역시 타고난 힘에 있어서 누구보다 우월한 전사였던 것이다. 거기에 장수로서 병장기를 다루는 법에 밝았고, 수많은 싸움을 통해 얻은 실전의 묘법에 능통해 있었다.

그들이 좌우에서 언월도를 미친 놈 부지깽이 휘두르듯 하며 좌충우돌하는 통에 기병들이 우왕좌왕했다.

언월도가 미치는 범위에 있는 것은 모조리 찍고 후려치니 말들이 먼저 놀라 이리저리 날뛰는지라 기병들의 움직임이 부자연스러워질 수밖에 없다.

씨이이—

뒤쪽에서 상황을 파악하던 세 놈이 심상치 않게 돌아가는 꼴이 마음에 들지 않았던지 일제히 활을 쏘아대기 시작했다.

이와 같이 피아가 한 덩어리가 되어 몸부림치는 난전에서 활은 무용지물이다. 그러나 싸움판에서 뚝 떨어져 있는 세 놈에게는 그렇지 않았다.

그들은 오늘의 싸움에 투입된 기병단의 대장과 두 명의 부장이 틀림없어 보였다.

퍼퍼퍽!

그들이 쏜 석 대의 화살이 그대로 수인들의 등과 가슴을 꿰뚫었다.

퍼퍼퍽!

이번에는 수인들은 물론 근위대의 무사들까지 가리지 않고 꿰뚫어 버린다.

세 놈은 부하들을 상관하지 않고 활을 쏘아댔다. 수단과 방법을 가리지 말고 수인들을 전멸시키라는 명령을 받은 것이리라.

이제 석지란과 백검천, 모용탈은 날아드는 화살을 피하거나 쳐내느라고 적과 싸울 정신이 없었다.

황제를 노려보고, 난장판이 된 주위를 둘러본 황보강이 부드득 이를 갈았다. 분하지만 할 수 없다. 한 번뿐이던 기회는 사라졌다.

현실로 돌아온 그가 말의 목에 꽂았던 칼을 뽑고 안장을 벗겨 들더니 그것을 방패 삼아 몸통을 가리고 힘껏 땅을 박찼다.

말안장은 무겁다. 황보강이 아무리 장사라고 해도 한 손으로 오래 들고 있을 수는 없다. 그러므로 잠깐의 시간 동안 저 세 놈에게 달려가야 한다.

여기저기 쓰러져 있는 말과 사람을 뛰어넘으며 미친 듯 달려오는 황보강을 보지 못할 리가 없다.

세 놈이 일제히 그를 향해 활시위를 당겼다.

텅!

석 대의 화살이 동시에 말안장에 꽂혔다. 그 틈에 황보강은 놈들의 열 걸음 앞까지 다가갈 수 있었다.

텅텅텅!

석 대의 화살이 다시 말안장에 꽂혔고, 황보강은 이제 다섯 걸음 앞에 있었다.

"이야아!"

안장을 세 놈에게 던져 버린 그가 천둥치듯 하는 고함을 터뜨리며 부딪쳐 갔다. 세 놈이 활을 버리고 물러서며 칼을 뽑아 마주친다.

"저놈이 그대가 말한 그 호랑이요?"

황제의 말에 나운선인이 고개를 숙였다.

"그럴지도 모릅니다."

"확실한 말이 아니로군."

"운명을 감추는 것도 하늘이고 펼치는 것도 하늘입니다. 신이 어찌 그것을 모두 알 수 있겠습니까?"

"어쨌거나 저놈이 선인이 말한 바로 그 호랑이라면 좋겠소. 그래야 재미있어지겠어."

빙긋 웃은 황제가 이번에는 왼쪽에 앉아 있는 암흑존자에게 물었다.

"저놈이 그대가 말한 십삼악의 우두머리가 될 놈인가?"

"손에 넣지 못했으니 아직은 아닙니다."

"그러니까 저놈이 존자가 점찍어놓은 놈인 건 확실하군?"

"그렇습니다."

"하하, 쉽지 않겠어."

황제가 재미있어하는 얼굴로 연무장을 바라보며 팔걸이를 가볍게 두드렸다.

"그럼 저놈은 절망이 되든지 호랑이가 되든지 어쨌든 무엇인가 되기는 하겠군. 궁금해.”

턱을 쓰다듬으며 눈길을 떼지 못하고 있는 곳에 번쩍이는 칼을 휘둘러 마지막 놈의 정수리를 석류 쪼개듯 해버리고 있는 황보강이 있었다.

황제가 허공에 뿌려지는 선연한 핏줄기를 보고 입맛을 다셨다.

“과연 어느 쪽이 나를 위한 것일까?”

의미심장한 눈길을 나운선인에게 잠시 주었다가 암흑존자에게로 옮겨간다.

나운선인이 가볍게 고개를 숙여 황제의 눈길을 피했듯이 암흑존자 또한 고개를 숙였다.

연무장에서는 석지란이 끝까지 달려들던 마지막 놈의 어깨 깊숙이 언월도를 박아버리고 있었다. 갑주를 쪼개고 가슴뼈까지 가르며 몸통 복판에 박혀 버렸을 만큼 무시무시한 일격이었다.

놈이 비틀거리며 쓰러지는 것과 동시에 석지란도 언월도를 버리고 벌렁 뒤로 나자빠졌다. 핏물 질퍽거리는 땅 위에 네 활개를 펼치고 누워 거친 숨을 풀무질하듯이 씩씩거린다.

다 끝났다.

황보강이 그들 세 명의 궁수를 해치웠을 때, 수인들도 나머지 몇 놈을 악착같이 해치워 버렸던 것이다.

다 죽었다.

육십 명이나 되던 근위대의 무사들이 모두 죽었고, 수인들도 그랬다. 그렇게 금년 중추절의 연무회는 엉뚱한 결과를 내며 끝난 것이다.

연무장에 남아 있는 건 황제의 근위대가 아니라 황보강과 석지란, 백검천, 그리고 모용탈이었다.

이긴 자의 당당함과 우쭐거림 따위는 찾아볼 수 없었다. 땀과 피로 범벅이 된 채 지쳐서 헐떡거리는 모습이 끔찍하고 불쌍해 보이기만 했다.

네 명의 생존자는 아무 말도 하지 않았다. 살게 된 것을 기뻐하지도 않았고, 죽은 자를 동정하지도 않았다. 그게 산 자가 죽은 자에게 보이는 최대의 경의라고 여기는 것처럼.

* * *

황제 앞에 섰다.

원수.

나라와 임금과 가족과 친구들을 모두 죽인 불구대천의 원수. 사량격발. 대황국의 황제. 이대무후.

네 사람 모두 출신과 나라가 달랐지만 사량격발에 대한 원한은 공통으로 지니고 있었다.

그 원수가 눈앞에 있다.

비록 그는 높은 관무대에 오만하게 앉아 있고, 네 명의 생존자는 초라한 모습으로 장군대 아래에 서 있지만 오늘의 승리자는 황제가 아니라 그들 네 사람이었다.

그러나 그들의 운명을 쥐고 있는 사람은 바로 황제 사량격발이다.

네 사람을 훑어본 그가 빙긋 웃었다.

말없이 손을 밖으로 내젓는다.

장군대 위에서 기다리고 있던 근위대의 총령 마초운이 부드득 이를 갈았다. 그리고도 한참을 씩씩거리며 잡아먹을 듯이 노려보고 나서야 반쯤 잠긴 목소리로 겨우 말했다.

"황제께서 약속대로 너희들을 사면해 주셨다. 가라. 너희들은 지금부터 자유다. 어디로 가든지 황제 폐하의 은혜에 감사해라. 만약 다시 잡혀온다면 그때는 즉각 목을 쳐서 성문 위에 달아놓고 말겠다. 꺼져 버려!"

그들이 아무 말 없이 돌아섰다.

"너는 아니다."

총령 마초운이 말채찍으로 황보강을 가리켰다.

"포로의 신분에서는 해방되었지. 하지만 너에게는 새로운 죄목이 더해졌다. 황제 폐하를 암살하려고 한 죄. 그것에 대한 사면은 없다."

황보강이 우뚝 섰고, 나머지 세 사람도 멈추어 섰다.

황보강이 그들에게 손짓을 했다.

"가라. 두 번 다시 오지 않을 이 좋은 기회를 나 때문에 날려 버리지 마. 어디든 가서 잘살아라."

"너는……."

석지란이 울 듯한 얼굴을 했고, 차갑고 무표정하던 백검천의 얼굴도 일그러졌다.

모용탈이 침을 뱉고 말했다.

"살아 있으면 다시 만나게 될 거다. 그때 한 항아리의 술로 회포를 풀자. 자, 그럼 나는 간다."

미련없이 돌아서더니 활개를 치며 성큼성큼 걸어 피비린내 자욱한 연무장을 떠난다.

"기다리마."

모용탈의 뒷모습을 물끄러미 바라보던 백검천이 불쑥 그 한마디를 내뱉고 석지란의 허리띠를 잡아끌었다.

그에게 질질 끌려가면서 석지란이 악을 썼다.

"이놈 말 들었지? 성 밖에서 기다리겠다! 살아서 나오기만 해! 그다음부터는 이 형님이 다 책임진다!"

第七章

환상(幻想), 또는 현실

1. 강요된 선택

사부는 푸른 하늘을 바라보고 있었다.

벌써 한 시진째 저렇게 꼼짝하지 않고 서서 하늘만 쳐다보고 있는 것이다.

대제자 단조영은 문득 '사부의 머리라도 받쳐 주어야 하는 것 아닐까?' 하는 엉뚱한 생각을 했다.

"보아라."

사부가 불쑥 말했다. 한 시진 만의 일이다.

"하늘은 늘 저렇게 푸르구나. 변함이 없다."

"……."

"천 년, 만 년이 지난 후에도 저것은 지금과 같을 것이다.

그때는 또 누가 이 자리에 서서 하늘을 볼 것이냐?"

"사부님께서는 이미 도를 이루시어 세월과 시간의 무상함에서 벗어나지 않으셨습니까? 그때나 지금이나 다름없이 사부님도 저 하늘과 같이 변함이 없을 것입니다."

"듣기 좋은 말을 할 줄 아는 아이로다."

사부가 비로소 하늘로부터 시선을 거두었다. 느릿느릿 돌아보는 그 모습이 과연 시공을 초월하여 존재하는 기린과 같았다.

대제자 단조영은 저와 같은 사부의 모습을 볼 때마다 가슴이 뜨겁고 벅차게 달아올랐다. 절로 고개가 숙여지고 입에서는 도경의 구절이 흘러나온다.

한동안 그런 대제자를 바라보던 선인이 입을 열었다.

"오십년 전, 너를 거둘 때 해주었던 말을 기억하느냐?"

"기억하고 있습니다."

그때 단조영은 열두 살의 남루한 소년이었다. 선인이 그 소년의 꼬질꼬질한 손을 잡고 말했다.

"네 목숨을 나에게 주겠느냐?"

단조영이 총기 반짝이는 눈으로 선인을 올려다보았다.

"언제 필요하신데요?"

"언제가 될지는 아무도 모르지. 하지만 반드시 그래야 할 때가 올 것이다."

"그때까지 저를 먹여주고 입혀주고 지켜주실 건가요?"

"물론이다."

"그럼 드릴게요."

선인이 소년의 머리를 쓰다듬어 주었다.

그렇게 인연을 맺고 한시도 떨어지지 않은 지가 벌써 오십 년이 되었다.

단조영이 어깨를 가늘게 떨었다.

느낄 수 있었던 것이다. 오십 년 전에 했던 그 약속을 지켜야 할 때가 왔음을.

선인이 그때처럼 단조영의 손을 잡았다.

철부지 고아 소년이었던 그도 벌써 환갑을 넘긴 노인이 되어 있었다. 그러나 겉모습은 마흔 살 무렵의 장년인 것만 같다.

단조영이 떨리는 음성으로 말했다.

"저는 바로 이날을 위하여 사부님께서 필요로 했던 존재 아니겠습니까? 뜻대로 행하시옵소서."

"기특하구나. 착한 아이다."

"언제이옵니까?"

"모레가 되겠지."

"제자가 어찌하면 되는 것이옵니까?"

"그의 칼에 죽으면 된다."

"그자의 실력이 그만하겠습니까?"

"무상검의 마지막 초식을 가르쳐 주었느니라."

"아!"

선인의 말에 단조영이 깜짝 놀랐다.

"그가 벌써 그것을 익혔단 말입니까?"

"네가 알고 있는 것과 비교해서는 안 되느니라. 그 녀석은 단지 흉내만 낼 뿐이니까. 하지만 그것만으로도 대단하다고 해야겠지."

단조영은 아직 사부의 무상검 마지막 초식을 다 익히지 못하고 있었다. 그것에 통달하는 날이 바로 사부님처럼 도의 경계를 넘어서는 날이 되리라는 걸 안다.

이제 오십 년만 더 수행하면 마지막 초식을 완전히 얻을 수 있을 것이다.

하지만 사부가 허락한 수행의 기한은 여기까지였다. 아쉬움이 남는다.

한숨을 쉰 단조영이 고개를 숙였다.

* * *

연무장을 빙 두른 석축 위의 회랑에는 일천 명의 근위대 무사가 활을 잡고 도열해 서 있었다. 그리고 연무장 서쪽에 일천 명의 사람이 뭉쳐 놓은 것처럼 모여 있었다. 남녀노소가 뒤섞여 있는 군중들이고, 하나같이 겁에 질려 있다.

그들은 전쟁에 패하여 포로로 끌려온 병사들이 아니었다.

청오랑국에서 붙잡혀 온 민간의 백성들이다.

황보강은 활을 쥔 채 연무장 복판에 우뚝 서 있는데 발아래 다섯 대의 화살이 꽂혀 있었다.

그가 남쪽을 바라보았다. 그곳의 문이 활짝 열렸고, 다섯 사람이 근위병들에게 끌려 나오고 있었다. 한 쌍의 노부부와 세 명의 어린 소녀였는데, 범상치 않은 내력을 지닌 사람들이라는 걸 한눈에 알아볼 수 있었다.

노부부는 기품과 위엄을 갖추었고 어린 소녀들은 하나같이 고귀하고 예뻤다.

그들은 남쪽 이백 보 떨어진 곳에 세워져 있는 다섯 개의 나무 말뚝에 묶였다.

북쪽 관무대에 앉아 있던 사량격발이 천천히 일어섰다.

"그들이 누구인지 알겠느냐?"

이백 보를 건너와 들려오는 음성이 무겁고 힘이 있다.

황보강이 말없이 사량격발을 노려보았다. 그의 빙긋 웃는 얼굴이 바로 앞에 있는 것처럼 느껴졌다.

"청오랑국의 황제인 신성대제 청하겸과 황후다. 그리고 귀여운 그 세 명의 계집아이는 황태자의 딸들이지."

"앗!"

황보강이 비명을 터뜨렸다.

그는 청오랑국의 황제를 사모하고 그의 덕과 인품에 대하여 무한한 존경심을 가졌다. 그렇기에 황제를 위하여 스스로 전장에 나와 죽기를 각오하고 싸우지 않았던가. 그러나 한 번도 황제를 본 적은 없었다.

변방의 참장이라는 신분으로는 아무리 크고 높은 공을 세워도 궁성 깊은 곳의 보좌에 있는 황제를 알현할 기회가 없는 것이다. 황제가 변방까지 몸소 나올 일도 없다.

황보강이 멍한 얼굴로 이백 보 밖 나무 말뚝에 묶여 있는 신성대제를 바라보았다.

황제가 저렇게 잡혀와 치욕을 당하고 있다는 건 청오랑국이 이미 멸망하여 사라졌다는 것 아니겠는가.

척망평에서의 그 싸움이 마지막 싸움이었던 것이다. 도울각하와 십만이나 되던 장졸들은 모두 죽었을 것이다.

그렇다면 도유강은 무사할 것이며, 아버지는 무사하실 것인가. 고향 마을의 순박하던 그 사람들은 또 모두 어찌 되었을까…….

한순간에 밀려드는 많은 생각들로 인해 황보강은 머리가 쪼개질 것 같았다.

"내 앞에서 다시 한 번 활을 쏘아보아라."

그 머릿속에 사량격발의 음성이 뇌성처럼 울렸다.

"네가 충성을 바쳤던 너의 황제가 거기 있다. 황후와 그들의 세 손녀가 있지. 너는 그 활로 그들을 모두 죽여라. 그것이 나에게 활을 쏜 벌이다."

"이놈!"

황보강이 분노한 야수가 되어 포효하지만 눈 하나 깜짝할 사량격발이 아니었다.

그가 손을 들어 연무장 서쪽에 잔뜩 겁을 먹고 몰려 있는 사람들을 가리켰다.

"한 대라도 놓치면 저들을 모두 죽이겠다."

그가 능히 그렇게 하고도 남을 자라는 걸 황보강은 잘 알고 있었다.

"신성대제를 쏘지 않으면 네 앞에서 하루에 저만큼씩 열흘 동안 죽이겠다. 그런 다음에 네 목을 베겠다."

일만 명의 포로를 죽이는 것쯤은 모아합도 아무렇지 않게 했다. 사량격발이라고 다를 것인가.

황보강이 부드득 이를 갈았다.

사량격발은 재미있어하고 있었다. 금년 중추절의 연무회만큼 재미있는 일은 또 없었을 것이다.

그가 달래듯이 부드럽게 말했다.

"그러나 네가 활을 쏘고, 한 대도 빗나가지 않는다면 저들을 속량하여 고향으로 돌려보내줄 뿐 아니라 너 또한 완전히 사면하여 풀어주겠다."

황보강이 한숨을 쉬었다.

그때 다시 한 명의 고귀하게 생긴 젊은 사내가 근위병들에게 끌려 나왔다. 연무장이 아닌 관무대 위였다.

그가 사량격발에게 허리를 굽혀 예를 올리는데, 얼굴 가득 두려워하고 슬퍼하는 기색이 있었다.

사량격발이 그를 가리키며 말했다.

"청오랑국의 황태자다."

신성대제의 혈육이면서 다음 황제가 될 사람이었다. 그리고 지금 나무 말뚝에 묶여 있는 저 소녀들의 아버지이기도 하다.

기어이 높은 성보다 더 지독하고 단단하던 황보강의 마음이 무너졌다.

그가 털썩 무릎을 꿇었다.

절망감에 온몸이 무기력해졌다. 힘이 빠져나가고 정신마저 혼미해진다.

사량격발의 뜻은 분명했다.

황태자가 보는 앞에서 그의 부모를 쏘아 죽이라는 것이고, 또한 어린 세 딸도 그렇게 하라는 것이다.

황보강으로서는 그것에 대항할 방법이 없었다.

거부하면 사량격발은 열흘 동안 일만 명의 백성을 이곳에서 참수할 것이다. 그걸 지켜보고 있을 자신도 없다.

활을 쏜다고 해도 차마 황제를 맞추지 못하면 저쪽 구석에 몰려 있는 일천 명의 죄없는 백성들이 당장 죽임을 당할 것이다.

어느 쪽도 선택할 수 없는 갈림길 앞에 내몰려서 황보강은 차라리 제 목숨을 끊어버리고 싶기만 했다.

둥—

철고가 울렸다.

황보강이 무릎을 꿇은 채 멍하니 이백 보 앞 저쪽에 묶여 있는 신성대제를 바라보았다. 신성대제도 슬픈 눈으로 황보강을 마주 본다.

그 곁의 우아한 기품을 지닌 황후는 아예 눈을 감았는데 뜨거운 눈물이 줄줄 흘러내리고 있었다.

그리고 세 명의 계집아이.

황보강을 바라보는 그 크고 검은 눈동자들.

그것이 잔뜩 겁에 질려서 파르르 떨리고 있었다.

둥—

두 번째 철고가 울렸다.

황보강이 고개를 돌려 북쪽 관무대를 보았다.

주먹을 움켜쥐고 서서 부들부들 떨고 있는 황태자가 두 눈에 가득 들어왔다.

황태자의 얼굴도 처음 보는 터였다. 하지만 그의 이름이 화륜(和倫)이라는 건 안다.

그의 두 눈도 분노와 두려움으로 질려 있었다. 이글거리는 불덩이와 지옥처럼 어두운 절망을 한꺼번에 담은 채 황보강을 바라보고 있다.

둥—

세 번째 철고가 무심하게 울렸다.

선택을 해야 한다.

황보강이 다시 신성대제를 바라보았다. 그가 말하고 있었다. 그 음성이 철고 소리보다 무겁게 가슴을 두드리며 부딪쳐 왔다.

"네 이름을 들었다. 황보강이라지? 나는 너를 자랑스럽게 여겼노라."

'아버지…….'

황보강은 아버지를 불렀다.

이럴 때 그분이 곁에 있어야 한다고 생각한다.

그건 절실하고 또 절실한 생각이었다. 아버지가 있었으면 내가 어떻게 해야 할지 가르쳐 주셨을 것이기에 그렇다.

이럴 수도 없고 저럴 수도 없는 이 진퇴양난의 상황에서 어떻게 처신하는 게 옳은 일인지 황보강은 판단할 수 없었다.

'아버지…….'

그래서 다시 애타게 아버지를 불렀다. 그러자 불쑥 장한가(長恨歌)의 노랫소리가 들려왔다.

달 밝은 밤이면 아버지가 홀로 정자에 앉아 거문고 줄을 튕기며 부르곤 했던 노래다.

말을 타고 도유강을 떠나올 때도 그 노래를 부르고 계시지 않았던가.

남쪽으로 가고자 하나 구천에는 동서남북이 없다 하니

갈 곳을 몰라 그저 발길 닿는 대로 떠도네.

마지막 구절이 가슴에 둥둥 울려댔다. 되풀이되고 또 되풀이된다.

"망설이지 말고 쏴라."

황제. 지고한 사람. 그러나 지금은 나무 말뚝에 묶여 있는 초라한 노인이 그렇게 말했다.

"내 목숨 하나로 천 명의 백성을 살릴 수 있는데 무엇을 주저하겠느냐? 나를 쏘아라. 내 죽음이 너 때문이 아니라는 걸 내가 알고 하늘이 알리라."

황보강의 얼굴에 어느덧 눈물이 흘러내리고 있었다. 데일 것처럼 뜨겁다.

저 아이들은, 황후는 또 어쩐단 말인가.

아이들을 쏘면 그것을 보는 황제와 황후의 가슴이 미어질 것이고, 황제를 먼저 쏘면 아이들이 그것을 보게 될 것 아닌가.

그리고 어느 쪽이 되었든 관무대 위에서 지켜보고 있는 황태자의 가슴은 갈기갈기 찢어지리라.

둥—

기어이 네 번째 철고가 울렸다.

회랑을 가득 메우고 서 있는 무사들이 활을 세우고 전통에서 화살을 뽑아 시위에 거는 소리가 우박 쏟아지는 소리처럼 들려왔다.

마지막 다섯 번째 북이 울리면 그들은 아무 망설임 없이 저 일천 명의 죄없는 사람들에게 활을 쏘아댈 것이다. 하나도 남기지 않고 죽일 것이다. 남녀노소의 구분이 있을 리 없다.

황보강이 손등으로 눈물을 훔쳤다.

아직 허공에는 네 번째 철고가 남긴 여운이 웅웅거리며 지나가고 있었다.

그 여운이 끝나면 이 세상도 끝나고 내 마음도 끝난다.

무겁고 무서워진 얼굴을 한 황보강이 활을 쥐고 천천히 몸을 일으켰다.

그의 가슴속에는 이제 절망만이 가득했다. 내 스스로 선택할 수 있는 게 아무것도 없다는 걸 알았기 때문이다.

그것이 이토록 큰 절망일 줄이야…….

2. 대제자 단조영

황보강은 이제 울지 않았다.

둥—

드디어 마지막 철고 소리가 천둥치는 것처럼 연무장의 하늘 위에 울렸다.

황보강이 발아래 꽂혀 있는 다섯 대의 화살 중 한 개를 뽑아 시위에 걸었다.

뿌드득—

활시위를 당기는 팔뚝에 나무뿌리처럼 굵은 힘줄이 툭툭 일어선다.

회랑 위의 무사들이 그 모습을 지켜보았고, 사량격발과 나운선인, 암흑존자도 눈을 크게 뜨고 바라보았다. 모아합이 마른 침을 삼켰으며 황태자 청화륜은 피가 나도록 입술을 악물었다.

이제 황보강은 망설이지 않았다.

거부할 수 없는 운명이라면 그것과 정면으로 맞서겠다는 의지가 강철과 같다.

팅—

드디어 첫 번째 화살이 시위를 떠났다.

그 즉시 황보강이 두 번째 화살을 시위에 걸었다. 눈은 표적을 바라보고 있었다. 흔들리지 않는다. 동정하지 않는다. 머뭇거리지 않고 후회하지 않는다.

퍽!

화살이 신성대제 청하겸의 미간을 꿰뚫고 뒤의 기둥에 박히는 소리가 천둥소리처럼 연무장에 울렸다.

퍽!

꼬리를 물고 날아든 두 번째 화살이 황후의 미간을 역시 꿰뚫었다.

세 소녀와 관무대 위의 황태자가 비명을 터뜨렸으나 황보강의 귀는 그것을 듣지 않았다.

그의 마음은 냉정하게 닫히고 그의 귀 또한 바위처럼 닫혔으며 눈도 그와 같았다.

그는 활을 쏘는 기계가 되어서 화살을 걸고 시위를 당길 뿐이었다.

퍽! 퍽! 퍽!

촌각의 사이도 두지 않고 시위를 떠난 세 대의 화살이 유성처럼 날아 세 소녀의 미간을 차례로 꿰뚫었다.

다 끝났다.

무겁고 무서운 침묵.

영원히 끝나지 않을 것 같은 적막.

그 침묵의 무게가 하늘을 가라앉히고 땅을 꺼지게 했다.

시커먼 먹장구름이 빠르게 밀려들더니 태양을 삼켜 버렸다. 세상이 밤처럼 어둡고 음산해졌다.

갑작스러운 일이다.

황보강의 가슴은 텅 비었다.

우주의 비명 같은 날카로운 소리가 귓속에 가득 찼고, 공명음이 머릿속을 온통 흔들어댔다.

제 심장 쿵쾅거리는 소리가 천둥소리처럼 귀에 울렸다.

토할 것만 같다.

"아하하하—!"

그때, 자발스럽게 터져 나온 웃음소리가 기이하게 멎어버린 공간을 빠른 북소리처럼 달려갔다.

황보강이 천천히 돌아보았다.

암흑존자였다. 그가 벌떡 일어서서 손뼉을 치며 웃어대고 있었다.

황제는 물론 이제는 완전히 사라져 버린 청오랑국의 황태자 청화륜과 대신이며 장군들, 회랑에 늘어서 있던 그 많은 근위대의 무사들까지 모두 숨을 멈추었다.

그들은 한순간 석상으로 화한 것 같았다. 딱딱하게 굳었고, 생기가 느껴지지 않는 사물이 되었다.

그것들 속에서 오직 나운선인과 암흑존자만이 깨어 있었는데, 나운선인은 지그시 눈을 감은 채 말이 없었고 암흑존자는 저렇게 웃어대고 있다.

"이제는 깨달았겠지?"

암흑존자가 갑자기 정색을 하고 말했다.

"너에게 닥치는 모든 건 절망일 뿐이라는 걸 말이다."

"개소리!"

황보강이 악을 썼다.

"이 모든 게 나에게 절망을 주기 위해서 네가 꾸민 짓이라면 틀렸어! 너는 나에게 분노와 증오를 몇 배나 더 키워주었을 뿐이다! 절망 같은 건 없어!"

"없다고?"

이해할 수 없다는 듯 암흑존자가 머리를 갸웃거렸다. 그러더니 여전히 지그시 눈을 감고 있는 나운선인에게 물었다.

"그럴 수가 있소? 절망을 느끼지 못하다니? 저놈의 가슴속에는 절망이 들어앉을 자리가 없단 말이오? 나는 믿을 수가 없구려."

나운선인은 말이 없고, 황보강이 대신 소리쳤다.
"이리 내려와! 요망한 늙은이 같으니, 내가 네 목을 비틀어 주겠다!"
"절망이 없다고?"
여전히 알 수 없다는 듯 머리를 갸웃거린 암흑존자가 제자리에 주저앉았다. 투덜거리듯 말한다.
"그렇다면 할 수 없지. 내가 얻을 수 없는 건 남도 얻지 못한다. 너는 차라리 죽어서 영영 깨어나지 않는 게 좋겠어. 자, 네 인생은 여기까지다. 여기서 끝나는 거야."
말을 멈추고 두어 번 더 고개를 갸웃거리더니 히죽 웃었다.
"절망을 대신할 놈이야 또 찾으면 되겠지."
암흑존자가 손뼉을 쳤다. 그러자 쿵쿵거리고 땅이 울렸다.
황보강이 깜짝 놀라 눈을 크게 떴다. 시커먼 구름 덩어리가 연무장 안으로 밀려들어 오고 있었던 것이다.
검은 무사들.
악몽들이었다.
족히 일천 명은 되어 보이는 자들인데, 갑주 대신 소매와 발목을 질끈 동여맨 검은 옷을 입었고, 검은 바람막이를 펄럭이며 달려오고 있었다.
갓이 넓은 모자를 눌러써서 얼굴을 가린 자들은 암흑존자가 거느리고 있는 그 악몽들이 틀림없었다.
연무장을 가득 메우고 검은 쥐새끼 떼처럼 밀려들고 있는 그것들에게서 칙칙한 죽음의 냄새가 맡아졌다. 살아 있는 것의 활기참 대신 음침하고 냉랭한 사기(邪氣)가 느껴진다.

황보강이 두리번거렸다. 손에 쥐고 있는 건 빈 활뿐, 칼 한 자루 없다. 그가 활을 내던지고 주먹을 움켜쥐었다.

"기다려!"

냉정하고 무심한 음성이 막 달려나가려는 황보강의 발을 붙들었다.

언제 다가온 것인지 곁에 흰 옷의 중년 사내가 서 있었다. 허공에서 불쑥 튀어나온 것 같다.

"당신은 누구요?"

황보강이 깜짝 놀라 물었다. 흰 옷의 중년 사내가 그를 돌아보지도 않고 말했다.

"단조영. 나운선인의 다섯 제자 중 맏이이다."

"아!"

황보강은 나운선인이 자기를 구하기 위해 제자를 보냈다는 걸 알았다. 하지만 겨우 한 명이라니, 이 한 명으로 뭘 어쩌겠단 말인가.

"꼼짝하지 말고 있어라."

차갑게 말한 단조영이 등에 엇갈려 지고 있던 두 자루의 검을 뽑아 들었다. 무어라고 중얼중얼 주문을 외는 것 같더니 망설이지 않고 검은 무사들을 향해 마주 달려나간다.

쾅!

최초의 충돌은 거대한 힘의 부딪침이었다.

두 개의 바윗덩이가 부딪친 것 같고, 충차가 성문에 부딪친 것 같았다.

충격파가 주위의 공기를 급격하게 밀어내며 파문처럼 퍼져 나갔다. 황보강의 몸이 휘청 하고 흔들렸을 만큼 거센 것이었다.

저 앞에서 단조영이 검은 무사들 속에 파묻히고 있는 게 보였다. 태양이 먹구름 속으로 떨어져 버리는 것 같다.

그 무모한 짓에 '아!' 하고 놀란 외침을 터뜨렸던 황보강이 이내 두 눈을 휘둥그레 떴다.

검은 구름이 흩어지듯 어지럽게 흩어지는 악몽들 복판에 단조영이 두 팔을 활짝 벌리고 서 있었던 것이다.

그의 검이 시리도록 흰빛으로 번쩍였다. 그를 중심으로 하여 동심원을 그리듯 악몽들이 쓰러졌고, 단조영은 활짝 벌어진 검은 꽃잎 복판에 우뚝 솟아난 하얀 꽃술이 되어 있었다.

잠시 주춤거렸던 악몽들이 기합 소리도 없이, 숨소리도 없이 조용하고 악착같이 단조영에게 달려들었다. 그의 외로운 흰 모습이 다시 먹구름 속에 잠겨 버렸다.

콰콰콰콰—

이내 강렬하고 무시무시한 힘이 쏟아져 나와 사방의 먹구름들을 밀어냈다.

단조영이 휘두르는 두 자루의 검은 농부의 손에 쥐어진 낫

과도 같았다. 누런 벼이삭을 서걱서걱 베어나가듯이 악몽들을 좌우 사방으로 베어가며 제 검이 미치는 범위를 넓혀가고 있었다.

그를 중심으로 쓰러져 누운 악몽들의 주검이 동심원처럼 퍼져 나갔다.

그렇게 시작된 일천 대 일의 싸움은 오직 단조영 한 사람을 위한 것이었다.

그는 악몽들의 수에 상관하지 않았고, 죽여도 죽여도 밀려드는 그것들의 무모한 용맹에도 상관하지 않았다.

그는 춤을 추는 한 마리 백학이었다가 태풍 앞에 버티고 선 도도하고 의연한 거목이 되었다. 그리고 수백, 수천 개의 은빛 화살을 쏘아대는 천수신장(千手神將)이 된다.

그의 검이 긋고 찌르며 지나갈 때마다 창백한 기운이 줄기줄기 뻗쳐서 거미줄처럼 허공을 갈랐다.

검의 기운. 그건 처음 보는 것이었고 믿기 힘든 것이기도 했다. 그래서 황보강의 눈에는 단조영이 두 자루의 검으로 요술을 부리고 있는 것처럼 보였다.

파아아—

그가 검을 휘두르는 범위가 점점 넓어져 갔다. 검을 쳐낼 때마다 부채질을 해서 종이 인형들을 넘어뜨리듯이 악몽들을 우수수 쓰러뜨렸다.

전후좌우로 마음껏 움직이며 검을 휘둘러 악몽들을 쳐 쓰러뜨리는 단조영의 모습은 황홀하기까지 했다.

그것은 치열하고 위태로운 싸움과 전혀 어울리지 않는 고고함이었다. 도도하고 오만해서 더욱 강렬한 인상으로 남는다.

그는 어깨를 움찔거리며 다리를 들었다 내려놓고 몸을 움직여 검무를 추는 것 같았다. 그것이 너무 아름답고 우아했으므로 죽어 넘어지고 있는 악몽들에 대한 끔찍함이나 처절함 따위는 느껴지지도 않았다.

다 죽었다.

언제 끝났는지도 모르게 단조영과 일천 명 악몽과의 싸움이 끝나 있었다.

연무장이 온통 시커먼 악몽의 주검들로 뒤덮였고, 그 복판에 단조영만이 흰 옷자락을 펄럭이며 우뚝 서 있었다.

두 자루의 창백한 검신이 보석처럼 빛났다. 피 한 방울 묻어 있지 않았다. 아니, 악몽들에게서는 피라는 게 전혀 흘러나오지 않았다.

검은 주검들 속에 홀로 희어서 더욱 눈부신 사람.

단조영이 천천히 다가왔다. 악몽들의 주검 위를 둥둥 떠오고 있는 그의 모습은 지극히 비현실적이었다. 그래서 황보강은 제가 지금 꿈을 꾸고 있는 것이라고 여겼다.

그 꿈속에서 단조영이 불쑥 왼손의 검을 내밀었다.

"받아라."

황보강이 멍한 얼굴로 그것을 받았다. 그러자 검 자루에 배어 있던 단조영의 따뜻한 체온이 몸 안으로 흘러들어 왔다. 가슴이, 온몸이 금방 따뜻해졌다. 잘 덥혀진 이불 속에 들어간 것 같은 아늑함이다.

"무상검을 배웠다지? 자, 그것으로 나를 찔러라."

"뭐라고 했습니까?"

황보강은 제 귀를 의심했다.

단조영이 깨끗하고 무심한 어조로 다시 말했다.

"나와 싸우는 것이다. 아니, 네가 나를 죽이는 것이지."

"왜? 왜 내가 당신과 싸워야 하지요? 나는 당신을 죽이고 싶지 않습니다."

"아니, 너는 그렇게 해야 한다. 그게 운명이거든."

휙휙, 하고 허공에 두어 차례 검을 휘둘러 음파를 던진 단조영이 황보강을 지그시 바라보았다.

지금 막 격렬한 싸움을 끝낸 사람이라고는 믿을 수 없도록 단정하고 고요한 모습이었다. 숨결 하나 흐트러짐이 없다.

"나는 너를 통해서 남은 오십 년의 수련을 완성하여 도의 경계를 넘고, 너는 내 힘을 얻어서 네가 해야 할 일을 하는 것이다. 그게 너에게 주어진 운명 중 하나다. 태어나기도 전에 결정되어 있었던 일이지."

어리둥절해하던 황보강이 코웃음을 쳤다.

"쳇, 나는 믿지 않습니다. 대체 누가 그런 걸 결정한단 말입니까?"

"사부님."

"응?"

"사부님의 안배는 치밀해서 어느 하나 버리고 더할 게 없느니라. 사부님께서 그렇게 되도록 하셨으니 그렇게 되는 게 운명이라는 것이다."

"……."

"시간이 없다."

하늘을 힐끔 올려다본 단조영이 검을 들어 황보강의 가슴을 겨누었다.

"자, 나를 찌르든지 내 검에 찔려 죽든지 둘 중에 하나를 택할 시간이다."

3. 자유의 몸이 되다

단조영이 살기를 일으키며 달려들어 검을 휘둘렀고, 가까스로 피한 황보강은 그의 검을 물리칠 방법이 없다는 걸 알고 당황했다.

그때 단조영이 커다랗게 소리쳤다.

"멍청한 놈! 너는 그새 무상검을 다 잊었단 말이냐?"

"아!"

황보강은 나운선인이 왜 저에게 무상검의 마지막 초식을

가르쳐 주었는지 깨달았다.

바로 지금, 이 순간에 단조영을 찌르라고 한 것이다. 그게 그의 뜻이었다. 그리고 피할 수 없다.

쉿—

단조영의 검이 매서운 바람 소리를 내며 찔러 들어왔다.

황보강이 즉시 몸에 익숙해져 있는 보법을 밟아 움직이며 검을 휘둘렀다.

세 번째 초식, 무정도하(無情渡河)가 은하도도(銀河渡道)의 비법으로 펼쳐졌다. 그러자 와르르 쏟아져 나간 검봉이 점점이 수많은 별을 허공에 뿌려놓으며 부드럽게 흘렀다.

은하수에 박혀 있는 그 많은 별들의 반짝임 하나하나가 변초가 되고 변식이 되었다. 그것들이 어두운 하늘을 길게 가로지르며 느릿느릿 흘러가고 있다.

황보강의 검법은 완벽했다. 아름답고 담백하다.

변화와 변식의 궁극에 이른 그것은 오히려 무변의 단순함인 것처럼 보였다.

말할 수 없이 교묘한 변화를 감춘 그 단순함이 커다란 기운을 이끌어냈다.

도도한 강물이 그것 위에 떨어진 모든 것을 품고 흘러가듯이 무정검은 그것이 미치는 범위의 모든 것을 빨아들이고 가두었다.

단조영의 검에 실려 있는 무시무시한 힘도 가볍게 끌어들이더니 이리저리 이끌어간다. 거부할 수 없는 흐름이고 기운이었다.

"아!"

단조영의 낯빛이 창백하게 질렸다. 그가 놀람의 탄성을 터뜨렸을 때 그의 검은 완전히 황보강의 검초에 붙잡혀 흐느적거리고 있었다. 제 뜻과 힘으로 통제할 수가 없다.

"과연 이것이 무상검의 완성이었구나!"

단조영이 크게 소리쳤다. 놀람이더니 이제는 넘치는 기쁨의 외침이다.

황보강이 펼치는 검법의 형태는 과연 완벽했다. 그것만으로도 이와 같이 놀라운 조화를 보이니 그것에 힘이 실린다면 시간의 흐름을 붙잡아두고 공간의 무게마저도 움직여 갈 것이다.

단조영은 지난 오십 년 동안 경문 대신 오직 무상검의 수련을 통하여 사부의 도를 밟아가고 있었다.

그리하여 그것이 가지고 있는 세 개의 초식 중 두 개, 이십팔 식을 완벽하게 익혔다. 그래서 그는 도의 실체를 누구보다 밝게 보고 그것에 가까이 다가간 사람이 되어 있었다. 하지만 마지막 삼 초의 검법에 대해서는 아직 깜깜하기만 했다. 그러던 것이 황보강을 통해서 이제 그것의 요체를 보고 그 안에 담겨 있는 조화를 보았다.

단조영은 검봉이 제 가슴속으로 파고드는 것과 상관없이 이루 말할 수 없는 희열을 느끼고 있었다. 그 기쁨 때문에 온 얼굴이 환하게 밝아지고, 온몸이 찬란하게 빛났다. 그리고 그 빛과 그 기쁨과 그 뜨거운 갈망이 모두 황보강에게로 옮겨갔다. 가슴에 박혀 제 몸과 하나가 된 검을 통해서였다.

황보강의 가슴으로 밀물처럼 쏟아져 들어가는 그 힘은 오십 년 동안 닦은 단조영 도의 모든 것이었으며 정기신(精氣神)의 모든 것이었다. 그래서 황보강은 펄쩍 뛸 듯이 놀랐다. 검을 쥐고 있는 손이 뜨거워지더니 생전 처음 대해보는 거대한 기운이 파도가 되어 밀려들어 왔기 때문이다.

쾅!

머릿속에 굉음이 울렸다.

"아하하하!"

황보강은 희미하게 잠겨가는 의식 속에서 단조영의 커다란 웃음소리를 들었다. 기쁨으로 온통 반짝이는 웃음이었다.

* * *

"너는 암흑존자의 손에서 벗어날 수 없을 것이다."

"그를 알고 있었구려."

"물론이지."

"어떻게?"

"그가 너에게 절망이 되어달라고 하지 않았더냐? 십삼악의 우두머리가 되어서 세상을 손에 넣으라고 말이다."

"아!"

보아찰합의 얼굴에 씁쓸한 미소가 떠올랐다.

"그는 나에게도 그와 같은 제안을 한 적이 있었다. 하지만 네가 그런 것처럼 나도 그의 제안을 거절했지."

"그래서 지금 이렇게 된 거로군."

"지금은 후회하고 있다. 그때 그의 제안을 받아들여 절망이 되고 십삼악의 우두머리가 되었더라면 지금의 내 모습이 이렇지 않을 텐데……."

"그런데 왜 거절했소?"

"스스로 절망이 되고 싶은 놈이 누가 있겠느냐? 절망 속에 떨어져 어둠이 되고 싶은 놈이 누가 있겠느냐?"

"하지만 지금은 후회하고 있지 않소?"

"그렇다. 하지만 그때는 아직 젊었고 건장했으니 인생에 대하여 자신만만했던 거지. 비록 뇌옥에 갇혀 있지만 정신만은 잘 벼려진 칼날처럼 날카로웠던 것이다. 지금의 너처럼 말이다. 그러니 절망이라는 말 따위, 우스울 수밖에."

보아찰합이 뜨거운 눈길로 황보강을 바라보았다. 황보강이 마른침을 삼켰다.

"이렇게 늙고 병들어 기력이 떨어지고, 부상을 입어 몸을 쓸 수 없게 되니 모든 게 허망해질 뿐이다. 어찌 후회하지 않을 수 있겠느냐?"

"나에게 암흑존자라는 그 요망한 늙은이의 사술을 믿으란 말이오? 그래서 그의 제안이라는 걸 받아들이란 말이오?"

"판단과 결정은 네가 하는 것이니 나는 상관하지 않겠다. 하지만 나운선인의 말은 전해주지 않을 수 없지."

"아, 선인이 왔었소? 왜 나를 만나지 않았을까?"

"나는 네가 광명을 위해 싸워줄 것을 알고 있다. 네가 진정 호랑이의 운명을 가지고 태어난 자라면 세상이 너로 인해 균형을 찾게 될 터. 그건 무엇보다 중요한 일이니 연민이나 증오, 자책감 때문에 대사를 그르치지 말기 바란다."

"대체 무슨 말이오?"

"나도 모른다. 나는 다만 선인이 한 말을 그대로 옮겼을 뿐이다."

보아찰합이 빙긋 웃었다.

"다시 만나자. 그렇게 될 것이다. 그때까지 네가 무사하기를 바란다."

그가 절뚝거리며 느릿느릿 연무장을 가로질러 사라져 갔다. 황보강은 검을 내려다보았다. 단조영을 찌른 검은 제 손에 이렇게 있는데 그는 어디로 가고 보아찰합이 저렇게 태연하게 연무장을 떠나고 있는 건지 알 수가 없다.

*　　　*　　　*

"선인께서는 내 일을 망치기 위해 산에서 내려오셨소?"

암흑존자의 노려보는 눈길이 무서워졌다.

나운선인이 말했다.

"어둠이 득세하니 광명으로 견제하고 광명이 성하면 어둠이 뒤따르는 게 하늘의 이치 아니겠는가?"

너도 잘 알고 있지 않느냐는 듯 넌지시 바라본다. 암흑존자가 코웃음을 쳤다.

"흥, 지금은 빛이 쇄락하고 어둠이 일어설 때이니 낮이 가고 석양이 비치는 무렵과 같소이다. 그러니 운이 나에게 있다고 해야 할 것이요."

"두고 보면 알겠지."

나운선인이 빙긋 웃었다.

암흑존자는 완전한 암흑의 세계를 이 땅에 가져와야 하는 존재였다. 그게 그의 본질이고 도가 그를 탄생시킨 이유였다.

그러므로 그에게 있어서 나운선인은 유일한 천적이었다. 동시에 도를 이루기 위해 꼭 필요한 동반자이기도 하다.

그들 두 사람은 각자의 목적을 이루어야만 했다. 그래야 자신의 도를 완성하고 그것과 하나가 되어 본래 있던 곳으로 돌아갈 수 있기 때문이다.

나운선인은 암흑존자를 막기 위해 자신이 존재한다는 걸 알고 있었다. 자신이 이 세상에 태어나 도를 닦고 이루었던 게 바로 이때를 위한 하늘의 안배였던 것이다.

어둠은 빛에서 나온 것 아니던가. 그래서 암흑존자는 태생적으로 나운선인을 두려워할 수밖에 없었다. 증오하고 시기한다.

암흑존자가 매서운 눈길로 나운선인을 흘겨보며 음침하게 말했다.

"선인께서는 저놈을 호랑이로 만들려고 하지만 나는 저놈을 반드시 절망으로 만들겠소. 저놈에 의해서 나의 모든 소망이 이루어질 것이오."

암흑존자가 스스로의 형체를 지워가기 시작했다. 그의 모습이 조금씩 흐려지더니 공기 중에 흩어져 완전히 사라져 버렸다.

그러자 멎어 있던 시간이 살아났다. 기이하게 왜곡되고 정지되어 있던 공간도 제 모습을 되찾는다.

연무장과 관무대 위의 시간과 공간도 정상으로 돌아왔다. 변한 게 있다면 거기 있어야 할 암흑존자가 사라졌다는 것이지만 누구도 그것에 신경을 쓰지 않았다.

황제가 무언가 이상하다는 듯 잔뜩 눈살을 찌푸리고 고개를 갸웃거렸다. 그러나 무엇이 어떻게 변했는지 알 수 없었다.

연무장에 가득했던 악몽들의 시커먼 주검은 어디에도 보이지 않았고, 그 무시무시했던 싸움의 흔적도 남아 있지 않았다. 황보강 혼자서 검을 쥐고 우뚝 서 있을 뿐이었다. 음침한 어둠 속에서 찬란하게 빛나는 검이다.

"누가 저놈에게 검을 주었지?"

둘러보지만 아무도 그것에 대해서 대답하지 못했다.

황제가 더욱 얼굴을 찌푸리며 관자놀이를 지그시 눌렀다. 지끈지끈 머리가 아파온 것이다.

잠시 후 비로소 나아졌는지 황제의 얼굴색이 한결 밝아졌다. 활 대신 검을 쥔 채 우두커니 서 있는 황보강을 한동안 바라보더니 빙긋 웃었다.

"저놈은 나와 같은 길을 가는 놈이야. 지독한 놈이지. 그래서 더욱 마음에 든다."

사량격발은 황보강을 당장 죽이고 싶다는 충동과 함께 제 자신을 보는 것 같은 친밀함을 느끼고 있었다. 차갑고 무정하기가 독사 같은 황보강에게서 본능적으로 동류(同類)라는 느낌을 받았던 것이다. 처음 겪어보는 당황스러운 감정이었다.

황제가 힐끗 청화륜을 바라보았다. 그는 두 주먹을 피가 나도록 움켜쥔 채 황보강을 노려보며 부들부들 떨고 있었다. 그의 넘쳐나는 분노가 생생하게 느껴진다.

눈앞에서 부모와 사랑하는 세 딸을 무참히 쏘아 죽인 놈에 대하여 어찌 증오하고 저주하지 않을 것인가.

먼저 죽는다면 귀신이 되어서라도 반드시 물어뜯어 버리고 말겠다는 원한을 품은 그에게 황제가 불쑥 말했다.

"가라. 너는 이제 자유다. 네 땅으로 가든 다른 곳으로 가든 꺼져 버려. 네가 무엇을 하고 살든지 나는 일체 상관하지 않겠다."

청화륜이 천천히 황제에게로 얼굴을 돌렸다. 그의 두 눈이 증오와 복수심으로 이글거리고, 악다문 입술에서 피가 흘러 내리고 있었다. 창백해진 얼굴과 함께 그 무서운 모습이 귀신과도 같다.

"끔찍하구나. 꺼져 버려. 다시 보기 싫다."

황제가 낯을 찌푸리고 손을 내저었다.

근위무사들이 갑주를 쩔그렁거리며 달려와 청화륜을 끌어냈다.

황제는 약속대로 연무장에 잡혀와 있던 일천 명의 백성을 풀어주었다. 황태자 청화륜이 그들을 데리고 떠날 때까지 돌아보지도 않았다.

그들이 모두 가버리고 나자 비로소 황보강에게 말했다.

"너는 이제 갈 곳이 없다. 청오랑국은 이미 사라졌으니 그곳으로 돌아갈 수도 없을뿐더러, 네가 그리로 간다고 해도 먼저 돌아간 청화륜의 복수의 칼을 피할 수 없을 것이다. 그는 너를 죽이기 위해 수단과 방법을 가리지 않을 테지."

황보강은 사량격발의 간교함에 치를 떨었다.

이제는 고향으로 돌아갈 수도 없게 되었다. 어디를 가든 황제와 황후, 그리고 어린 세 명의 황녀를 눈도 깜빡하지 않고 죽여 버린 대역무도하고 잔인한 놈이라는 말이 꼬리표처럼 따라다닐 것 아닌가. 무슨 면목으로 고향 사람들을 대할 수 있단 말인가.

'아버지…….'

황보강의 얼굴이 일그러졌다.

이 일을 전해 들으면 아버지는 어떤 생각을 하실지.

'그분은 모든 걸 다 아실 것이다. 이해하실 것이다.'

황보강이 머리를 흔들었다. 세상 사람들 모두가 저를 손가락질하고 욕해도 아버지만은 이 안에 있는 사정을 짐작하고 이해하실 것이라 믿고 싶었다. 그게 지금은 그의 유일한 희망이고 힘이었다.

하지만 이 일로 인해 불구대천의 원수가 한 명 생겨났다는 건 역시 가슴 아픈 일이었다. 사정이야 어쨌든 청화륜에게 있어서 자기는 부모와 자식을 한 자리에서 죽인 용서하지 못할 자가 되어버리지 않았는가.

그 업보를 언젠가는 받고 말 것이라는 불길한 생각 때문에 황보강은 마음이 어두워졌다. 제 처지가 한심스럽고 분하다.

그가 수없이 밀려드는 복잡한 생각들로 인해 심난해져 있는데 황제가 불쑥 말했다.

"나를 따른다면 대장군을 삼겠다."

누구도 생각하지 못한 엉뚱한 말이었다.

다들 깜짝 놀라 탄성을 터뜨렸고, 나운선인도 지그시 감고 있던 눈을 떴다.

황제가 은근하게 말했다.

"어떠냐? 나와 함께 있으면 이 세상에서 너를 해칠 자가 아무도 없을 것이다. 십삼악의 우두머리 따위는 되지 않아도 좋다. 너는 나와 함께 천하를 갖게 될 테니까. 그렇게 하겠느냐?"

그 말을 따른다면 모든 갈등과 위험이 사라질 뿐만 아니라 지극한 힘과 권세를 갖게 될 것이다. 하지만 따르지 않는다면 죽을 때까지 쫓기는 자가 될 게 뻔하다. 그러므로 누구나 황보강이 그 자리에 꿇어 엎드려 황제의 은덕에 감사할 것이라고 믿었다.

그러나 황보강에게는 당장 죽을지언정 그렇게 하고 싶은 마음이 조금도 없었다.

그가 당돌하고 무엄하게도 검을 들어 황제를 가리켰다.

"곁에 있으면 네 목을 쳐버릴 기회가 훨씬 많아지겠군. 좋아, 그렇게 하겠으니 지금 당장 나를 그리로 불러 올려라!"

근위무사들이 분노하여 거친 숨을 내뿜었지만 황제는 오히려 껄껄 웃으며 손을 내저었다.

"아, 귀찮은 놈이구나. 그게 싫다면 너도 이제 그만 꺼져버려라. 어디든 네 마음대로 가봐. 다시 내 눈에 띄지 마라."

그러더니 나운선인을 보고 빙긋 웃으며 말했다.

"하긴, 늑대를 길들여 강아지처럼 만들면 무슨 재미가 있으리오. 노루가 풀려나 산으로 달아나야 사냥꾼에게는 오히려 잘된 일이지. 그렇지 않소?"

4. 폭우(暴雨)

빌어먹을 짓이다.

인생이라는 게 이런 건 줄 진작 알았다면 좋았을 것이다. 절대로 태어나지 않았을 테니까.

"뭐라고? 그래, 나고 죽는 걸 마음대로 할 수 없지. 제기랄, 그러니 더 빌어먹을 짓 아니냐?"

석지란의 투덜거리던 소리가 머릿속에서 떠나지 않는다.

그의 말이 영 터무니없는 것만은 아니라는 생각이 슬며시 들어서 더 불만스러웠다. 지금의 제 처지와 삶에 대한 불만이다.

"빌어먹을 짓이라니."

황보강이 혀를 찼다.

부귀영화를 바라지 않았다. 권세와 공명 따위에는 처음부터 관심도 없었다.

오직 사량격발의 야욕 앞에서 힘을 다해 청오랑국의 평화를 지키고 싶었을 뿐이다.

대황국의 사량격발이 어둠이라면 청오랑국의 신성대제 청하겸은 밝음이었다. 사량격발이 악이라면 신성대제는 선이다.

그게 황보강이 가지고 있는 믿음이었다. 그걸 지키기 위해서 도유강을 떠나 세상에 나왔다. 선으로 악을 물리치고 광명으로 어둠을 몰아내리라는 대의의 깃발을 높이 들고서.

그러나 청오랑국은 비극적인 종말을 맞았고 자신은 대의는커녕 제가 그토록 지키려고 했던 신성대제를 제 손으로 쏘아 죽인 패역한 자가 되고 말았다. 그리고 지금은 이렇게 버려진 짐승처럼 비에 젖어 떨고 있다.

그 생각만 하면 가슴속에서 불덩어리가 치솟아 올라왔다.

"빌어먹을 짓이다!"

황보강이 주먹으로 애꿎은 벽을 쳤다.

—망해 버린 나라에 황제란 없어. 있다고 해도 껍질일 뿐이다. 아무 의미가 없지. 그런 사람 한 명과 일천 명의 목숨을 바꾸었으니 잘한 일이다. 한 명을 죽여서 천 명을 살리지 않았느냐?

마음속에서 불쑥 들려오는 소리는 낯선 음성이었다.

아니, 단조영의 음성이다.

황보강은 어리둥절해졌다. 그리고 갑자기 그를 검으로 찔렀을 때의 그 느낌과 이상했던 기분이 생생히 떠올랐다.

그건 신비하다고 해야 할 그런 경험이었다. 전혀 낯선 생명과 그것의 커다란 힘이 왈칵 달려들어 몸을 뚫고 들어오는 것 같지 않았던가.

그 낯선 생명의 주인이, 이제는 저와 한 몸이 되어버린 그것의 힘이 말하고 있다.

"제기랄!"

황보강이 귀를 막았다.

이제는 내가 미쳐 가는 모양이라고 생각했다. 환상을 보더니 환청을 듣고 그것을 현실인 것처럼 여기는 착각에 빠졌기 때문이다.

이래서는 안 된다. 정신을 차려야 한다.

몇 차례 길게 숨을 내쉰 그가 마음을 진정시키고 긴장을 풀었다. 비로소 온몸이 나른하게 늘어졌다.

황궁에서 서쪽으로 닷새 길 떨어진 작은 마을에 이르렀을 때 비가 내리기 시작했다. 황보강은 잠시 비를 피해 갈 생각으로 버려진 이 헛간으로 들어와 자리 잡았다.

그런데 비는 그칠 생각을 하지 않았다. 벌써 사흘째였다. 무지막지하게 쏟아지고 있다.

대체 하늘은 얼마나 많은 물을 가지고 있기에 쉬지도 않고 며칠 동안 퍼부을 수 있단 말인가.

누구나 이런 비에는 대책이 있을 리 없다. 그저 그치기를 기다리고 있을 수밖에.

구멍이 숭숭 뚫린 낡은 지붕에서 폭포수처럼 빗물이 쏟아져 내리고 있었다. 그 소리가 요란하게 들려왔다.

이 비는 지긋지긋했지만 빗소리는 여전히 반가웠다. 제가 현실의 세계 속에 있다는 걸 확인시켜 주는 신호음이 아닌가.

배에서 꼬르륵 하는 소리가 났다. 지니고 있던 건량이 떨어져 지난 이틀 동안 아무것도 먹지 못하고 있었던 것이다.

목이 마른 거야 빗물을 받아 마시면 된다지만 배가 고픈 것과 술이 생각나는 건 막을 수가 없었다.

하지만 그것보다 힘든 건 피곤이었다. 퍼붓는 비와 눅눅한 습기 때문에 지난 사흘 동안 제대로 잠을 자지 못했던 것이다. 그게 황보강을 힘들게 하고 있었다. 온몸이 누가 눌러대는 것처럼 자꾸 가라앉고 정신이 흐릿해져 갔다. 몸에 미열도 도는 것 같다.

'그들은 이 빗속에서 어떻게 하고 있을까?'

몽롱해져 가는 정신 속에서 불쑥 그런 생각이 들었다.

석지란의 서운해하던 모습과 백검천의 표정없는 얼굴이 떠올랐다.

황성에서 나오자 밖에서 기다리고 있던 두 사람이 낚아채듯이 그를 붙잡았다. 엿새 전의 일이다.

"네가 살아서 나올 줄 알고 있었지."

석지란이 껄껄 웃으며 황보강의 어깨를 두드렸고, 백검천의 무표정하던 얼굴에도 한 가닥 희미한 웃음이 떠올랐다.

어디를 가든 황성 안에는 온통 그들에 대한 이야기뿐이었다. 떠나간 모용탈을 포함한 그들 네 사람은 영웅이면서 동시에 가장 위험한 적으로 인식되고 있었다. 그래서 가는 곳마다 호기심 어린 시선과 함께 커다란 적의와 경멸의 눈길을 함께 받아야 했다.

어디에서 구해왔는지 알 바는 없다. 석지란이 스무 냥이라는 큰돈을 갖게 되었다는 게 중요할 뿐이다. 그 돈으로 세 사람은 마음껏 술과 고기를 먹고 좋은 객잔의 아늑한 방에서 푹 잠을 잘 수 있었다.

다음날 성을 나선 그들은 네 갈래의 갈림길 앞에 이르자 약속이라도 한 듯이 우뚝 멈추어 섰다.

서로를 물끄러미 바라보기를 얼마쯤. 황보강이 먼저 서쪽을 가리켰다.

"나는 저쪽으로 가겠다."

너희들은 어떻게 하겠느냐고 바라본다. 석지란이 어깨를 으쓱했다.

"너는 갈 곳이 있느냐? 우리는 갈 데가 없다."

그러니 책임지라고 떼라도 쓸 듯이 눈을 부릅뜨고 바라본다.

황보강이 착잡한 얼굴로 말했다.

"아무래도 고향으로 돌아가야겠지. 거기 아버님이 계시다. 그분을 뵙지 않고서는 아무것도 할 수가 없어. 그러니 세상 사람들이 나를 뭐라고 하든 나는 그곳에 가야만 한다. 너도 고향으로 돌아가."

"아니, 나에게는 이제 돌아갈 곳이 없다니까 그러네."

석지란이 금방 시무룩해져서 고개를 가로저었다.

"나라는 오래전에 대황국에 의해 망해 버렸지, 도성이 함락되었을 때 거기 남아 있던 처자도 모두 살해당했다."

석지란은 초원 북쪽 끝의 작은 나라 남묘국(嵐廟國)의 장군이었다. 용맹과 무용이 뛰어나 젊은 나이에 상장군이 되어 삼만의 병사를 이끌고 맞서 싸웠으나 모아합의 적운기를 상대할 수는 없었다.

한 번의 싸움에서 패하여 그는 포로가 되었고 나라는 짓밟혔다.

이제는 남묘국이라는 이름조차 이 땅에서 사라져 버렸으니 돌아갈 곳이 없다는 석지란의 말은 과장이 아니다.

황보강의 얼굴이 어두워졌다. 그와 자신의 신세가 비슷했기 때문이다.

형편은 백검천 또한 다르지 않았다. 그에게도 돌아갈 고향이 없는 것이다.

그는 병사나 장군이 아니라 고인을 사부로 모시고 검법을 수련하는 수행자였다. 그 점이 뇌옥에 있던 다른 죄수들과 달랐다.

굳이 도사가 아니더라도 검을 깨달음에 이르는 방편의 하나로 여기고 수련하는 사람들은 곳곳에 많이 있었다.

수련이 경지에 이르러 저만의 깨달음을 얻게 되면 비결을 지니게 되는데 그러면 고인이라고 불리거나 만인의 추앙을 받는 종사가 된다. 그런 사람들 사이에 수많은 비전이 존재했고, 그것들은 각자의 제자나 혈육을 통해 은밀하게 전해졌다.

백검천도 사부에게서 그런 비전을 전해 받아 불철주야 수련하는 사람 중의 하나였다. 그의 목표는 자신만의 검법 비결을 깨우쳐 사부처럼 고인으로 불리는 자가 되는 것이었다. 하지만 그는 수행을 포기하고 산에서 내려와 모아합의 포로가 되어 뇌옥에 갇혔다.

그렇게 된 건 그가 초원의 질풍신이라고 불리는 모아합의 적운기에 홀로 맞섰기 때문이었다.

사막 남쪽의 작은 나라인 대걸륜국이 고향인 그는 모아합이 침공하여 도성을 무너뜨리고 백성들을 학살하자 사부의 품을 떠나 적운기의 숙영지로 찾아갔다.

야밤에 몰래 숨어들어 모아합을 암살할 셈이었는데 뜻을 이루지 못하고 사로잡혔으니 아직 모아합의 운이 쇄하지 않았기 때문일 것이다.

백검천은 야수처럼 용맹스러운 병사들에게 에워싸인 채 밤새 싸웠다. 하룻밤 새 세 명의 이름있는 장수와 백여 명의 병졸을 죽였다고 하니 그 무용이 천신과 같았을 것이다.

그러나 그는 사로잡혔고, 황제의 즐거움을 위하여 중추절의 연무회에 내보낼 자로 결정되어 뇌옥에 갇히는 신세가 되고 말았다.

멍하니 하늘을 바라보던 백검천이 손을 들어 남쪽을 가리켰다. 거기 뭉게구름 아래 높이 솟아 있는 검은 산맥이 보였다.

"인연이 다하지 않았으면 언젠가는 또 만나게 되겠지. 나는 저 산속 어딘가에 자리를 잡고 있을 테다. 찾아볼 마음이 생기면 찾아와도 좋아.”

그가 처음으로 밝은 미소를 지으며 황보강과 석지란을 돌아보았다.

“찾아오라니?”

석지란이 눈을 휘둥그레 떴다.

“이런, 빌어먹을! 동네 뒷산도 아니고, 저 산맥 어딘가에 처박혀 있는 너를 어떻게 찾는단 말이냐? 그만두자! 꺼져 버려!”

손을 내두른 그가 북쪽을 바라보며 말했다.

“좋아, 다들 제 길을 찾아가는 거야. 나는 역시 초원으로 돌아가는 게 좋겠다. 아무래도 거기의 삶이 편하거든. 깊이 숨어서 양과 말을 키우며 살 테다. 다시는 세상에 나오지 않을지도 몰라.”

세 사람은 서로의 손을 한 번 굳게 잡아주고 나서 말없이 돌아섰다.

그렇게 헤어진 지가 닷새 전이었다.

지금은 일천 리쯤 서로 떨어졌을 것이다. 그 생각에 우울해졌다.

사흘씩이나 제 발을 붙들어두고 있는 이 무지막지한 비가 그들의 머리 위에도 쏟아졌으면 좋겠다고 생각한다. 그러면 서로 멀리 떨어져 있어도 가깝게 여겨질 것이다.

황보강이 길게 한숨을 쉬고 물기 줄줄 흐르는 벽에 더욱 등을 붙였다. 팔짱을 끼고 눈을 감았을 때였다.

사라락거리는 미약한 기척이 느껴졌다. 장막처럼 비가 퍼붓고 있는 바깥에서였다.

졸린 눈을 억지로 부릅떴다.

아주 작고 미약한 기척들이 이제는 사방에서 느껴졌다. 비가 오지 않는 날이었다면 느끼지 못했을 그런 것이다.

눈살을 깊게 찌푸렸던 황보강이 슬그머니 칼을 끌어당겨 품에 안았다.

그는 단조영의 검을 헝겊으로 둘둘 말아 등에 지고 다녔다. 왠지 그것은 소중하게 여겨야만 할 보물처럼 느껴졌던 것이다. 대신 잘 벼려진 칼 한 자루를 지니고 있었는데, 석지란이 가져다준 것이었다. 그가 그것을 어디에서 가져왔는지는 알 필요가 없었다.

황보강이 석 자 길이의 제법 큰 장도(長刀)를 끌어당겼을 때 밖에서 완연한 인기척이 들려왔다.

저벅거리며 아무런 거리낌도 없이 다가오고 있는 발소리였다. 한두 명의 것이 아니다.

『호랑이 이빨』 제2권에 계속…

화마경
火魔經
허담 新무협 판타지 소설
FANTASTIC ORIENTAL HEROES
허담 新무협 판타지 소설
화마경
火魔經
화마경 2
화마경 1
1